OS IRMÃOS SISTERS

PATRICK deWITT

Tradução
Marcelo Barbão

3ª edição

Planeta

Título original: *The Sisters brothers*

Preparação: Gabriela Ghetti e Elisa Nogueira
Revisão: Vivian Miwa Matsushita, Carla Schneider, Andréa Bruno e Silvana Gomes
Diagramação: Marcos Gubiotti
Capa adaptada do original por S4 Editorial
Capa original: © Dan Stiles

CIP-BRASIL. CATALOGAÇÃO NA PUBLICAÇÃO
SINDICATO NACIONAL DOS EDITORES DE LIVROS, RJ

D513i

Dewitt, Patrick
Os irmãos Sisters / Patrick Dewitt; tradução Marcelo Barbão. – 1. ed. – São Paulo: Planeta, 2017.

Tradução de: The Sisters brothers
ISBN: 978-85-422-1104-7

1. Ficção estrangeira. I. Brandão, Marcelo. II. Título.
17-43478 CDD: 819.13
CDU: 821.111(71)-3

2017
Todos os direitos desta edição reservados à
EDITORA PLANETA DO BRASIL LTDA.
Rua Padre João Manuel, 100 – 21º andar
Ed. Horsa II – Cerqueira César
01411-000 – São Paulo-SP
www.planetadelivros.com.br
atendimento@editoraplaneta.com

Para minha mãe

OREGON CITY, 1851

1 O problema com os cavalos

Eu estava sentado do lado de fora da mansão do Comodoro, esperando meu irmão Charlie sair com notícias sobre o trabalho. Estava ameaçando nevar, e eu sentia frio. Como queria algo para fazer, comecei a estudar Nimble, o cavalo novo do Charlie. Meu novo cavalo se chamava Tub. Não éramos de nomear esses animais, mas tínhamos recebido os dois já com seus nomes como parte do pagamento pelo último trabalho, então tudo bem. Nossos cavalos anteriores, sem nomes, tinham sido sacrificados, então era claro que precisávamos desses novos, mas eu sentia que teria sido melhor receber dinheiro e comprar os cavalos que quiséssemos, sem histórias, hábitos e nomes pelos quais esperavam ser chamados. Eu gostava muito do meu cavalo anterior e, enquanto dormia, andava tendo umas visões de sua morte: as patas queimadas coiceando, os olhos saltados por causa do calor. Ele conseguia cavalgar quase cem quilômetros num dia, como uma rajada de vento, e eu nunca tinha encostado a mão nele, a não ser para acariciá-lo e limpá-lo, e tentava não pensar nele queimando naquele celeiro, mas, se a visão surgia sem ser convidada, como poderia impedi-la? Tub era um animal bastante saudável, mas estaria melhor com outro dono menos ambicioso. Era corpulento e tinha as costas baixas, por isso não conseguia viajar mais do que oitenta quilômetros por dia. Eu era obrigado a chicoteá-lo, o que é algo que alguns homens não se importam em fazer e com que outros até sentem prazer, mas que eu odiava; e depois, ele, Tub, ficava imaginando que eu era cruel e pensava consigo mesmo: *triste vida, triste vida*.

Senti alguém olhando para mim e deixei de observar Nimble. Charlie estava espiando da janela do segundo andar e acenou com a mão. Não respondi, e ele fez uma careta para tentar me arrancar um sorriso; quando não sorri, sua expressão ficou vazia e ele se afastou da janela, sumindo da minha vista. Eu sabia que ele tinha me visto admirar seu cavalo. Na manhã anterior, eu tinha sugerido que vendêssemos Tub e dividíssemos os custos de um novo cavalo, e Charlie havia concordado que isso era justo, porém, mais tarde, no almoço, ele sugeriu que adiássemos isso até o novo trabalho estar terminado, o que não fazia sentido, já que o problema era que Tub iria atrapalhar o trabalho, então não seria melhor substituí-lo antes disso? Charlie tinha um pouco de gordura no bigode e falou:

— Depois do trabalho é melhor, Eli.

Ele não tinha reclamações de Nimble, que era tão bom ou até melhor do que seu cavalo anterior, sem nome, mas ele teve a chance de escolher primeiro entre os dois enquanto eu estava de cama, recuperando-me de uma ferida na perna sofrida no trabalho. Eu não gostava de Tub, mas meu irmão estava satisfeito com Nimble. Esse foi o problema com os cavalos.

Charlie montou em Nimble, e a gente se afastou, na direção do Pig-King. Só tinham se passado dois meses desde nossa última visita a Oregon City, mas eu pude contar cinco novos negócios na rua principal, e cada um deles parecia estar indo bem.

— Um povo engenhoso — falei para Charlie, que não respondeu.

Nós nos sentamos a uma mesa no fundo do King e nos trouxeram a garrafa de sempre e dois copos. Charlie me serviu, quando normalmente cada um serviria o seu, e eu estava preparado para as más notícias quando ele disse:

— Vou ser o líder neste, Eli.

— Quem disse?

— O Comodoro.

Bebi meu conhaque.

— O que isso quer dizer?

— Quer dizer que eu estou no comando.

— O que quer dizer em termos de dinheiro?

— Mais para mim.

— Meu dinheiro, quero dizer. O mesmo de antes?

— Menos para você.

— Não vejo lógica nisso.

— O Comodoro disse que os problemas com o último trabalho não teriam acontecido se houvesse um líder.

— Não faz sentido.

— Bom, na verdade, faz sim.

Ele me serviu outra dose, e eu bebi. Falei tanto para mim como para Charlie:

— Se ele quer pagar mais a um líder, tudo bem, mas é mau negócio diminuir o pagamento de quem fica por baixo. Trabalhando para ele quase tive minha perna arrancada e meu cavalo morreu queimado.

— Meu cavalo também morreu queimado. Ele nos conseguiu cavalos novos.

— É mau negócio. Pare de me servir como se eu fosse um inválido.

Peguei a garrafa e pedi detalhes do novo trabalho. Precisávamos encontrar e matar um prospector na Califórnia chamado Hermann Kermit Warm. Charlie tirou uma carta do bolso do casaco, enviada pelo mensageiro do Comodoro, um dândi chamado Henry Morris que geralmente ia antes da gente para juntar informações:

Estudei Warm por vários dias e posso falar o seguinte a respeito de seus hábitos e de sua personalidade: ele é solitário, mas passa muitas horas nos saloons *de São Francisco lendo seus livros de ciência e matemática ou fazendo desenhos nas margens. Leva esses tomos para todos os lados, amarrados com uma tira de couro, como se fosse um garoto, e é ridicularizado por isso. Ele é baixo, o que o torna mais cômico, mas saibam que não se deixará ser ridicularizado por sua altura. Já o vi brigar várias vezes, e, apesar de quase sempre perder, não acho que seus oponentes gostariam de lutar outra vez contra ele. Não tem pudor em morder, por exemplo. É careca, com barba ruiva bagunçada, braços compridos e desengonçados e uma barriga protuberante, como a de uma mulher grávida. Ele não se lava com frequência e dorme onde pode: celeiros, varandas ou, se for necessário, nas ruas. Sempre que fala, é brusco e pouco amigável. Carrega um revólver pequeno, pendurado ao redor da cintura. Não bebe com frequência, mas, quando finalmente levanta uma garrafa, é para beber até cair. Paga pelo uísque com pó de ouro bruto, que guarda numa bolsinha de couro amarrada a uma longa tira, escondida nas dobras de suas muitas camadas de roupa. Ele não saiu da cidade nenhuma vez desde que estou aqui e não sei se planeja voltar a suas terras, que ficam uns quinze quilômetros ao leste de Sacramento (ver mapa anexo). Ontem, num* saloon*, ele me pediu um fósforo, dirigindo-se polidamente a mim pelo nome. Não tenho ideia de como ele soube quem eu era, pois nunca pareceu notar que eu o seguia. Quando perguntei como ele sabia quem eu era, ficou bravo, e fui embora. Não gosto dele, apesar de alguns dizerem que sua mente é absurdamente astuta. Admito que ele é incomum, mas isso é talvez o mais perto que posso chegar de elogiá-lo.*

Ao lado do mapa das terras de Warm, Morris tinha feito um desenho borrado do homem, mas ele poderia estar ao meu lado e eu não o reconheceria, de tão ruim que era o desenho. Mencionei isso para Charlie, que respondeu:

— Morris está nos esperando num hotel em São Francisco. Ele vai nos indicar o Warm, e o resto será por nossa conta. É um bom lugar para matar alguém, ouvi dizer. Quando não estão ocupados queimando toda a cidade, estão distraídos com sua infinita reconstrução.

— Por que Morris não mata ele?

— Você sempre faz essa pergunta, e eu sempre respondo a mesma coisa: não é o trabalho dele, é o nosso.

— Isso não faz sentido. O Comodoro diminui meu salário, mas paga as despesas desse abelhudo só para indicar a Warm que ele está sendo observado.

— Você não pode chamar o Morris de abelhudo, irmão. Essa foi a primeira vez que ele cometeu um erro, e admitiu isso abertamente. Acho que Morris ter sido notado nos diz mais sobre Warm do que sobre ele.

— Mas o homem passa as noites nas ruas. O que impede Morris de simplesmente atirar nele quando estiver dormindo?

— Que tal o fato de Morris não ser um assassino?

— Então por que o enviar? Por que não nos mandou no mês passado, no lugar dele?

— No mês passado estávamos em outro trabalho. Você esquece que o Comodoro tem muitos interesses e preocupações e só pode resolver um de cada vez. "Negócios corridos são maus negócios", essas foram as palavras do homem. Basta observar os sucessos dele para ver a verdade nisso.

Eu me senti mal ao ouvi-lo citar Comodoro com tanto carinho.

— Vamos demorar umas semanas para chegar à Califórnia. Por que fazer a viagem se não precisamos? — perguntei.

— Mas precisamos. Esse é o trabalho.

— E se Warm não estiver lá?

— Ele vai estar lá.

— E se não estiver?

— Mas que droga, ele vai estar.

Quando chegou o momento de pagar a conta, apontei para Charlie.

— O líder paga.

Normalmente, a gente dividiria, por isso ele não gostou da minha sugestão. Meu irmão sempre foi mão de vaca, um traço herdado de nosso pai.

— Só dessa vez — disse ele.

— O líder com seu salário de líder.

— Você nunca gostou do Comodoro. E ele nunca gostou de você.

— Eu gosto cada vez menos dele — falei.

— Você pode falar isso para ele, se o fardo se tornar insuportável.

— Você vai saber, Charlie, se o fardo se tornar insuportável. Vai saber, e ele também.

Essa discussão poderia ter continuado, mas deixei meu irmão e fui para meu quarto no hotel em frente ao *saloon*. Não gosto de discussões, principalmente com Charlie, que pode ser especialmente cruel com as palavras. Mais tarde, naquela noite, eu o ouvi conversando com um grupo de homens na rua e fiquei prestando atenção para ter certeza de que ele não estava em perigo, e não estava – os homens perguntaram seu nome, ele falou e os outros foram embora. Mas eu teria ido em sua ajuda; na verdade, estava colocando minhas botas quando o grupo se dispersou. Ouvi Charlie subindo as escadas e pulei na cama, fingindo que dormia profundamente. Ele enfiou a cabeça no quarto e me chamou, mas não respondi. Então, ele fechou a porta e foi até o quarto dele enquanto, no escuro, eu ficava pensando nas dificuldades de todas as famílias, em como as histórias de uma linhagem podem ser loucas e inescrupulosas.

* * *

Pela manhã, estava chovendo – gotas frias e constantes que transformavam as estradas em barro. Charlie estava mal do estômago por causa do conhaque, e eu fui até o farmacêutico atrás de um remédio contra enjoo. Ele me deu um pó azul e sem cheiro que misturei no café matutino de Charlie. Não sei quais eram os ingredientes da infusão, mas ela conseguiu tirá-lo da cama, fazê-lo montar o Nimble e deixá-lo alerta a ponto de não se distrair. Nós paramos para descansar a uns trinta quilômetros da cidade, numa parte da floresta que tinha sido devastada por um incêndio causado por um raio durante o verão anterior. Terminamos de almoçar e estávamos nos preparando para seguir em frente quando vimos um homem andando junto a um cavalo uns cem metros ao sul. Se ele estivesse montado no cavalo, acho que não teríamos comentado nada, mas era estranho vê-lo puxando o animal daquela forma.

— Por que você não vai ver o que ele está fazendo? — pediu Charlie.

— Uma ordem do líder — falei.

Ele não respondeu e pensei: *a piada está perdendo a graça.* Decidi que não a repetiria. Guiei Tub em direção ao andarilho. Quando me aproximei, percebi que o homem estava chorando e desmontei para encará-lo. Sou alto e pesado, com um jeito rude, e pude ler o pânico no rosto dele. Para acalmar seus ânimos, falei:

— Não vou machucá-lo. Meu irmão e eu estamos almoçando. Preparei comida demais e pensei em convidá-lo, se estiver com fome.

O homem secou o rosto com a palma de uma das mãos, inspirando fundo e tremendo. Ele tentou me responder – pelo menos abriu a boca –, mas não saiu nenhuma palavra ou som; estava tão consternado que era impossível qualquer comunicação.

— Posso ver que você está atormentado com alguma coisa — falei — e provavelmente prefere continuar viajando sozinho. Peço desculpas por perturbá-lo, e espero que esteja a caminho de algo melhor.

Voltei a montar em Tub e estava no meio do caminho de volta para o acampamento quando vi Charlie se levantar e apontar seu revólver na minha direção. Virando-me, vi o homem que chorava cavalgando rapidamente ao meu encontro; ele não parecia querer me machucar, e gesticulei para Charlie baixar a arma. O homem choroso me alcançou e falou:

— Vou aceitar sua oferta.

Quando chegamos ao acampamento, Charlie segurou o cavalo do homem choroso e disse:

— Você não deveria ir atrás de alguém assim. Achei que ia atacar meu irmão e quase atirei.

O homem choroso fez um gesto desdenhoso com as mãos, indicando a irrelevância do que havia sido dito. Isso pegou Charlie de surpresa. Ele olhou para mim e perguntou:

— Quem é ele?

— Ele está chateado com alguma coisa. Eu lhe ofereci um prato de comida.

— Não sobrou nada, a não ser biscoitos.

— Vou preparar mais, então.

— Não vai, não. — Charlie olhou de alto a baixo o homem choroso. — Não é que ele está triste mesmo?

Limpando a garganta, o homem choroso falou:

— É grosseria falar sobre um homem como se ele não estivesse presente.

Charlie ficou sem saber se ria ou atacava. Virou-se para mim:

— Ele é louco?

— Vou pedir que tome cuidado com suas palavras — falei ao estranho. — Meu irmão não está se sentindo bem hoje.

— Estou bem — disse Charlie.

— O senso de caridade dele está um pouco distorcido — falei.

— Ele parece doente — disse o homem choroso.

— Já falei que estou bem, droga.

— Ele está doente, um pouco — concordei.

Pude ver que a paciência de Charlie tinha chegado ao limite. Peguei alguns dos biscoitos e os coloquei na mão do homem choroso, que ficou olhando para eles por um bom tempo e depois recomeçou a chorar, tossir, inspirar e tremer. Falei com Charlie:

— Era assim que ele estava quando o encontrei.

— Qual é o problema dele?

— Não falou. — Então perguntei ao homem: — Senhor, qual é seu problema?

— Eles foram embora! — gritou ele. —Todos foram embora!

— Quem foi embora? — perguntou Charlie.

— Foram sem mim! E eu gostaria de ter ido! Quero ir com eles! — O homem largou os biscoitos, que caíram no chão, e se afastou com seu cavalo. Ele deu dez passos e jogou a cabeça para trás com um gemido. Fez isso três vezes, e, com meu irmão, comecei a recolher nosso acampamento.

— Fico imaginando qual é o problema dele — disse Charlie.

— Algum tipo de tristeza o deixou louco.

Quando montamos em nossos cavalos, o homem choroso já havia desaparecido, e o motivo de sua preocupação continuaria sendo para sempre um mistério.

Andamos em silêncio, pensando em nossas coisas. Charlie e eu tínhamos um acordo silencioso de não corrermos logo depois de uma refeição. Havia muitas dificuldades em nosso estilo de vida e aceitávamos esses pequenos confortos; eu tinha descoberto que eles tornavam nosso trabalho decente o suficiente para que prosseguíssemos.

— O que esse Hermann Warm fez? — perguntei.

— Tirou algo do Comodoro.

— O que ele tirou?

— Isso será revelado em breve. Nossa tarefa é matá-lo. — Ele cavalgava na frente, e eu o seguia. Fazia algum tempo que queria conversar com ele, desde antes do último trabalho.

— Você nunca achou isso estranho, Charlie? Todos esses homens serem tontos o bastante para roubar o Comodoro? Temido como ele é?

— O Comodoro tem dinheiro. O que mais atrairia um ladrão?

— Como eles conseguem roubá-lo? Sabemos que o Comodoro é cuidadoso. Como é que todos esses homens têm acesso à sua riqueza?

— Ele faz negócios em todos os cantos do país. Um homem não pode estar em dois lugares ao mesmo tempo, muito menos em cem. É normal que seja vítima.

— Vítima! — falei.

— Como você chamaria um homem que é forçado a proteger sua fortuna com gente como nós?

— Vítima! — Eu tinha achado divertido, de verdade. Em honra do pobre Comodoro, cantei uma balada triste: — "Suas lágrimas por trás de um véu de flores, as notícias vieram da cidade".

— Ah, está bem...

— "Sua virgem vista perto da casa de campo, em braços dourados."

— Você só está bravo comigo porque sou o líder.

— "Seu coração confundiu o sorriso dela por bondade, e agora ele paga o preço."

— Desisto de conversar com você sobre isso.

— "Sua mulher deitada em pecado, sua alteza, amor sem fim está perdido."

Charlie não pôde deixar de sorrir.

— Que música é essa?

— Ouvi em algum lugar.

— É triste.

— As melhores músicas são tristes.

— Era o que a mamãe costumava dizer.

Fiz uma pausa.

— As músicas tristes não me deixam realmente triste.

— Você é como a mamãe em muitas coisas — disse ele, assentindo.

— Você, não. E também não é como o papai.

— Não sou como ninguém.

Charlie falou isso casualmente, mas era o tipo de fala que eclipsava a conversa, que a matava. Ele acelerou, e eu não o segui. Fiquei olhando suas costas, e ele sabia que eu estava fazendo isso. Charlie apertou as costelas de Nimble com as botas, e os dois saíram correndo, comigo atrás. Só estávamos viajando do nosso jeito, em nosso ritmo normal, mas eu sentia, o tempo todo, que estava correndo atrás dele.

Os dias eram curtos no fim do inverno, e logo paramos num barranco seco para armar acampamento para a noite. Você vai sempre ver esta cena em histórias de aventura: dois homens sinistros sentados em frente ao fogo contando histórias indecentes e cantando músicas atormentadas sobre a morte e o amor. Mas posso dizer que, depois de um dia inteiro de cavalgada, não quero mais do que deitar para dormir, e foi exatamente o que fiz, sem nem comer uma refeição apropriada. De manhã, colocando minhas botas, senti uma dor forte no dedão esquerdo. Virei a bota e bati no solado, esperando que saísse um espinho, mas o que vi foi uma aranha grande e peluda caindo de costas no chão, movendo suas oito patas no ar frio. Meu pulso disparou e fiquei tonto porque tenho bastante medo de aranhas, cobras e coisas que se arrastam, e Charlie, sabendo disso, veio me ajudar, jogando a criatura no fogo com sua faca. Vi a aranha se curvar para dentro de si mesma e morrer, queimando como uma bola de papel, e fiquei feliz por seu sofrimento.

Senti um arrepio congelante subindo pela minha espinha e falei:

— Era um animalzinho poderoso, irmão.

Uma febre tomou conta de mim de repente e fui forçado a me deitar. Charlie ficou preocupado com minha cor pálida; quando descobri que não conseguia mais falar, ele alimentou o fogo e cavalgou até a cidade mais próxima atrás de um médico, que foi trazido total ou parcialmente contra sua vontade – eu estava delirando, mas me lembro de como ele xingava cada vez que Charlie se afastava. Tomei um tipo de remédio ou antídoto com alguma coisa que me deixou feliz e tonto como eu ficava quando estava bêbado, e tudo que eu queria fazer era perdoar todo mundo por tudo e fumar sem parar. Logo caí num sono profundo que durou todo aquele dia e a noite e só acordei na manhã seguinte. Quando despertei, Charlie ainda estava perto do fogo. Ele me olhou e sorriu.

— Consegue se lembrar do que estava sonhando? — perguntou.

— Só que eu estava preso em algum lugar — respondi.

— Você ficava falando: "Estou na barraca! Estou na barraca!".

— Não me lembro.

— "Estou na barraca!"

— Ajude-me a me levantar.

Ele me ajudou, e logo eu estava andando pelo acampamento com pernas que me pareciam rígidas como madeira. Sentia-me um pouco enjoado, mas comi um bom café da manhã, com bacon, café e biscoitos, e consegui manter tudo no estômago. Decidi que já estava bem o bastante para viajar e cavalgamos por umas quatro ou cinco horas antes de parar de novo. Charlie me perguntou várias vezes como eu estava, e eu tentava responder todas as vezes, mas a verdade é que não sabia muito bem. Talvez fosse o veneno da aranha ou o antídoto dado pelo médico atormentado, mas eu não controlava totalmente meu corpo.

Passei a noite com febre e tendo espasmos e, pela manhã, quando me virei para ouvir o bom-dia de Charlie, ele me olhou e soltou um grito de susto. Perguntei qual era o problema, e ele trouxe um prato de lata para que eu usasse como espelho.

— O que é isso? — perguntei.

— É a sua cabeça, amigo. — Ele se levantou num pulo e assobiou.

O lado esquerdo do meu rosto estava grotescamente inchado, do alto do crânio até o pescoço e o ombro. Meu olho era apenas uma fenda, e Charlie, recuperando o bom humor, disse que eu parecia um cachorro e jogou um graveto para ver se eu ia buscar. Vi que a fonte do inchaço eram meus dentes e minha gengiva; quando coloquei um dedo na fileira esquerda inferior, uma dor terrível se espalhou por meu corpo de alto a baixo e de baixo a alto outra vez.

— Devem ter alguns litros de sangue aí dentro — disse Charlie.

— Onde você encontrou aquele médico? Deveríamos voltar até ele e pedir que me fure.

Charlie balançou a cabeça.

— É melhor não o procurarmos mais. Houve um episódio infeliz com relação ao pagamento. Ele ficaria contente em me rever, é verdade, mas duvido que queira nos ajudar. Ele mencionou outro acampamento, uns quilômetros ao sul. Pode ser nossa melhor aposta, se você achar que consegue chegar lá.

— Acho que não tenho escolha.

— Assim como em muitas coisas na vida, irmão, acho que você não tem.

Foi uma viagem lenta, apesar de o terreno ser fácil – uma descida leve sobre terra firme com árvores e vegetação. Eu estava me sentindo estranhamente feliz, como se aquilo fosse um pequeno divertimento, até Tub dar um passo em falso e minha boca se fechar de repente. Gritei de dor, mas ao mesmo tempo comecei a rir do ridículo da situação. Enfiei um maço de tabaco entre os dentes para servir de almofada. Isso encheu minha boca de uma saliva marrom, mas eu não conseguia cuspir, porque era muito doloroso, então eu simplesmente me inclinava para a frente e deixava o líquido escorrer da minha boca sobre o pescoço de Tub. Passamos por uma rápida nevasca; os flocos de neve me trouxeram prazer e resfriaram meu rosto. Minha cabeça estava caída de lado, e Charlie deu a volta até o outro lado para me olhar.

— Dá para ver até de trás — disse ele. — Até o escalpo está inchado. Até seu *cabelo* está inchado.

Nós passamos longe da vila do médico que não foi pago e encontramos o acampamento alguns quilômetros depois, um lugar sem nome, com poucos metros de largura e lar de uma centena de pessoas ou até menos. Mas a sorte estava conosco, e ali encontramos um médico de dentes chamado Watts, que estava fumando um cachimbo em frente ao seu consultório. Quando me aproximei, ele sorriu e falou:

— Que profissão, a minha, que me deixa feliz ao ver alguém tão deformado!

Ele me levou ao seu local de trabalho, um espaço pequeno, mas eficiente, onde havia até uma cadeira de couro que fazia barulho de tão nova. Pegando uma bandeja com instrumentos brilhantes, ele me fez perguntas sobre meu dente, para as quais eu não tinha respostas satisfatórias. De qualquer forma, tive a impressão de que ele não se importava com as respostas e que apenas gostava de fazer as perguntas.

Contei-lhe minha teoria de que esse problema no dente estava ligado à picada da aranha, ou ao antídoto, mas Watts disse que não havia provas médicas que sustentassem isso. Ele me falou:

— O corpo é um verdadeiro milagre. E quem pode dissecar um milagre? Talvez tenha sido a aranha, é verdade, e talvez tenha sido uma reação ao que o médico chamou de antídoto, e talvez não tenha sido nenhuma das duas coisas. No entanto, que diferença faz por que você está mal? Não estou certo?

Falei que achava que sim. Charlie respondeu:

— Eu estava aqui falando com o Eli, doutor, que aposto que tem alguns litros de sangue sacudindo dentro da cabeça dele.

Watts pegou uma ferramenta de prata. Sentado, ele olhou minha cabeça como se fosse um busto monstruoso.

— Vamos descobrir — falou.

A história de Reginald Watts era a de um cara sem sorte lidando com todos os tipos de fracassos e catástrofes, apesar de contar isso sem amargura ou arrependimento e, na verdade, parecendo encontrar humor em seus inúmeros erros:

— Fracassei em negócios honestos, fracassei em empreendimentos criminosos, fracassei no amor, fracassei na amizade. Você pode escolher o que quiser: eu já fiz e fracassei. Vá em frente e escolha algo. Qualquer coisa.

— Agricultura — falei.

— Tive uma fazenda de açúcar de beterraba uns cento e cinquenta quilômetros a nordeste daqui. Nunca ganhei um centavo. Mal vi uma beterraba. Um fracasso devastador. Escolha outra coisa.

— Transporte marítimo.

— Comprei uma parte de um barco a vapor que transportava alimentos pelo Mississippi por um preço obsceno. Era altamente lucrativo até eu entrar. Na segunda viagem que fez com meu dinheiro, o barco afundou. Não tinha seguro, o que foi uma brilhante ideia minha para economizar alguns dólares. Eu também tinha encorajado uma mudança de nome, de *Pétala,* que me soava frívolo, para *Abelha-Rainha.* Um fracasso total. Meus colegas investidores, se não me equivoco, queriam me linchar. Preguei um bilhete suicida na porta da minha casa e abandonei a cidade numa pressa vergonhosa. Deixei uma boa mulher para trás também. Ainda penso nela, tantos anos depois. — O dentista parou por um momento e balançou a cabeça.

— Escolha outra coisa. Não, não escolha nada. Estou cansado de falar sobre isso.

— Somos dois então — disse Charlie. Ele estava sentado no canto, lendo um jornal.

— Parece que você está indo bem aqui, doutor — falei.

— Nem um pouco — disse ele. —Você é o meu terceiro cliente em três semanas. Parece que a higiene bucal é uma das últimas prioridades nesta parte do mundo. Não, eu também acho que vou fracassar na odontologia. Dê mais dois meses assim e o banco vai acabar com meu negócio. — Ele segurou uma longa injeção perto do meu rosto. — Isso vai doer, meu filho.

— Ai! — gritei.

— Onde você estudou odontologia? — perguntou Charlie.

— Numa instituição de grande reputação — respondeu ele. Mas havia um sorrisinho em seu rosto que não me agradou.

— Pelo que sei, esses estudos levam vários anos — falei.

— Anos? — disse Watts, rindo.

— Quanto tempo levou?

— Para mim? O suficiente para memorizar onde ficam os nervos e o tempo que levou para aqueles tontos me enviarem os instrumentos a crédito.

Olhei para Charlie, que deu de ombros e voltou à leitura. Fui verificar o inchaço da minha bochecha e tomei um susto ao perceber que não estava sentindo meu rosto.

— Não é incrível? — continuou Watts. — Eu poderia arrancar todos os seus dentes, e você não sentiria nenhuma dor.

Charlie espiou por cima do jornal:

—Você realmente não sente nada? — Neguei com a cabeça, e ele perguntou a Watts: — Como se consegue isso?

— Não se consegue se não for da profissão.

— Isso pode ser útil em nossa linha de trabalho. O que você diria se eu lhe pedisse para nos vender um pouco?

— Eles não vendem aos barris — disse Watts.

— Nós podemos pagar um preço justo.

— Infelizmente, a resposta é não.

Charlie olhou para mim com um semblante inexpressivo. Depois, seu rosto desapareceu atrás do jornal.

Watts picou meu rosto em três lugares, e os fluídos coloridos gotejaram. Restou um pouco na minha cabeça, mas ele disse que ia descer com o tempo e que o pior já tinha passado. Ele extraiu os dois dentes ruins, e eu ri da violência sem dor das extrações. Charlie se sentiu desconfortável e foi para o *saloon* que ficava do outro lado da rua.

— Covarde — falou Watts.

Ele deu pontos para fechar os buracos e encheu minha boca com algodão. Depois, ele me levou a uma bacia de mármore e me mostrou uma escova delicada, de madeira, com uma cabeça retangular cheia de cerdas brancas.

— Uma escova de dentes — disse ele. — Isso vai manter seus dentes limpos e seu hálito agradável.Veja como eu faço.

O dentista demonstrou o uso apropriado da ferramenta e depois exalou um ar com cheiro de menta na frente do meu rosto. Entregou-me uma escova nova, idêntica à dele, e também um pacote do pó para dentes que produzia a espuma de menta, e disse que eram meus. Protestei, mas ele admitiu que tinha ganhado uma caixa do fabricante. Eu paguei dois dólares pela extração dos dentes, e ele trouxe uma garrafa de uísque para brindar o que chamou de uma transação mutualmente benéfica. Eu achei o homem encantador e senti remorso quando Charlie voltou ao consultório com o revólver apontado para o bom médico.

— Eu tentei negociar com você — disse ele, com o rosto vermelho por causa do conhaque.

— Pergunto-me no que vou falhar da próxima vez — disse Watts, infeliz.

— Não sei e não me importa. Eli, pegue o remédio entorpecedor e as seringas. Watts, encontre um pedaço de corda, rápido. Se você tentar me enganar, vou abrir um buraco no seu cérebro.

— Às vezes, sinto que já tenho um. — Para mim, ele falou: — A busca pelo dinheiro e pelo conforto me deixou cansado. Cuide dos seus dentes, meu filho. Mantenha sua boca saudável. Suas palavras vão soar ainda mais doces, não é mesmo?

Charlie deu um tapa forte na orelha de Watts, dando fim ao discurso dele.

Cavalgamos por toda a tarde e pelo começo da noite, quando fiquei tonto a ponto de achar que iria cair da sela. Perguntei a Charlie se poderíamos parar, e ele concordou, mas antes deveríamos encontrar um lugar coberto, já que ameaçava chover. Ele sentiu o cheiro de uma fogueira no ar, e encontramos uma cabana com um fio de fumaça clara saindo pela chaminé e uma luz baixa dançando atrás da única janela. Uma velha enrolada numa colcha e em outros panos abriu a porta. Ela tinha longos pelos brancos no queixo, e sua boca meio aberta estava cheia de dentes pontudos e negros. Charlie, apertando o chapéu nas mãos, falou a ela sobre nossas recentes dificuldades usando um timbre dramático de ator. Os olhos embaçados da mulher se fixaram em mim, e imediatamente senti mais frio. Ela se afastou da porta sem dizer uma palavra. Ouvi uma cadeira raspando o chão. Charlie se virou para mim e perguntou:

— O que você acha?

— Vamos continuar viajando.

— Ela deixou a porta aberta para nós.

— Tem algo errado com ela.

Ele chutou um montinho de neve.

— Ela sabe acender um fogo. O que mais você quer? Não estamos procurando um lugar permanente.

— Acho que deveríamos continuar — repeti.

— Porta! — gritou a mulher.

— Umas horinhas num lugar quente me fariam muito bem — falou Charlie.

— Eu é que estou doente — falei. — E estou disposto a continuar.

— Eu, a ficar.

A sombra da mulher se moveu na parede do fundo quando ela se aproximou da entrada mais uma vez.

— Porta! — gritou. — Porta! Porta!

—Você pode ver que ela quer que entremos — disse Charlie.

Sim, pensei, *entremos por seus lábios e cheguemos ao seu estômago.* Mas eu estava muito fraco para continuar discutindo e não resisti quando meu irmão me pegou pelo braço para entrar.

Dentro da cabana havia uma mesa, uma cadeira e um colchão sujo. Charlie e eu nos sentamos no chão de tábuas tortas de madeira, em frente à lareira de pedra. O calor era agradável para meu rosto e minhas mãos; por um momento, fiquei feliz com meu novo ambiente. A mulher se sentou à mesa sem dizer palavra, com o rosto obscurecido nas dobras de seus trapos. Diante dela havia um monte de contas ou pedras pretas e vermelhas; suas mãos saíram do meio das camadas de roupas e, com agilidade, começaram a pegar uma a uma, colocando-as num arame fino para criar um colar comprido ou algum outro tipo de enfeite. Havia uma lamparina em cima da mesa, com luz baixa e flamejante, amarela e laranja, e uma cauda de fumaça negra subia da ponta do fogo.

— Queremos agradecer à senhora — disse Charlie. — Meu irmão está se sentindo mal e não tem condições de dormir ao ar livre.

Ao ver que a mulher não respondia, Charlie disse para mim que achava que ela era surda.

— Não sou surda — respondeu ela, levando um pedaço do fio até sua boca e mastigando-o por um tempo, movendo-o para trás e para a frente para quebrá-lo.

— Só pensei que poderia ser — disse Charlie. — Não quis ofendê-la. Agora posso ver como a senhora é capaz, como é inteligente. E mantém uma boa casa, se não se importa que eu diga.

Ela colocou as contas e o arame na mesa. Virou a cabeça para nós, mas seus traços permaneceram escondidos nas sombras.

— Vocês acham que eu não sei que tipo de homem vocês são? — perguntou ela, apontando um dedo que parecia quebrado para as armas em nossos cintos. — Quem vocês estão fingindo ser e por quê?

A conduta de Charlie mudou ou apenas voltou ao normal, tornando a ser como era.

— Certo — disse ele —, quem somos então?

— Não chamariam a si mesmos de assassinos?

— Só porque temos armas?

— Pelos homens mortos que seguem vocês.

Os pelos da minha nuca se eriçaram. Era ridículo, mas não ousei me virar. O tom de Charlie não se alterou:

— Está com medo de que possamos matá-la?

— Não tenho medo de nada, muito menos de suas balas e de sua conversa. — Ela olhou para mim e perguntou: — Você tem medo de que eu possa matá-lo?

— Estou muito cansado. — Essa foi minha resposta boba.

— Fique com o colchão — mandou ela.

— Onde você vai dormir?

— Não vou. Devo terminar meu trabalho. Pela manhã, terei quase ido embora.

O rosto de Charlie se contraiu.

— Esta não é sua cabana, é?

Com isso, ela ficou parada. Parecia nem estar respirando. Puxou os panos para trás da cabeça, e, à luz do fogo e da lamparina, vi que quase não tinha cabelo, só tufos brancos aqui e ali, e que seu crânio estava amassado, parecendo macio em alguns lugares, como uma fruta madura.

— Todo coração tem um tom — disse ela para Charlie —, assim como todo sino. O tom do seu coração é muito opressivo, jovem. É doloroso para meus ouvidos, e seus olhos machucam os meus.

Seguiu-se um longo silêncio, durante o qual Charlie e a velha bruxa ficaram apenas se olhando. Eu não poderia, a partir de suas expressões, entender o que estavam pensando. No final, a mulher voltou a cobrir a cabeça e retomou o trabalho, e Charlie se deitou no chão. Não me deitei no colchão, mas ao lado dele, porque estava com medo da mulher e pensei que seria mais seguro se dormíssemos juntos. Estava tão fraco que, apesar do meu desconforto, logo caí num estado de sono em que imaginei a sala exatamente do jeito que era, embora estivesse de pé, olhando meu próprio corpo adormecido. A velha se levantou e veio até nós; meu corpo começou a tremer e suar, mas o de Charlie manteve-se calmo e parado, e a velha se debruçou sobre ele, abrindo sua boca com as mãos. Do espaço escuro entre suas roupas saiu um lento e pesado líquido negro, que caiu dentro da boca de Charlie, e eu, não o eu que dormia, mas o eu que assistia, comecei a gritar para que ela o deixasse em paz. Com isso, o sonho terminou abruptamente, e eu acordei. Charlie estava ao meu lado, olhando para mim com os olhos abertos, apesar de estar dormindo, um hábito enervante dele. Atrás dele estava sentada a velha, diante de um monte bem menor de contas – tinha se passado bastante tempo. Ela continuava à mesa, mas sua cabeça estava virada para o outro lado, para o canto mais escuro da cabana. Não sei o que tinha chamado sua atenção, mas ela ficou olhando para o vazio por tanto tempo que desisti de ficar imaginando o que poderia ser e voltei minha cabeça para o chão. Num instante, eu estava dormindo de novo.

Pela manhã, eu acordei no chão, e Charlie não estava ao meu lado. Ouvi passos atrás das minhas costas e me virei para encontrá-lo parado diante da porta aberta, olhando os campos em frente à cabana. Era um dia de sol, e os cavalos estavam ali perto, amarrados a uma raiz que saía da terra. Nimble enfiava o focinho no solo frio em busca de um punhado de grama; Tub tremia e olhava para o nada.

— A mulher foi embora — disse Charlie.

— Tudo bem por mim — respondi, levantando-me.

A cabana cheirava a cinzas e carvão, e meus olhos estavam ardendo. Precisava urinar e fui até a porta para sair da cabana, mas Charlie bloqueou meu caminho, com o rosto abatido e intranquilo.

— Ela foi embora — disse —, mas nos deixou uma lembrança.

Ele apontou, e eu segui a linha de seu dedo. A mulher tinha pendurado o fio de arame com as contas em cima do batente da porta. *Terei quase ido embora*, lembrei-me – quase, mas não completamente.

— O que você acha que é? — perguntei.

— Não é apenas decoração — disse Charlie.

— Poderíamos tirá-lo — falei, esticando a mão.

Ele segurou minha mão.

— Não toque nisso, Eli.

Nós nos afastamos para considerar as opções. Os cavalos ouviram nossas vozes e olharam na nossa direção.

— Não vamos passar embaixo disso — falou Charlie. — A única coisa a fazer é quebrar a janela e sair por lá.

Coloquei a mão na minha barriga, que era e sempre tinha sido saliente, e falei que não achava que passaria pela pequena abertura. Charlie mencionou que valia a pena tentar, mas a ideia de fracassar, de ter de voltar pelo buraco com o rosto vermelho, não era algo que eu estava ansioso para experimentar, e respondi que não iria tentar.

— Então eu vou sozinho — disse Charlie. — E volto com algumas ferramentas para abrir um buraco maior.

De pé sobre a cadeira instável da velha, ele quebrou o vidro da janela com o cabo do revólver, e eu o ajudei a sair. Então nós nos encaramos de lados opostos da porta. Ele estava sorrindo, e eu, não.

— Pronto — disse ele, limpando os cacos de vidro que ficaram em sua barriga.

— Não gosto desse plano — falei. — Sair pelo mato com a esperança de que uma alma gentil queira emprestar suas ferramentas. Você vai ficar andando sem rumo enquanto eu espero aqui. E se a velha voltar?

— Ela nos deixou sua corrente do mal e não há motivo para voltar.

— É fácil para você falar.

— Acredito mesmo nisso. E o que mais posso fazer? Se tiver outro plano, agora é o momento de contá-lo.

Mas não, eu não tinha nenhum plano. Pedi que me trouxesse minha bolsa de comida e fiquei olhando-o se afastar em direção aos cavalos.

— Não se esqueça da panela — gritei.

— O quê, homem? — gritou ele.

— Uma panela! Uma panela! — Fiz uma mímica, fingindo cozinhar com uma panela, e ele assentiu.

Charlie voltou e passou meus pertences pela janela, desejando-me um bom café da manhã antes de montar em Nimble e ir embora. Experimentei uma sensação de tristeza quando eles se foram; olhando para a abertura entre as árvores por onde meu irmão e Nimble tinham desaparecido, tive uma preocupação premonitória de que eles nunca voltariam.

Reuni minhas reservas de ânimo e decidi fazer da cabana meu lar temporário. Não havia madeira cortada ou gravetos secos disponíveis, somente as cinzas e o carvão, que ainda estavam quentes, então destruí a cadeira da velha, levantando-a e batendo-a contra o chão. Coloquei as pernas, o assento e as costas da cadeira na lareira, organizando-os na forma de um V virado para baixo, e joguei um pouco de óleo de lamparina em cima da pilha. Não demorou para a cadeira pegar fogo. Fiquei mais tranquilo com sua luz e sua fragrância. Era feita de carvalho maciço e queimaria bem.

— Pequenas vitórias — minha mãe costumava dizer, e falei para mim mesmo em voz alta.

Passei alguns minutos parado diante da porta, olhando para o mundo. Não havia nenhuma nuvem à vista. Era um daqueles dias azul-arroxeados em que o céu parece mais alto e mais fundo do que o normal. A neve derretida caía do telhado ininterruptamente e segurei minha caneca do lado de fora da janela para enchê-la. A caneca ficou gelada na minha mão, e pequenas ilhas de gelo transparente flutuavam na superfície da água, queimando meus lábios quando bebi. Foi um alívio lavar minha boca e me livrar do terrível gosto de sangue velho do dia anterior. Aqueci o líquido em minha língua, bochechando de um lado para o outro com a esperança de limpar a ferida. Fiquei alarmado quando senti que algo sólido se soltou, movendo-se dentro da minha boca cheia de água. Pensando que era um pedaço de pele, cuspi no chão. Houve um barulho estranho quando o objeto bateu no chão, e me ajoelhei para inspecioná-lo. Era cilíndrico e negro, o que fez meu coração parar: o doutor Watts tinha colocado uma sanguessuga em mim sem que eu soubesse? Mas, quando mexi na coisa com o polegar, ela se abriu e me lembrei do algodão que ele tinha enfiado ao lado da minha gengiva. Joguei a coisa no fogo, e ela deslizou pela perna da cadeira, queimando, soltando fumaça e deixando uma trilha de sangue e saliva.

Olhando para a fumaça que subia, senti uma felicidade por ter sobrevivido à recente série de acontecimentos: a picada da aranha, a cabeça inchada, a maldição evitada. Enchi meus pulmões com todo o ar frio que conseguiam suportar.

— Tub! — gritei para fora da casa. — Estou preso aqui dentro da cabana da bruxa-cigana má!

Ele levantou a cabeça, e sua mandíbula trabalhava para devorar um tufo de grama.

— Tub! Venha me ajudar nesse momento de necessidade!

Preparei um modesto café da manhã com bacon, mingau e café. Um pedaço de carne se alojou no buraco do dente e não foi fácil retirá-lo, o que irritou a ferida e causou sangramento. Pensei na escova de dentes, que tirei do bolso do meu casaco juntamente com o pó, deixando-os em cima da mesa, ao lado da caneca. Watts não tinha dito se eu deveria esperar minha boca cicatrizar totalmente antes de usar a escova, mas achei que devia usá-la, ainda que tomando cuidado. Molhei as cerdas e coloquei um pouco do pó.

— Para cima, para baixo, de lado a lado — falei, repetindo as palavras que o médico havia usado. Minha boca estava cheia de espuma sabor menta e esfreguei minha língua. Colocando a cabeça fora da janela, cuspi a água ensanguentada na terra e na neve. Meu hálito estava fresco e com um ótimo cheiro. Fiquei bastante impressionado com a sensação boa que essa escova de dentes me dava. Decidi que a usaria todo dia, e estava batendo a escova na ponta do meu nariz, pensando em nada, ou em várias coisas vagas ao mesmo tempo, quando vi um urso saindo do bosque e indo na direção de Tub.

Era um urso-pardo. Era grande, mas estava magro e provavelmente tinha acabado de acordar da hibernação. Tub o viu ou sentiu seu cheiro e começou a coicear e pular, mas não conseguiu se soltar da raiz da árvore. Parado na porta, levantei meu revólver e dei seis tiros seguidos, mas eu estava em pânico e nenhum deles acertou o alvo. O urso não se impressionou com os tiros e continuou em seu caminho; quando consegui pegar meu segundo revólver, ele já estava diante de Tub. Atirei duas vezes, mas errei, e ele atacou, derrubando Tub com uma forte patada no olho. Agora ele estava do outro lado de Tub, e eu não podia atirar sem colocar o cavalo em perigo, e, então, sem outra opção a não ser ver meu animal ser devorado, cruzei o batente amaldiçoado, correndo até o local da briga, gritando o mais alto possível. O urso notou minha aproximação e ficou confuso: deveria continuar a matar o cavalo, já derrubado, ou deveria prestar atenção no barulhento animal sobre duas patas? Enquanto ele pensava nisso, meti duas balas em seu rosto e duas em seu peito, e ele caiu morto no chão. Se Tub estava vivo ou morto, não consegui saber. Ele não parecia respirar. Eu me virei para olhar a boca negra da cabana. Um tremor cresceu nas minhas mãos e nas minhas pernas. Todo o meu corpo estava vibrando.

Voltei para a cabana. Amaldiçoado ou não, não vi por que contar aquilo a Charlie. Dei uma checada no meu corpo, mas não consegui sentir nada de especial além da tremedeira, que decidi que eram meus nervos – e, de qualquer forma, eles já estavam se acalmando. Tub ainda não se movia, e tive certeza de que estava morto até que um pássaro pousou em seu focinho e ele o espantou, balançando a cabeça e arfando. Afastei-me da porta e deitei no colchão. Estava úmido e cheio de irregularidades, com cheiro de grama. Cortei um pedaço do tecido para ver o que havia dentro e estava realmente cheio de grama e terra. Algum tipo de preferência das bruxas, talvez. Decidi dormir no chão em frente ao fogo. Acordei uma hora depois. Meu irmão gritava meu nome, arrebentando a janela com um machado.

Saí pelo buraco e nos sentamos no chão perto do urso morto. Charlie disse:

— Vi este cavalheiro caído aqui e chamei seu nome, mas você não respondeu. Aí olhei pela porta e o vi de costas no chão. Foi uma sensação bem desagradável querer entrar na cabana e não poder.

Ele me perguntou o que tinha acontecido, e eu respondi:

— Não há muito o que dizer. O urso saiu da floresta e derrubou Tub. Mirei bem e o matei.

— Quantos tiros você deu?

— Esvaziei os dois revólveres e o acertei com duas balas de um e duas do outro.

Charlie examinou as feridas do urso.

— Você atirou da janela ou da porta?

— Por que está fazendo todas essas perguntas?

— Por nada. — Ele deu de ombros. — Foram excelentes tiros, irmão.

— Foi sorte. — Esperando mudar de assunto, perguntei sobre o machado.

— Prospectores que iam para o sul — falou. A pele nas juntas de sua mão estava ferida, e perguntei como tinha se machucado. — Os homens hesitaram em me emprestar as ferramentas. Bom, eles não vão precisar do machado agora.

Ele voltou para a cabana, entrando pelo buraco que tinha feito. No começo, eu não sabia o que ele estava fazendo, mas logo vi a fumaça. Em seguida, minha bolsa e a panela voaram pela janela, com Charlie aparecendo logo depois com um amplo sorriso. Quando fomos embora, a estrutura já tinha se transformado num tornado de calor e chamas, assim como o urso, que Charlie tinha coberto com óleo de lamparina – uma visão impressionante, mas triste, e fiquei grato de poder ir embora. Ocorreu-me que eu tinha cruzado o batente da porta por um cavalo do qual não gostava, mas Charlie não tinha feito o mesmo pelo sangue do seu sangue. *Uma vida de altos e baixos,* pensei.

O olho de Tub estava vermelho e inchado, com um olhar parado, e ele estava agindo de forma estranha, virando para a direita quando eu puxava para a esquerda, parando e andando quando queria, desviando para os lados. Eu disse a Charlie:

— Acho que o cérebro do Tub sofreu algum dano com aquela patada do urso.

— Ele só deve estar meio tonto — respondeu Charlie. Tub foi direto para uma árvore e começou a urinar ruidosamente. —Você é gentil demais com ele. Aperte as costelas dele com as botas. Isso vai dar a ele todo o foco que você quiser.

— Meu cavalo anterior não precisava disso.

Charlie balançou a cabeça.

— Não vamos entrar nesse assunto de novo, obrigado.

— Meu cavalo anterior era mais inteligente do que muitos homens que eu conheci.

Charlie balançou a cabeça; não falaria mais disso. Chegamos ao acampamento dos prospectores mortos, ou futuros prospectores, ou jamais prospectores. Contei cinco corpos de bruços no chão, e nenhum estava caído perto de outro. Charlie me contou a história enquanto esvaziava os bolsos e as bolsas dos homens:

— Este cara gordo aqui deu uma de durão. Tentei conversar, mas ele queria se mostrar para os amigos. Dei-lhe um tiro na boca e todos correram. É por isso que estão espalhados e com ferimentos nas costas, está vendo? — Ele se ajoelhou em frente a um corpo magro. — Este aqui não devia ter mais de dezesseis. Bom, ele não deveria ter viajado com homens tão nervosinhos.

Não falei nada. Charlie olhou para mim, procurando uma reação, e dei de ombros.

— O que isso quer dizer? —perguntou. — Você também tem culpa nisso, não esqueça.

— Não vejo por quê. Eu não queria passar a noite na cabana daquela velha, lembra?

— Mas foi sua doença que fez com que aquela parada fosse necessária.

— Uma aranha entrou na minha bota, essa foi a causa da minha doença.

— Está dizendo a culpa é da aranha?

— Não quero culpar ninguém. Foi você quem começou.

Dirigindo-se aos mortos reunidos, Charlie disse:

— Meus bons homens, devem culpar uma aranha pela morte precoce do seu grupo. Uma aranha gorda e peluda em busca de um lugar quente: essa é a causa da morte de vocês.

— Só estou dizendo, irmão — interrompi —, que é uma lástima que eles tenham tido que morrer. E é uma lástima. Só isso.

Virei o corpo do menino com minha bota. Sua boca estava aberta e um par de dentões aparecia entre os lábios.

— Era um rapaz bonitão — falou Charlie, irônico. Mas ele sentia remorso, eu podia ver. Cuspiu no chão e jogou um montinho de terra sobre o ombro. — Todas essas pessoas procurando fortunas na Califórnia fariam melhor se ficassem onde nasceram e trabalhassem a própria terra.

— Entendo o que sentem. Estão procurando aventura.

— Estes homens encontraram. — Charlie voltou a mexer nos bolsos. — Esse tem um bom relógio com corrente. Você quer? Veja como é pesado.

— Deixe o relógio com o homem — falei.

— Eu me sentiria melhor com tudo isso se você aceitasse algo.

— E eu me sentiria pior. Deixe o relógio ou pegue para você, mas eu não quero.

Charlie também tinha matado os cavalos. Estavam deitados em grupo numa valeta mais adiante. Normalmente, isso não teria me incomodado, mas dois deles eram ótimos animais, bem superiores a Tub, e falei isso para Charlie. Ele ficou amargo e me respondeu:

— Sim, e suas marcas estão aí para todos verem. Você seria tão estúpido a ponto de viajar com o cavalo de um morto até a Califórnia, onde estão esperando por ele?

— Ninguém está esperando esses homens. E você sabe tão bem quanto eu que não há melhor lugar para se esconder do que a Califórnia.

— Não vou mais falar sobre o seu cavalo, Eli.

— Se você acha que não vamos mais conversar sobre isso, está equivocado.

— Então não vou mais falar sobre seu cavalo hoje. Agora, vamos dividir o dinheiro.

— Você os matou. Pode ficar com o dinheiro.

— Eu matei esses homens para libertá-lo da cabana amaldiçoada — reclamou.

Mesmo assim, eu não aceitei as moedas, e ele avisou:

— Não pense que vou forçá-lo a aceitar. Preciso de umas roupas novas mesmo. Você acha que seu cavalo deformado e sem cérebro consegue chegar até a próxima cidade sem se jogar de algum penhasco? O que foi isso? Você não está sorrindo, está? Estamos brigando, e você não pode, sob nenhuma circunstância, sorrir.

Eu não estava, mas um sorriso começou a se formar.

— Não — disse Charlie —, você não deve sorrir numa briga. É errado e ouso dizer que sabe disso. Você deve alimentar seu ódio e revisitar todas as bobagens que fiz contra você na sua infância.

Montamos para deixar o acampamento. Dei uma estocada nas costelas de Tub, e ele se deitou no chão.

Já era noite quando chegamos à cidade mais próxima, e o entreposto comercial não parecia aberto, mas a porta estava destrancada e fumaça saía pela chaminé, por isso batemos e entramos. O lugar estava quente e silencioso, e o cheiro de coisas novas encheu meu nariz – calças, camisas, roupa de baixo, meias e chapéus enchiam as prateleiras em pilhas organizadas.

Charlie bateu a bota no chão, e um velho esperto, usando uma camisa folgada, apareceu detrás de uma pesada cortina de veludo preto. Ele não nos cumprimentou, apenas caminhou de um lado para outro, em silêncio, acendendo as lamparinas no balcão com uma vareta fina de pinho, cuja ponta brilhava. Logo, a sala estava iluminada por um forte brilho dourado, e o velho apoiou as mãos no balcão, piscando e sorrindo, olhando-nos como se quisesse saber o que fazíamos ali.

— Preciso de roupas novas — disse Charlie.

— De alto a baixo? — perguntou o velho.

— Estou pensando em uma nova camisa, principalmente.

— Seu chapéu está esfarrapado.

— Que camisas você tem? — perguntou Charlie.

O velho estudou o torso de Charlie, lendo suas medidas com olhos bem treinados, virou-se e subiu uma escada que estava atrás dele, tirando das prateleiras uma pilha baixa de camisas dobradas. Ele desceu e colocou a pilha na frente de Charlie; enquanto meu irmão as olhava, o velho me perguntou:

— E o senhor?

— Não estou procurando nada hoje.

— Seu chapéu está esfarrapado também.

— Gosto do meu chapéu.

— Você e ele parecem se conhecer há muito tempo, a julgar pelas marcas de suor.

Fiquei sério e falei:

— É falta de educação falar da roupa das outras pessoas assim.

Os olhos do homem eram negros e astutos. Ele me lembrava uma toupeira ou algum outro tipo de animal cavador: rápido, certeiro e decidido.

— Não quis ser mal-educado — falou. — Culpo minha linha de trabalho. Sempre que vejo um homem em roupas esfarrapadas, sinto enorme simpatia por ele.

Seus olhos se abriram mais, demonstrando inocência, mas, enquanto falava, suas mãos trabalhavam de forma independente, colocando três chapéus novos no balcão.

— Você não me ouviu quando falei que não queria nada? — perguntei.

— Que mal há em experimentar um? — questionou ele, levantando um espelho. — Você só estará passando o tempo enquanto seu amigo aqui prova as camisas.

Os chapéus eram preto, chocolate e azul-escuro. Coloquei o meu ao lado dos outros e tive de admitir que estava em más condições, se fosse comparar. Falei que poderia experimentar um, e o velho gritou alto:

— Toalha!

Então, uma jovem grávida e muito feia surgiu detrás da cortina com uma toalha fumegante nas mãos. Ela me entregou a toalha e voltou por onde tinha vindo sem dizer uma palavra. Fiquei passando a toalha quente de uma mão para a outra para esfriá-la, e o velho explicou:

— Espero que o senhor não se importe de limpar suas mãos e sua testa. Não podemos ter a mercadoria manchada por todo mundo que entra na loja.

Comecei a me limpar enquanto ele voltava sua atenção para Charlie, que abotoava uma camisa preta de algodão com botões cor de pérola.

— Essa, sim, ficou bem em você — disse o velho.

Charlie parou em frente a um espelho alto, movendo-se de um lado para outro a fim de ver a camisa por todos os ângulos. Ele se virou para mim e apontou para a roupa com as sobrancelhas ligeiramente arqueadas.

— É bem bonita — falei.

— Vou levar — disse Charlie.

— E o que você acha do seu amigo nesse? — perguntou o velho, colocando o chapéu chocolate na minha cabeça. Charlie ficou me olhando de perfil e depois pediu para ver como ficava o preto. Quando o velho os trocou, Charlie assentiu.

— Se você estava procurando um chapéu, pode parar de procurar. Não vai encontrar coisa muito melhor. E acho que vou experimentar o azul, já que está aqui.

— Toalha! — gritou o velho, e novamente a garota grávida surgiu, colocou uma toalha fervente no balcão e foi embora sem falar nada. Limpando a testa, Charlie sorriu.

— É sua mulher, meu velho?

— É, sim — disse ele, orgulhoso.

— É seu filho na barriga dela?

A expressão do homem se fechou numa carranca.

— Você duvida da qualidade da minha semente?

— Não tenho nenhuma intenção de discutir sua semente.

— É impertinente.

Charlie levantou as mãos em sinal de paz.

— Só estou impressionado com você. Não quis ofender e desejo aos dois uma vida longa e feliz juntos.

Com isso, a questão foi resolvida, e qualquer ressentimento que tenha restado foi esquecido com nossas compras: levei o chapéu e também uma camisa, e Charlie, num frenesi de consumo, saiu com roupas novas da cabeça aos pés. O velho foi dormir quarenta dólares mais rico e ficou feliz por ter se levantado de seu repouso para nos atender. Quando fomos embora com nossas roupas novas, falei para Charlie:

— É um negócio organizado.

— Mais organizado que matar — concordou ele.

— Acredito que eu poderia me acostumar a uma vida como aquela. Às vezes, penso em me estabelecer. Não parecia agradável aquele lugar? Acender as lamparinas? O cheiro de coisas novas?

Charlie balançou a cabeça.

— Eu ficaria louco de tédio. Quando aquela garota muda saísse pela porta pela centésima vez, eu daria um tiro nela. Ou em mim.

— Pareceu um negócio bem tranquilo. Aposto que o velho dorme muito bem à noite.

— Você não dorme bem à noite? — perguntou Charlie, sério.

— Não — falei. — Nem você.

— Eu durmo como uma pedra — protestou ele.

— Você choraminga e geme.

— Haha!

— É verdade, Charlie.

— Ha — falou, fungando.

Parou para estudar minhas palavras. Queria ver se eram sinceras, eu sabia, mas não conseguia pensar numa forma de perguntar sem parecer preocupado demais. A alegria o abandonou nesse momento, e ele não conseguiu olhar para mim por um tempo. *Todos podemos ficar tristes e ninguém está a salvo da preocupação e da tristeza,* pensei.

Paramos num hotel desconfortável e estranho na parte mais ao sul da cidade. Só havia um quarto, que fomos forçados a dividir quando normalmente pediríamos acomodações individuais. Sentado em frente à vasilha com água, peguei minha escova e o pó, e Charlie, que não os tinha visto antes, me perguntou o que eu estava fazendo. Expliquei e demonstrei o uso apropriado da escova e depois dei um tapa no meu rosto e respirei fundo.

— É muito refrescante para a boca — falei.

Charlie ficou pensativo.

— Não gosto disso — falou. — Acho que é besteira.

— Ache o que quiser. O doutor Watts disse que meus dentes nunca mais vão apodrecer.

Charlie continuou cético. Ele me disse que eu parecia uma besta raivosa com a boca cheia de espuma. Falei que preferia parecer uma besta por alguns minutos a cada dia do que feder como uma por toda a minha vida, e isso marcou o fim da nossa conversa sobre escovas de dentes. Minha menção a Watts o fez se lembrar do remédio roubado, e Charlie pegou o frasco e a seringa em sua bolsa. Ele queria experimentar em si mesmo, falou, e fiquei olhando enquanto ele injetava uma boa quantidade em sua bochecha. Depois que o remédio fez efeito, Charlie começou a beliscar e contorcer o rosto.

— Que maravilha — falou.

Pediu que eu lhe desse um tapa, o que fiz, de leve.

— Não sinto nada — disse ele.

— Seu rosto está murcho como uma panqueca.

— Dê outro tapa, mais forte — mandou, e eu obedeci. — Incrível — comentou. — Mais um, a última vez, o mais forte que quiser.

Eu joguei o braço para trás e dei um tapa tão forte que minha mão doeu.

— Você sentiu esse. Seu cabelo pulou. Pude ver a dor nos seus olhos.

— Um recuo natural por causa do golpe, mas nada de dor — falou, maravilhado. — Um homem esperto poderia usar isso muito bem.

— Talvez você possa ir de uma cidade a outra convidando cidadãos frustrados a surrarem sua cabeça por um bom dinheiro.

— Estou falando sério. Temos neste frasco algo que torna possível o impossível. Podemos lucrar de alguma forma.

— Veremos como você se sentirá sobre esse remédio miraculoso quando o efeito passar.

Sua boca estava meio aberta, e um fio de baba escorria por seu queixo.

— Me faz babar — disse ele, sugando.

Dando de ombros, guardou o frasco e a seringa e disse que gostaria de ir ao *saloon* do outro lado da rua. Ele me convidou, e, apesar de não querer vê-lo embriagar-se de conhaque, eu tampouco queria ficar sozinho naquele quarto de hotel com papel de parede estragado, correntes de vento e cheiro de hóspedes anteriores. O chiado das molas de uma cama sofrendo sob o peso de um homem agitado é o barulho mais solitário que eu conheço.

Acordei ao nascer do sol com uma dor persistente na cabeça, não tanto pelo conhaque quanto por uma fadiga generalizada, ainda que beber não tivesse ajudado. Mergulhei meu rosto na vasilha com água e escovei os dentes, parado ao lado de uma janela aberta para sentir a brisa contra meu crânio. Fazia frio, mas o ar já estava mais quente; senti o primeiro gosto da primavera, que me trouxe uma satisfação, uma sensação de certeza e organização.

Cruzei o quarto para dar uma olhada no progresso de Charlie na luta contra o dia, que descobri estar sendo pior do que o meu.

— Eu também estava me sentindo mal — falei para ele —, apesar de estar um pouco melhor. Acredito que há algum tipo de remédio naquele pó para os dentes.

— Peça um banho — disse ele, escondido embaixo de colchas e lençóis. — Diga para a mulher que quero a água fervente.

— Um banho custa vinte e cinco centavos — avisei. Eu sabia disso porque tinha visto a placa no saguão e mencionei porque na nossa cidade o banho custava cinco centavos. Mas Charlie não estava preocupado com o preço.

— Não me importaria se custasse vinte e cinco dólares. Vai salvar minha vida, se isso for possível. Quero a água quente o bastante para cozinhar uma ave. E quero que você vá buscar algum remédio com o farmacêutico.

— Eu me pergunto o que o Comodoro pensaria de um líder que adoece tantas vezes por causa do álcool.

— Pare de falar — pediu. — Vá e encontre a mulher. Água fervente, peça a ela.

— Volto depois de passar na farmácia.

— Rápido, por favor.

Encontrei a mulher no saguão, sentada atrás de seu balcão, consertando uma fronha com uma agulha comprida e linha. Só a tinha visto de relance quando chegamos, mas agora pude perceber que era razoavelmente bonita, jovem, branca, roliça e firme. Seu cabelo suado estava colado na testa, e seu braço trabalhava com rapidez, estendendo-se até o limite quando ela puxava a agulha para trás. Bati no balcão, e ela olhou para mim com evidente contrariedade.

— Meu irmão tomou muito conhaque e está precisando de um banho bem quente.

— Trinta centavos — disse ela, numa voz monótona. Olhei para a placa em cima dela, que ainda dizia vinte e cinco centavos, mas antes que eu pudesse falar algo, ela disse: — Eram vinte e cinco ontem. São trinta agora. Qualquer dia, serão trinta e cinco.

— Um ótimo momento para pintores de placas — falei. A mulher não parou de costurar. Por isso, continuei: — É melhor eu pagar agora, antes que fique caro demais para mim.

Nem mesmo um sorriso da explorada funcionária do hotel. Para irritá-la mais, paguei com vinte dólares. Ela olhou a pesada moeda por bons segundos antes de enfiá-la no bolso de seu avental sujo e procurar o troco. Não fazia nenhum esforço para esconder que não gostava de mim e achei prudente avisá-la:

— Meu irmão não é tão paciente quanto eu, senhora, e ele está bem mal esta manhã. Quer um banho extremamente quente e é melhor que tenha o que pediu. Não vai gostar se o aborrecer, acredite em mim.

— Será muito quente — disse ela. Enfiando o travesseiro embaixo do braço, virou-se para ir preparar o banho. Enquanto desaparecia atrás de uma cortina de contas que separava o saguão da cozinha e dos fornos, percebi que uma parte de seu vestido ficara presa no meio de sua bunda. Ela soltou o tecido com um puxão delicado. Foi um gesto automático de sua parte, mas me senti muito sortudo por ter visto isso e comecei a assobiar uma música alegre.

Saí do hotel, procurando distraído um farmacêutico ou médico, mas me vi concentrado em pensamentos sobre mulheres e amor. Nunca tinha estado com uma mulher por mais do que uma noite, e somente com prostitutas. E, apesar de sempre ter tentado manter uma postura amigável nesses encontros rápidos, eu sabia que era tudo falso e, no final, sempre me sentia distante e perdido. Tinha desistido das prostitutas no último ano, pensando que era melhor ficar sem do que forjar uma proximidade que não existia, mas, apesar de ser irreal para um homem na minha posição pensar nessas coisas, não conseguia evitar uma pergunta quando via minha silhueta volumosa refletida nas janelas das lojas: *quando esse homem aí será amado?*

Localizei o farmacêutico e comprei um pequeno frasco de morfina. Voltando ao hotel, encontrei a mulher descendo as escadas. Tinha uma tina de banho embaixo do braço e sua lateral estava molhada. Ela parou por um momento; achei que queria me cumprimentar e tirei meu chapéu, oferecendo minha versão de um sorriso, mas então vi que ela respirava forte e cultivava amargura ou alguma infelicidade. Quando perguntei qual era o problema, ela declarou, em voz alta, que meu irmão era um bárbaro e que nem as águas mais quentes do inferno o limpariam. Perguntei o que ele tinha feito, mas ela não respondeu e só passou por mim a caminho do saguão. Ouvi o som da cortina de contas e da tina sendo jogada contra a parede. Fiquei parado por um tempo na escada, ouvindo os sons do hotel, os passos invisíveis e os rangidos, portas sendo abertas e fechadas, risos e conversas abafadas, um bebê chorando. Percebi uma vela apagada na parede que acompanhava a escada. Acendi a vela e apaguei o fósforo, colocando-o encostado na vela. Olhando para o alto das escadas, vi que a porta do nosso quarto estava entreaberta; quando me aproximei, fiquei surpreso ao ouvi-lo falando, e comigo, apesar de não saber que eu estava ali. Ele falava em voz alta dentro da banheira, um hábito que tinha desde a infância. Entrei escondido e fiquei ouvindo:

— Mas eu sou o líder. Sim. Bom, eu sou. Você? Você não consegue guiar seu cavalo sem ajuda. Além de que é doente. É, sim. Você atrai doenças e preocupação. Se não fôssemos da mesma família, eu o teria deixado para trás há muito tempo. Na verdade, o Comodoro me pediu para fazer isso, mas eu falei que não. Ele admirou minha fidelidade. Parece que gosta de tudo em mim. "Fé vai ser paga com fé", ele falou. Ele tem fé em mim. Tem sim, irmão. Lá vai você, pode rir. Você ri de tudo. Mas vou fazer uma pergunta e é séria: quem tem fé em você?

Ele parou para afundar na água e esfregar o corpo. Eu bati na porta enquanto a abria, batendo os pés ridiculamente e limpando a garganta de forma exagerada.

— Charlie — chamei. — Trouxe seu remédio.

Tentei parecer natural, mas meu tom refletiu a dor que senti com as palavras indelicadas de meu irmão. Quando entrei no banheiro, metade do corpo dele estava inclinado para fora da banheira, vermelho da cintura para baixo como se estivesse usando calças. Estava vomitando na cuspideira e vi seus espasmos enquanto ele eliminava a bile venenosa. Levantando um dedo e arfando, ele falou:

— Não saia daí.

Continuou a vomitar e puxei uma cadeira para me sentar perto dele. Meus joelhos estavam tremendo, e eu desejei, apesar de ser impossível, que nunca tivesse ouvido seu discurso. Finalmente, decidi que não podia ficar no banheiro com ele. Eu me levantei e deixei a morfina na cadeira, apontando para a porta como se uma tarefa urgente me esperasse do outro lado. Ele não percebeu minha saída, acho, preocupado como estava com seus vômitos e seu mal-estar.

Eu não tinha nenhum lugar aonde ir e não queria ser visto por ninguém, com medo de que reconhecessem minha tristeza. Assim, por vários minutos simplesmente fiquei no saguão do hotel, transferindo o peso do meu corpo de um lado para outro e tentando clarear a mente de qualquer pensamento reconhecível. Notei que a vela que eu tinha acendido estava novamente apagada. Assumi que um golpe de vento a apagara, mas, inspecionando mais de perto, vi que meu fósforo tinha desaparecido; acendi novamente a vela e deixei o fósforo usado dentro do suporte preto de metal. Tinha vontade de conversar, não sabia com quem, provavelmente com a mulher do hotel. Poderia deixar-lhe um bilhete secreto? Mas eu não tinha papel nem tinta, e, de qualquer forma, o que eu iria dizer para ela? Querida senhorita, gostaria que lavasse seu rosto e fosse gentil comigo. Tenho dinheiro. Você quer? Nunca sei o que fazer com ele.

Sentei-me nas escadas e fiquei ali por mais uns vinte minutos antes de voltar ao quarto. Charlie estava sentado na cama, usando sua camisa nova, mas sem calça. Ele pegou uma de suas botas novas, acariciando-a e admirando-a. Tinha bebido um terço da morfina, e ela tinha funcionado; seus olhos estavam caídos, e ele parecia satisfeito como um porco na lama.

— Passou a dor de cabeça, irmão?

— Não, ela ainda está aqui, mas o remédio me faz não ligar para ela. — Abrindo a bota para observar seu interior, disse solenemente: — A habilidade e a paciência envolvidas na fabricação desta bota são impressionantes.

Senti repulsa por Charlie.

— Você precisa ver como está bonitão.

Suas pálpebras estavam subindo e descendo como um par de persianas sendo levantadas e abaixadas. Ele deu de ombros e falou:

— Em alguns dias estamos mais fortes... do que em outros.

— Quando você quer ir embora?

Ele respondeu com os olhos fechados:

— Não posso viajar nesse estado. Outro dia nessa cidade não vai causar problemas. A mulher mencionou um duelo amanhã de manhã. A gente vai embora logo depois disso.

— Como você quiser.

Ele abriu os olhos um pouco.

— Qual é o seu problema? Está agindo de forma estranha.

— Sinto-me o mesmo.

— Você estava me ouvindo na banheira, não estava? — Não respondi, e ele abriu completamente os olhos. — Achei que tivesse ouvido você chegar. Esse é o destino de quem é furtivo e escuta conversas.

De repente, ele se dobrou e um fino jorro de bile amarela saiu de sua boca para o chão. A bile gotejava do seu rosto quando o levantou, com os lábios úmidos arqueados num sorriso diabólico.

— Eu quase vomitei na bota! Estava a ponto de vomitar na bota! Pode imaginar como eu ficaria bravo?

— A gente se vê mais tarde — falei.

— O quê? — resmungou ele. — Não, fique aqui comigo. Não estou me sentindo bem. Desculpe se falei algo que o deixou chateado. Eram apenas palavras perdidas.

— Não, eu quero ficar sozinho. Beba sua morfina e vá dormir.

Eu me virei para a porta, mas ele, sem perceber ou fingindo que isso não estava acontecendo, continuou a falar comigo.

— Havia algum tipo de veneno naquele conhaque, acho. — Ele sentiu outra ânsia de vômito. — É o pior que já me senti depois de beber.

— Bebi o mesmo conhaque e não fui envenenado.

— Você não bebeu tanto quanto eu.

— Não há por que argumentar com um alcoólatra sobre quem deve ser culpado.

— Então agora sou um alcoólatra.

— Estou cheio de você. Preciso cuidar dos meus pontos e das minhas próprias feridas. A gente se vê mais tarde, irmão. Aconselho que fique longe do *saloon* enquanto isso.

— Não sei se serei capaz, sendo um alcoólatra tão depravado.

Ele só queria brigar e cultivar sua raiva contra mim, aliviando assim sua culpa, mas eu não o instiguei. Voltei ao saguão (a vela, percebi enquanto descia as escadas, permanecera acesa, e o fósforo, intocado), onde encontrei a mulher atrás de seu balcão, lendo uma carta e sorrindo. Aparentemente, a correspondência trazia boas notícias, porque ela ficou mais animada depois de lê-la e me cumprimentou, se não de forma acalorada, pelo menos não tão fria quanto antes. Pedi emprestados uma tesoura e um espelho, e ela não respondeu, mas se ofereceu para cortar meu cabelo por cinquenta centavos, assumindo que essa era a razão para eu precisar dessas ferramentas. Recusei com um agradecimento, explicando sobre meus pontos. Ela perguntou se poderia ir comigo até meu quarto e ver todo o procedimento sangrento. Quando falei que esperava passar um tempo longe do meu irmão, ela disse:

— Posso entender isso. — Então, ela me perguntou onde eu planejava fazer minha pequena cirurgia. Quando admiti que não tinha pensado nisso, ela me convidou para ir até seu quarto.

— Você não tem outras tarefas mais urgentes? — perguntei.

— Não tinha tempo pela manhã.

Seu rosto ficou vermelho, e ela explicou:

— Desculpe se fui grossa com você. Meu ajudante desapareceu na semana passada e não tenho dormido com tantas coisas para fazer. Também tinha alguém doente na minha família e estava ansiosa por notícias. — Ela deu um tapinha na carta e assentiu.

— Tudo está bem, então?

— Não tudo, mas a maior parte.

Com isso, ela me convidou a passar pelo seu sagrado balcão, e eu a segui através da cortina de contas, entrando em seu mundo privado. As contas fizeram cócegas no meu rosto e experimentei um tremor de felicidade. *É verdade*, pensei. *Estou vivendo uma vida.*

O quarto dela não era como eu teria imaginado, se tivesse tempo de ter feito isso, o que não tinha acontecido. Mas não havia flores nem bibelôs, nada de seda ou perfume, nada feminino posicionado com um toque feminino; não havia livros de poesia, penteadeira nem conjuntos de maquiagem; não havia nenhum travesseiro com detalhes em renda e provérbios sentimentais bordados para acalmar o espírito em tempos de angústia ou ajudar a suportar a monotonia de dias infinitamente redundantes com suas palavras e tons salvadores. Não. O quarto era um *bunker* de teto baixo, sem janela ou luz natural, e, como estava localizado ao lado da cozinha e da lavanderia, tinha cheiro de gordura, água suja e sabão. Ela deve ter notado minha expressão consternada, porque ficou tímida e disse baixinho que não imaginava que eu ficaria impressionado com seu quarto; isso naturalmente me levou a elogiá-lo, e falei que ele passava um sentimento de segurança por sua impenetrabilidade e também que era perfeitamente privado. Ela falou que minhas palavras eram doces, mas desnecessárias. Faltavam muitas coisas ao quarto, ela sabia, mas só precisaria viver assim por mais algum tempo, pois, com o fluxo constante de prospectores, o hotel estava indo muito bem.

— Mais seis meses e vou me mudar para o melhor quarto deste hotel.

A forma como falou me mostrou que essa era uma ambição significativa para ela.

— Seis meses é muito tempo — falei.

— Já esperei mais por menos.

— Gostaria de fazer algo para acelerar isso para você.

Ela ficou intrigada.

— Que coisa estranha para se falar a um estranho — disse.

Ela me guiou até uma pequena mesa de pinho, colocando um espelho na minha frente. Vi meu rosto largo e o estudei com minha mistura costumeira de curiosidade e pena. Ela me entregou uma tesoura, e eu a peguei, segurando as lâminas para esquentá-las. Inclinei o espelho para que eu conseguisse me ver trabalhando, aproximei a tesoura dos pontos e comecei a tirar o fio preto de dentro da minha boca. Não doía; eu só sentia uma leve queimação, como o atrito de uma corda passando pela sua mão. Era muito cedo para remover os pontos, e o fio saiu sujo de sangue. Juntei os pedaços perto do meu pé e depois os queimei, já que o cheiro era terrível. Depois que terminei, decidi mostrar à mulher minha escova de dentes e o pó, que estavam no bolso do meu colete. Ela ficou animada com a sugestão, pois também tinha se convertido recentemente ao método, e correu para pegar seu equipamento, assim poderíamos escovar os dentes ao mesmo tempo. Foi assim que ficamos lado a lado diante da bacia, com as bocas cheias de espuma, sorrindo enquanto trabalhávamos. Depois de terminarmos, houve um momento estranho em que nenhum dos dois soube o que falar, e, quando sentei em sua cama, ela começou a olhar para a porta como se quisesse ir embora.

— Venha se sentar aqui ao meu lado — falei. — Gostaria de conversar com você.

— Eu deveria voltar ao meu trabalho.

— Não sou um hóspede aqui? Você deve me entreter, ou vou escrever cartas de reclamação à Câmara de Comércio.

— Ah, está bem. — Ela sorriu. Juntando o vestido com as mãos enquanto se sentava, perguntou: — Sobre o que você gostaria de conversar?

— Sobre qualquer coisa. Que tal sobre a carta, aquela que a fez sorrir? Quem estava doente?

— Meu irmão Pete. Ele levou uma patada de uma mula no peito, mas me disseram que está se recuperando bem. Mamãe disse que dá para ver a marca da pata direitinho.

— Ele tem sorte. Teria sido uma morte bem indigna.

— Morte é morte.

— Você está errada. Há muitos tipos de morte. — Contei nos dedos. — Morte rápida, morte lenta. Morte precoce, morte tardia. Morte corajosa, morte covarde.

— De qualquer forma, ele ainda está fraco. Vou mandar uma carta convidando-o a vir trabalhar comigo.

— Você é próxima de seu irmão? — perguntei.

— Somos gêmeos — respondeu. — Sempre tivemos uma forte conexão. Às vezes, penso nele e é como se estivesse aqui comigo. Na noite em que foi chutado, eu acordei com uma marca vermelha em cima do meu peito. Acho que isso parece estranho.

— Parece, sim.

— Acredito que devo ter me machucado enquanto dormia — explicou.

— Ah.

— Aquele homem lá em cima é realmente seu irmão?

— É.

—Vocês dois são bem diferentes, não? — comentou ela. — Ele não é ruim, acho que não. Talvez seja simplesmente muito preguiçoso para ser bom.

— Nenhum dos dois é bom, mas ele é preguiçoso, isso é verdade. Quando era garoto, ele só se lavava quando minha mãe pedia aos prantos.

— Como era sua mãe?

— Era muito inteligente e muito triste.

— Quando ela morreu?

— Ela não morreu.

— Mas você disse que era muito inteligente.

— Acho que só quis dizer que... Bom, ela não quer nos ver, se você quer saber a verdade. Ela não está feliz com nosso trabalho e diz que não vai falar conosco até termos encontrado outro emprego.

— E o que vocês dois fazem?

— Somos Eli e Charlie Sisters.

— Ah — disse ela. — Ah, meu...

— Meu pai está morto. Ele foi morto e mereceu ser morto.

— Certo — disse ela, levantando-se.

Segurei sua mão.

— Qual é o seu nome? Imagino que já tenha um homem? Sim ou não?

Ela já estava indo na direção da porta, dizendo que já não tinha nenhum minuto de descanso. Eu me levantei e me aproximei dela, perguntando se poderia roubar um beijo, mas ela afirmou mais uma vez que estava com pressa. Pressionei-a por detalhes a respeito de seus sentimentos por mim, se é que ela tinha algum; ela respondeu que não me conhecia bem o suficiente para dizer e admitiu ter uma preferência por homens mais magros ou pelo menos não tão pesados quanto eu. Não disse isso para ser cruel, mas suas palavras me machucaram, e depois que ela saiu fiquei parado ali, na frente do espelho, estudando meu perfil, o lugar que ocupo neste mundo de homens e mulheres.

Evitei Charlie toda aquela tarde e noite. Voltei ao nosso quarto depois do jantar e o encontrei dormindo, com o frasco de morfina tombado e vazio no chão. Na manhã seguinte, tomamos o café da manhã juntos no nosso quarto, ou melhor, ele tomou, já que eu tinha resolvido parar de me encher de forma tão glutona para assim diminuir minha cintura e dar-lhe uma forma mais adequada. Charlie estava meio grogue, mas feliz, e queria fazer as pazes comigo. Apontando sua faca para meu rosto, perguntou:

— Lembra como você ganhou suas sardas?

Neguei com a cabeça. Não estava pronto para fazer as pazes.

— Você sabe algo mais sobre esse duelo?

Ele assentiu.

— Um homem é advogado e, pelo que dizem, não é bom de briga. O nome dele é Williams. Ele vai enfrentar um rancheiro com uma história cheia de maldades, um homem chamado Stamm. Todos falam que Stamm vai matar Williams, que não tem jeito.

— Mas quais são os motivos dessa briga?

— Stamm contratou Williams para conseguir alguns pagamentos que ele tinha para receber. Quando o caso chegou ao tribunal, Williams perdeu. No momento em que saiu o veredicto, Stamm desafiou Williams a um duelo de pistolas.

— E o advogado não tem histórico de saber atirar?

— Já ouvi histórias de duelos de cavalheiros, mas eu nunca vi um.

— Não parece uma boa disputa. Por mim, podíamos ir embora.

— Se é isso que você quer. — Charlie tirou um relógio do bolso. Percebi que era o do prospector que ele havia matado. —

São pouco mais de nove horas agora. Você pode seguir com o Tub, e eu o alcanço depois do duelo, daqui a uma hora.

— Acho que vou fazer isso — falei.

A mulher do hotel bateu à porta e entrou para retirar nossos pratos e copos. Eu lhe dei bom-dia, e ela respondeu educadamente, colocando uma das mãos nas minhas costas ao passar. Charlie também a cumprimentou, mas ela fingiu não ter ouvido. Quando comentou sobre meu prato, em que eu não havia tocado, bati na barriga e disse que estava querendo emagrecer por razões do coração.

— É mesmo? — perguntou ela.

— Do que você está falando? — perguntou Charlie.

A mulher não usava o avental sujo, substituído por uma blusa de linho vermelho, decotada o suficiente para revelar a garganta e a clavícula. Charlie perguntou se ela iria assistir ao duelo, e ela respondeu que sim, acrescentando:

— Vocês deveriam correr para encontrar um bom lugar. As ruas se enchem rapidamente, e as pessoas não abrem mão de seus lugares.

— Talvez eu fique — falei.

— Ahn? — perguntou Charlie.

Nós três fomos até o local do duelo juntos. Enquanto abria caminho entre a multidão, fiquei feliz em perceber o braço da mulher enlaçado ao meu. Eu estava me sentindo grandioso e cavalheiro; Charlie vinha atrás da mulher, assobiando uma inocente melodia. Encontramos um lugar. Como a mulher tinha previsto, a competição por lugares era dura. Ameacei um homem que a empurrou, e Charlie falou:

— Cuidado com o Cavalheiro Raivoso, nativos fiéis.

Quando os duelistas chegaram, alguém atrás de mim me empurrou uma vez e depois outra. Eu me virei para reclamar e vi que era um homem com uma criança de sete ou oito anos sobre o ombro – era a criança que estava me atingindo com a bota.

— Eu apreciaria se o seu garoto não chutasse minhas costas — falei.

— Ele estava chutando você? — perguntou o homem. — Acho que não.

— Estava, e se isso acontecer de novo, a culpa vai ser só sua.

— É mesmo? — duvidou ele, fazendo uma expressão que mostrava sua crença de que eu estava sendo insensato ou exageradamente dramático.

Tentei olhar bem para ele para informá-lo do perigo de sua atitude, mas ele não olhava para mim, só queria espiar por cima do meu ombro para o local do duelo. Eu me virei. A mulher segurava meu braço e tentava me acalmar, mas eu já tinha ficado bravo e virei de novo para o homem para retomar a discussão:

— De qualquer forma, não entendo por que você quer mostrar algo tão violento a um menino da idade dele.

— Já vi mortes antes — disse o garoto. — Vi um índio ser cortado com uma faca e suas tripas saírem de dentro dele como se fosse uma cobra vermelha e gorda. Também já vi um homem enforcado numa árvore do lado de fora da cidade. Sua língua estava inchada assim. — A criança fez uma careta.

— Ainda não me parece correto — falei para o homem, que não disse nada.

A criança continuou a fazer sua careta, e eu me virei para assistir aos homens assumindo seus lugares na rua. Era fácil identificá-los: o rancheiro, Stamm, estava usando roupas de couro e de algodão gastas; seu rosto era curtido e a barba não fora feita. Ele estava sozinho, sem ninguém para ajudá-lo, e olhava para a multidão com um rosto inexpressivo e os braços descansados na lateral do corpo. O advogado Williams usava um terno cinza, o cabelo dividido no meio, o bigode aparado e arrumado. Seu ajudante, também bem-arrumado, tirou o casaco de Williams, e a multidão viu o advogado fazer alguns exercícios, agachando-se. Então, ele levantou uma arma imaginária para Stamm e forjou seu recuo depois de um tiro. Essas pantomimas causaram alguns risos abafados na multidão, mas o rosto de Williams se manteve muito sério e solene. Pareceu-me que Stamm estava bêbado ou tinha estado recentemente.

— Por quem você está torcendo? — perguntei à mulher do hotel.

— Stamm é um maldito. Não conheço Williams, mas ele parece ser um maldito também.

O homem com a criança nos ombros ouviu isso e falou:

— O senhor Williams não é um maldito. Ele é um cavalheiro.

— Ele é seu amigo? — Eu me virei lentamente para o homem.

— Tenho orgulho de dizer que é.

— Espero que tenha se despedido. Ele vai estar morto daqui a alguns minutos.

O homem balançou a cabeça.

— Ele não tem medo.

Era algo tão estúpido a dizer que acabei rindo.

— E daí que não tem?

O homem me ignorou com um gesto de desprezo, mas o garoto tinha me ouvido e me olhou com um medo conhecido.

— Seu pai quer que você veja algo violento — falei. — E hoje você vai ver.

O homem ficou ali por um momento, me xingou baixinho e se afastou, abrindo caminho pela multidão para ver o duelo de outro local.

Ouvi o ajudante de Williams gritar para Stamm:

— Onde está seu ajudante, senhor?

— Não sei e não me importa — respondeu Stamm.

Williams e seu ajudante conversaram entre si. O ajudante assentiu e perguntou a Stamm se ele poderia inspecionar o revólver. Stamm repetiu que não se importava, e o ajudante pegou a arma. Aprovando com a cabeça, ele perguntou se Stamm gostaria de fazer o mesmo com o revólver de Williams, e Stamm respondeu que não. Então, Williams se aproximou, e os dois ficaram frente a frente. Apesar da demonstração de coragem, parecia que Williams não queria duelar; como eu esperava, ele sussurrou no ouvido do ajudante, e este falou com Stamm:

— Se o senhor quiser pedir desculpas, isso será satisfatório para o sr. Williams.

— Não quero — disse Stamm.

— Muito bem — disse o ajudante.

Ele colocou os homens de costas um para o outro e mandou que dessem vinte passos. Começou a contar em voz alta, e os duelistas deram os passos. A testa de Williams brilhava de suor, e seu revólver tremia, enquanto Stamm parecia estar apenas a caminho do banheiro, tão pouca era a preocupação que demonstrava. Depois de contar vinte passos, eles viraram e atiraram. Williams errou, mas a bala de Stamm atingiu Williams no meio do peito. O rosto do advogado se transformou numa ridícula máscara de agonia, surpresa e, pareceu-me, insulto. Cambaleando para lá e para cá, ele apertou o gatilho na direção dos espectadores. Houve uma série de gritos – a bala tinha acertado uma jovem na canela, e ela estava caída no chão, contorcendo-se e agarrando a perna. Não sei se Williams percebeu seu vergonhoso erro ou não; quando olhei novamente para ele, estava morto no chão. Stamm se afastava na direção de um *saloon*, com a pistola no coldre e os braços estendidos na lateral do corpo. O ajudante ficou sozinho no campo do duelo, olhando impotente para a esquerda e a direita. Procurei o homem com o menino nos ombros para olhá-lo com desdém, mas não os encontrei.

A mulher tinha algum trabalho para fazer e pediu licença enquanto eu guardava minhas coisas para ir embora. Eu a procurei por todo o hotel para me despedir, mas não a encontrei, então deixei cinco dólares de presente para ela, escondendo a moeda embaixo dos lençóis, assim ela poderia se lembrar de mim quando visse uma cama de casal, ou uma cama, pelo menos. Charlie me pegou fazendo isso e disse que admirava o gesto, mas que meu plano ia falhar, pois aqueles lençóis estavam sujos e iriam continuar a acumular sujeira, já que a mulher não tinha interesse em manter um negócio limpo e organizado.

—Você só está deixando dinheiro para o próximo homem que dormir neste quarto.

— Ela pode encontrar — falei.

— Ela não vai encontrar, e, além disso, cinco dólares é muito. Deixe um dólar para ela no balcão da entrada. Ela pode limpar o avental e ainda sobrará bastante para encher a cara.

—Você só está com ciúme porque não tem uma garota.

— Essa mulher sem educação é sua garota? Meus parabéns. É uma pena que não possamos levá-la à mamãe. Ela ficaria tão feliz em conhecer essa delicada flor.

— Entre conversar com um bobo ou com ninguém, prefiro não conversar com ninguém.

— Ela cospe no chão e limpa o nariz na manga da roupa. Realmente é uma dama muito especial.

— Não quero conversar — falei, deixando-o sozinho para juntar suas coisas.

Desci até a rua, onde encontrei Tub, cumprimentei-o e perguntei como ele estava se sentindo. Ele me pareceu mais alerta do que no dia anterior, apesar de seu olho estar muito pior, e senti muita simpatia pelo animal. Ele era forte, acima de tudo. Eu me aproximei para acariciá-lo, mas, quando minha mão pousou em seu focinho, ele se assustou e senti um pouco de vergonha por meu animal estar tão desacostumado a um toque gentil. Decidi tentar tratá-lo melhor e fiz uma promessa para mim mesmo. Charlie saiu do hotel e riu da cena meiga.

—Vejam aqui o amante de todas as coisas vivas — falou. — Ele vai deixar algum dinheiro na comida de seu animal deformado? Eu não duvido, amigos.

Ele se aproximou e estalou os dedos de cada lado da cabeça de Tub. As orelhas do cavalo se mexeram, e Charlie, satisfeito com o teste, foi ver Nimble.

—Vamos ficar ao ar livre durante o resto da viagem — disse ele. — Chega de preguiça em quartos de hotel.

— Não faz nenhuma diferença para mim — falei.

Ele fez uma pausa.

— Só quero dizer que, se você tiver outra de suas doenças ou maldições, terei de continuar sozinho.

— Doenças ou maldições? É uma boa acusação, vinda de você. Por duas vezes tivemos que diminuir o ritmo por causa de suas bebedeiras.

— Certo, então vamos apenas concordar que tivemos algum azar e estabelecemos maus exemplos para nós mesmos. O que passou, passou, mas é a última vez, de acordo?

— E não vamos falar mais nada sobre minhas maldições ou doenças.

—Tudo bem, irmão. — Ele montou em Nimble e olhou para a estrada além das lojas e na direção do deserto. Ouvi o barulho de metal contra vidro e vi a mulher do hotel na janela do nosso quarto no segundo andar, com a moeda de cinco dólares entre seus dedos. Depois, ela beijou a moeda e apoiou a palma da mão contra a janela, e eu cruzei os braços para Charlie, cujo rosto estava frio e impassível; ele apertou as costelas de Nimble e se afastou. Eu levantei uma das mãos para a mulher, e ela falou algumas palavras que não consegui decifrar, mas assumi que fossem alguma forma de agradecimento. Eu me virei para seguir Charlie, pensando na voz da mulher no quarto vazio do hotel onde ela trabalhava e se preocupava, e fiquei feliz por ter deixado o dinheiro, esperando que isso a tivesse feito feliz, pelo menos por algum tempo. Resolvi perder doze quilos de gordura e escrever a ela uma carta de amor e elogios, falando que poderia melhorar o tempo que vai passar na Terra com a devoção de outro ser humano.

* * *

Uma tempestade caiu atrás de nós, a última verdadeira tempestade de inverno, mas conseguimos nos manter à frente dela e avançamos bem durante toda a tarde e noite. Montamos acampamento numa grande caverna, com o teto escurecido pelas fogueiras de outros homens. Charlie preparou feijão e carne de porco para o jantar, além de biscoitos, mas eu só comi os feijões, passando secretamente o resto para Tub. Fui dormir com fome e acordei no meio da noite, quando vi um cavalo sem dono parado na entrada da caverna, respirando forte e batendo a pata na pedra. Era negro e estava molhado de suor; quando ele começou a tremer, eu me aproximei dele e joguei meu cobertor sobre suas costas.

— O que foi? — perguntou Charlie, apoiando-se em seu cotovelo.

— Um cavalo.

— Onde está o dono?

— Não tem ninguém por aqui.

— Se o dono aparecer, você pode me acordar. — Ele se virou e voltou a dormir.

O cavalo tinha uns dezessete palmos de altura e era todo musculoso. Não tinha marca, sela ou ferraduras, mas sua crina estava limpa e ele não se afastou quando o acariciei. Eu lhe trouxe um biscoito, mas ele não estava com fome e só mordiscou.

— Para onde você estava indo, correndo no meio da noite assim? — perguntei. Tentei guiá-lo em direção a Nimble e Tub, para compartilhar o calor do grupo, mas ele recuou e voltou para a entrada, onde eu o havia encontrado. — Você quer me deixar sem manta, é isso?

Voltei à caverna e alimentei o fogo, deitando-me encurvado ao lado dele para me esquentar, mas não consegui dormir sem coberta e, em vez disso, passei o resto da noite reescrevendo discussões perdidas do meu passado e alterando histórias de forma que eu terminasse vitorioso. Quando o sol surgiu pela manhã, eu tinha decidido que ficaria com o cavalo. Contei meu plano para Charlie quando entreguei seu café, e ele assentiu.

—Você pode colocar ferraduras nele em Jacksonville. Talvez consigamos um preço justo por Tub, mas eu duvido. Ele provavelmente será sacrificado. Bom, você pode ficar com o dinheiro que conseguir. Você sofreu com Tub, não vou negar isso. Foi uma feliz coincidência esse cavalo vir até você. Como você vai chamá-lo? Que tal Filho de Tub?

—Acho que algum fazendeiro pode querer ficar com Tub. Ele ainda tem alguns anos de vida.

— Eu não lhe daria tanta esperança. — Charlie se virou para Tub e disse: — Carne ensopada? Ou um bom pasto e a bunda macia da filha do fazendeiro? — Para mim, ele sussurrou: — Carne ensopada.

O cavalo negro aceitou a sela sem nenhum incidente. Tub balançou a cabeça quando passei uma corda ao redor de seu pescoço e não pude olhar em seus olhos. Já tínhamos andado mais de três quilômetros quando encontramos um índio morto no chão.

— Deve ser o dono anterior — disse Charlie. Nós o viramos para dar uma olhada. Seu corpo estava duro e deformado, o pescoço, quebrado, e a boca, aberta numa expressão de dor.

— É estranho, no entanto, que um cavalo de um índio aceite sela — falei.

— Deve ter sido roubado de um homem branco — disse Charlie.

— Mas o cavalo não tem ferradura nem marca.

— É um enigma — admitiu. Apontando para o índio, falou: — Pergunte para ele.

O indígena não tinha ferimentos que explicassem sua morte, mas era extremamente pesado, e pensamos que talvez tivesse sofrido uma falência de algum órgão, caído do cavalo e quebrado o pescoço.

— O cavalo continuou — disse Charlie. — Provavelmente eles iam para a caverna. Eu fico imaginando o que ele teria feito se nos encontrasse dormindo na caverna dele.

O cavalo negro abaixou a cabeça até o índio, cheirando-o e o cutucando-o. Nesse momento, eu podia sentir Tub olhando para mim. Decidi que o melhor era retomar a viagem. No começo, o cavalo negro não queria ir embora, mas depois ele cavalgou muito bem, apesar do terreno ruim, e levando Tub atrás de nós. Uma chuva pesada começou a cair, mas o frio tinha desaparecido; eu estava suando, assim como o cavalo novo, e seu cheiro e calor eram agradáveis para mim. Todos os seus movimentos eram espertos e graciosos, e eu descobri que ele corria muito bem. Apesar de não achar bom pensar nisso, eu sabia que seria um grande alívio livrar-me de Tub. Olhei para ele e vi como fazia o máximo de esforço para nos seguir. Seu olho estava lacrimejando e muito vermelho, e ele levantava e virava a cabeça como se tentasse não se afogar.

Quando chegamos a Jacksonville, perguntei-me se Charlie iria honrar sua promessa de dormir ao ar livre; soube que não quando percebi como olhava para as janelas brilhantes do primeiro *saloon* pelo qual passamos. Acomodamos os cavalos em estábulos. Pedi ao cuidador para colocar ferraduras no negro e que fizesse uma oferta por Tub. O homem segurou sua lamparina perto do olho machucado de Tub e disse que me falaria na manhã seguinte, quando pudesse dar uma boa olhada no cavalo. Charlie e eu nos separamos no centro da cidade. Ele queria beber, e eu, comer. Ele apontou para um hotel como nosso ponto de encontro, e eu assenti.

A chuva tinha passado; agora a lua estava cheia e baixa, e as estrelas brilhavam. Entrei num restaurante modesto e me sentei perto da janela, olhando para minhas mãos sobre a mesa vazia. Elas estavam paradas e brancas sob o luar, e não senti nenhum envolvimento pessoal por elas. Um garoto se aproximou e colocou uma vela na mesa, arruinando o efeito do luar, e eu li o cardápio na parede. Tinha comido pouco no café, apesar de ter ido dormir com o estômago vazio, e minha barriga roncava de fome. Mas a comida era do tipo que mais engordava, e quando o garçom parou ao meu lado, fazendo uma breve reverência com um lápis na mão, perguntei se ele tinha algo que não fosse tão farto.

— Não está com fome, senhor?

— Estou fraco de fome — falei para ele. — Mas quero algo menos pesado que cerveja, carne e batatas na manteiga.

O garçom bateu seu lápis no bloco.

— Você quer comer, mas não quer se sentir cheio?

— Quero ficar sem fome — falei.

— E qual é a diferença?

— Quero comer, só que não quero comer nada pesado, entende?

— Para mim, o objetivo de comer é ficar cheio.

— Está me dizendo que não há opções além das que estão listadas?

Ele ficou confuso e pediu licença para falar com a cozinheira; ela tinha muito trabalho a fazer e ficou brava com a inconveniência.

— Qual é o problema, senhor? — perguntou ela, vindo até a mesa e limpando as mãos nas mangas da camisa.

— Nunca disse que havia um problema. Só quero saber se há uma opção mais leve do que as refeições listadas no cardápio.

A cozinheira olhou para o garçom e depois para mim.

— Você não está com fome?

— Poderíamos servir meia porção, se não estiver com fome — disse o garçom.

— Já disse que estou com fome. Estou faminto. Mas quero algo que não me encha tanto, entendem?

— Quando faço uma refeição, quero ficar cheia — disse a cozinheira.

— Esse é o objetivo de comer! — disse o garçom.

— E depois, quando você termina, dá um tapa na barriga e diz: "Estou cheio".

— Todo mundo faz isso.

— Olha — falei. — Vou aceitar meia porção de carne, nada de batata, e vinho. Você tem algum legume? Alguma verdura?

Pensei que a cozinheira ia rir na minha cara.

— Acho que há algumas cenouras.

— Traga um punhado delas, com o bife, descascadas e cozidas. Pode me cobrar o preço de um prato completo pelo trabalho, tudo bem?

— Como quiser — disse a cozinheira.

— Vou trazer o vinho agora mesmo — disse o garçom.

Quando trouxeram meu prato, estava cheio de cenouras quentes e moles. A cozinheira tinha descascado as cenouras, mas mantido os talos, com um cuidado que achei malicioso. Engoli meia dúzia das cenouras, mas era como se desaparecessem antes de chegar ao meu estômago, e comecei a desejar desesperadamente a carne. Encontrei-a embaixo da pilha e saboreei cada mordida, mas ela desapareceu rápido demais e fiquei deprimido. Apaguei a vela e olhei outra vez para minhas mãos fantasmagóricas. Quando começaram a formigar, eu me perguntei sobre a maldição da cabana da bruxa-cigana. Quando ia começar, se é que ia? Que forma iria tomar? O garçom voltou para limpar a mesa e apontou para as cenouras que sobraram no prato.

— Não gostou? — perguntou, ingênuo.

— Estava bom — falei. — Pode levá-las.

— Mais vinho?

— Mais um copo.

— Quer alguma sobremesa?

— Não! Que droga!

O garçom atormentado se afastou com pressa.

* * *

Pela manhã, fui ver Charlie e não fiquei surpreso ao encontrá-lo mal e pouco inclinado a viajar. Comecei com minhas broncas pouco animadas, mas não foi necessário; ele sabia tão bem quanto eu que não poderíamos passar outro dia sem cavalgar e prometeu estar pronto em uma hora. Não sabia que mágica ele pensava em conjurar que pudesse dar fim ao seu sofrimento em tão pouco tempo, mas não entrei nesse assunto, deixando-o com seus vapores e dores e voltando ao restaurante da noite anterior para um muito necessário café da manhã. O garçom não estava lá, mas em seu lugar havia um rapaz que era parecido com ele e que achei que fosse seu filho; no entanto, quando perguntei onde estava o pai dele, o garoto apertou as mãos e disse:

— No céu.

Comi uma pequena porção de ovos e feijão, mas ainda sentia fome quando terminei. Fiquei olhando para o prato engordurado, desejando, na verdade, lambê-lo, mas o decoro me impediu. Quando o garçom veio e recolheu o prato, fiquei olhando enquanto se afastava até a cozinha e sumia do meu campo de visão. Então, o garoto voltou e perguntou se eu queria algo mais antes de pagar.

— Temos torta fresca — falou.

— Que sabor? — perguntei. Pensei: *que não seja de cereja.*

— Cereja — disse o garoto. — Acabou de sair do forno. Elas acabam rápido. São meio famosas, na verdade. — Devo ter feito alguma careta, porque ele me perguntou: — O senhor está bem? Parece doente.

Gotas de suor surgiram na minha testa e minhas mãos tremeram. Meu próprio sangue queria aquela torta de cereja. Limpando meu rosto com o guardanapo, respondi ao rapaz que eu só estava cansado.

— Quer ou não? — perguntou.

— Não! — falei.

Ele trouxe a conta e voltou para a cozinha. Depois de pagar, dediquei-me a repor o nosso estoque de comida, cantando uma música virtuosa. Um galo parou diante de mim na rua, procurando uma briga; quando tirei meu chapéu para ele, o bicho saiu correndo e voando por cima das poças, todo músculos e penas e estupidez.

Com meu pó para dentes quase no fim, perguntei ao dono do mercado se ele tinha algum, e ele apontou para uma pequena pilha de caixas, cada uma delas anunciando um cheiro ou sabor diferente: sálvia, pinho, menta e erva-doce. Quando perguntou que sabor eu queria, falei que poderia ser menta, já que tinha gostado desse sabor até agora, mas o homem, que parecia metido como uma pomba em roupa de gente, insistiu para que eu experimentasse os outros.

— O tempero da vida — disse ele, e, apesar de não ter gostado de sua atitude satisfeita, fiquei curioso sobre os outros sabores e os carreguei até uma bacia no fundo da loja, com cuidado para não dobrar ou danificar as caixas, pois assim não seria forçado a comprar o que não gostasse. Experimentei um sabor depois do outro.Voltando para a frente, falei ao proprietário:

— O de pinho é bom. Dá uma sensação boa e limpa na língua. O de sálvia queima a garganta, não gostei muito. O de erva-doce é horrível.Vou levar esse de menta, como disse antes.

— É sempre melhor ter certeza — disse ele. Foi uma declaração óbvia e patética que não respondi.

Além do pó, comprei meio quilo de farinha, meio de café, uns duzentos e cinquenta gramas de açúcar, um quilo de feijão, um quilo de carne de porco salgada e um quilo de frutas secas; meu estômago agora roncava alto. Bebi um grande copo de água e caminhei até o estábulo, sentindo meus intestinos cheios d'água a cada passo.

O cuidador do estábulo tinha acabado de colocar as ferraduras no cavalo negro quando entrei.

— Eu dou seis dólares pelo animal de costas baixas — falou. — Cobro um dólar pelas ferraduras, então deixamos por cinco dólares.

Eu me aproximei de Tub e coloquei a mão em sua focinheira.

— Bom dia — disse a ele.

Senti que me reconheceu; olhou para mim honestamente, sem medo ou malícia. O cuidador do estábulo parou atrás de mim.

— Ele provavelmente vai perder esse olho — avisou. — Será que conseguirá puxar uma carroça? Eu ofereço quatro dólares.

— Decidi não o vender — falei.

— Dou seis dólares, incluindo as ferraduras.

— Não, mudei de ideia. Vamos discutir o cavalo negro.

— Sete dólares é minha oferta final pelo cavalo de costas baixas.

— Quanto você me dá pelo cavalo negro?

— O negro é muito caro para mim. Dou oito dólares por esse.

— Faça-me uma oferta pelo cavalo negro — falei.

— Vinte e cinco dólares.

— Ele vale cinquenta.

— Trinta dólares com a sela.

— Não seja ignorante. Aceito quarenta, sem a sela.

— Eu dou trinta e cinco dólares.

— Trinta e cinco dólares sem a sela?

— Trinta e cinco, sem a sela, menos um dólar pelas ferraduras.

— Você espera que eu pague por ferraduras num cavalo com o qual não vou ficar?

— Você pediu que eu colocasse as ferraduras. Agora, deve pagar pelo serviço.

— Você iria colocar as ferraduras de qualquer jeito.

— Isso não tem nada a ver.

— Trinta e quatro dólares — falei.

O cuidador desapareceu dentro da casa para pegar o dinheiro. Consegui ouvi-lo discutir com uma mulher. Ele falava baixo, e, apesar de não conseguir ouvir as palavras, entendi o sentimento: *cale a boca! O homem lá fora é um estúpido!* Charlie entrou no estábulo, passando mal, mas tentando esconder isso. Quando o cuidador saiu com o dinheiro, trouxe também uma garrafa de uísque para brindar o acordo. Ofereci um gole ao meu irmão, e ele quase desmaiou. Estava tão distraído com seu próprio sofrimento que não percebeu o negócio que eu tinha feito até estarmos a uns quinze quilômetros de distância da cidade.

— Onde está o cavalo negro? Por que você ainda está cavalgando o Tub?

— Mudei de ideia e decidi ficar com ele.

— Não entendo você, irmão.

— Ele tem sido um animal fiel.

— Não entendo você. Aquele cavalo negro era um em um milhão.

— Até alguns dias atrás, você não queria que eu vendesse Tub — falei. — Só mudou de ideia quando um substituto apareceu do nada e de graça.

— Você está sempre voltando ao passado, mas o passado era outro momento e, por isso, é irrelevante. A Providência trouxe aquele cavalo negro para você. E o que será do homem que nega a Providência?

— A Providência não tem lugar nesta discussão. Um índio comeu muito e morreu, e essa foi a fonte da minha sorte. O meu argumento é que você só concordou em se livrar de Tub quando isso se tornou um bom negócio.

— Então sou um alcoólatra e um pão-duro?

— Quem está voltando ao passado agora?

— Um alcoólatra pão-duro. Esse é o meu destino miserável.

— Você é sempre do contra.

Ele fez que caiu, como se tivesse sido atingido por uma bala.

— Um alcoólatra, pão-duro e do contra! Que palavras terríveis! — Ele riu para si mesmo. Um minuto depois, ficou sério e perguntou: — Quanto ganhamos com o cavalo negro?

— Ganhamos? — perguntei e ri para ele.

Aceleramos o passo dos nossos animais. O mal-estar de Charlie não diminuiu, e duas vezes eu o vi cuspir bile enquanto cavalgávamos. Há maior agonia do que cavalgar de ressaca? Eu tinha de admitir que meu irmão aceitava sua punição sem reclamar, mas eu sabia que ele não conseguiria manter o ritmo por mais do que algumas horas e acho que estava a ponto de pedir um descanso quando vimos um grupo de carroças formando um círculo no começo de uma passagem. Charlie se aproximou com um ar de seriedade e responsabilidade, mas eu sabia que ele estava contando os segundos até poder desmontar e descansar suas entranhas torturadas.

Demos a volta nas três carroças, mas não vimos sinal de vida a não ser uma pequena fogueira no centro. Charlie gritou uma saudação, mas não recebeu nenhuma resposta. Ele desmontou e entrou no círculo, passando por cima dos engates de duas carroças, e foi quando o cano de um rifle surgiu silencioso, como uma cobra, sob um dos toldos. Charlie olhou para a arma com os olhos levemente vesgos.

— Tudo bem — disse ele.

O cano foi inclinado até sua testa, e um garoto de quinze anos ou menos olhou para nós. Seu rosto, seu nariz e sua boca estavam sujos e feridos, sua expressão era de desdém e suas mãos estavam firmes e confortáveis ao redor da arma – eu acredito que ele a conhecia bem. Seus olhos estavam cheios de desconfiança e desgosto; em resumo, era um jovem bem pouco amigável, e eu fiquei com receio de ele matar meu irmão, e rapidamente, se não nos comunicássemos bem.

— Não queremos fazer nenhum mal a você, meu filho — falei.

— Foi o que os últimos me disseram — disse o rapaz. — Aí eles me acertaram na cabeça e roubaram todos os meus bolos de batata.

— Não queremos nenhum bolo de batata — disse Charlie.

— Formamos um bom grupo, então, porque não tenho mais nenhum.

Pude ver que o garoto estava faminto e disse que ele poderia comer um pouco da nossa carne, se estivesse com fome.

— Eu comprei carne esta manhã na cidade — falei. — E farinha também. Você quer, garoto? Um banquete de carne de porco e biscoitos?

— Você é um mentiroso — disse ele. — Não tem nenhuma cidade por aqui. Meu pai foi procurar comida há uma semana.

Charlie olhou para mim.

— Será que é o homem que encontramos na trilha ontem? Ele estava com pressa para voltar e alimentar seu filho, lembra-se?

— É verdade. E estava vindo nessa direção.

— Estava numa égua cinza? — perguntou o garoto, com uma esperança de dar dó.

Charlie assentiu.

— Uma égua cinza, estava, sim. Ele nos contou como você é um bom garoto, como sentia orgulho de você. Estava muito preocupado. Queria vê-lo logo.

— O papai falou isso? — perguntou o garoto, duvidando. — De verdade?

— É, ele estava muito feliz por estar voltando. É uma pena que tenhamos sido obrigados a matá-lo.

— O... o quê?

Antes que o menino pudesse se recuperar, Charlie tomou o rifle e bateu o cabo com força em sua cabeça. O menino caiu para trás e ficou em silêncio.

— Vamos fazer um pouco de café naquela fogueira — disse Charlie, pulando de cima dos engates.

* * *

Charlie ficara revigorado com essa última aventura – a adrenalina tinha eliminado seu mal-estar, explicou – e começou a preparar nosso almoço com um entusiasmo incomum. Concordou em fazer o bastante também para o menino, mas só depois que dei uma olhada nele, porque, até onde sabíamos, o golpe poderia tê-lo matado. Enfiei minha cabeça na carroça e vi que estava vivo, sentado e de costas para mim.

— Estamos preparando um pouco de comida — falei para ele. —Você não precisa comer conosco se não quiser, mas meu irmão está fazendo um prato para você.

— Seus malditos, vocês mataram meu pai — disse o garoto, chorando.

— Ah, isso foi só um truque para conseguir tirar seu rifle.

Ele se virou e me olhou. O golpe tinha cortado sua testa e havia uma trilha de sangue sobre sua sobrancelha.

— Está falando sério? — perguntou. — Jura por Deus?

— Isso não significa nada para mim, então não vou jurar por Deus. Mas posso jurar pelo meu cavalo, que tal?

—Vocês nunca viram um homem numa égua cinza?

— Nunca o vimos.

O menino se recuperou e começou a descer da carroça para os engates. Peguei seu braço para ajudá-lo a descer; suas pernas estavam fracas.

—Veja quem está de volta da beira de uma morte solitária — disse Charlie, rindo.

— Quero meu rifle — disse o garoto.

— É melhor se preparar para uma decepção, então.

— A gente devolve quando for embora — falei para o menino. Entreguei-lhe um prato de carne de porco, feijão e biscoitos, mas ele não comeu e só ficou olhando, triste, para a comida, como se a própria refeição fosse melancólica para ele.

— Qual é o problema? — perguntei.

— Estou cansado disso — respondeu. — De todo mundo sempre me acertar na cabeça.

—Você tem sorte por eu não ter metido uma bala nela — disse Charlie.

— Não vamos bater mais em você, desde que não tente nada — falei. — Agora, coma sua carne antes que esfrie.

O rapaz limpou o prato, mas logo vomitou. Ele tinha ficado muito tempo sem comida, e seu estômago não conseguiu aceitar tanta coisa assim de repente. Ele ficou ali, sentado, olhando para seu almoço meio digerido no chão, pensando, acho, se deveria tentar de novo.

— Garoto — disse Charlie —, se tocar nisso, eu mato você.

Dei ao garoto a maior parte da minha comida e falei para ele comer devagar e depois deitar e respirar bastante ar fresco. Ele fez isso, e se passaram quinze minutos sem incidentes, apesar de seu estômago fazer barulhos altos. O garoto então se sentou e perguntou:

—Você não vai ficar com fome?

— Meu irmão está jejuando em nome do amor — disse Charlie.

Eu fiquei vermelho e não disse nada. Não tinha percebido que meu irmão notara minha dieta e não pude aguentar seu olhar brincalhão.

O garoto estava olhando para mim, esperando uma explicação.

—Você tem uma garota?

Não respondi.

— Tenho uma também — disse ele. — Pelo menos era minha garota quando eu e papai saímos do Tennessee.

— Como é que você acabou sozinho com três carroças, sem animais e sem comida? — perguntou Charlie.

— Éramos um grupo indo para a Califórnia, para trabalhar nos rios. Eu, meu pai e seus dois irmãos, Jimmy e Tom, um amigo do Tom e também a esposa desse amigo. Ela foi a primeira a morrer. Não conseguia manter nenhuma comida no estômago. Papai falou que tinha sido um erro trazê-la, e acho que foi mesmo. A gente a enterrou e continuou. Depois, o amigo do Tom quis voltar para casa. Disse que podíamos ficar com sua carroça e seus equipamentos, porque seu coração estava partido e ele queria voltar para começar seu luto. O tio Tom deu um tiro nele quando estava a uns quatrocentos metros.

— Logo depois de a esposa do homem morrer? — perguntei.

— Foi uns dias depois que ela morreu. Tom não estava tentando acertá-lo, só queria amedrontar. Um pouco de diversão, foi o que ele disse.

— Não foi muito gentil da parte dele.

— Não, o tio Tom nunca fez nada gentil na vida. Ele morreu em seguida, numa briga num *saloon*. Tomou uma facada na barriga, e o sangue se espalhou como um tapete embaixo dele. Ficamos bem felizes por ele ter morrido, para falar a verdade. Era difícil aguentá-lo. Ele me acertou na cabeça mais do que qualquer outro. Nem precisava ter motivo, era só passatempo.

— Seu pai não o mandava parar?

— O papai nunca foi de falar muito. Ele é o que se poderia chamar de um tipo fechado.

— Continue contando a história — disse Charlie.

— Certo — falou o garoto. — Depois que o tio Tom morreu, nós vendemos seu cavalo e tentamos vender sua carroça, mas ninguém quis, porque era bem vagabunda. Então, tínhamos dois bois puxando três carroças, e o que vocês acham que aconteceu em seguida? Os bois morreram, de fome e sede, com feridas de chicotadas nas costas, e aí eu, o papai e o tio Jimmy, com cavalos puxando as carroças e o dinheiro acabando rápido, assim como a comida, ficamos olhando um para o outro e pensando a mesma coisa: "Que droga!".

— O tio Jimmy era ruim também? — perguntei.

— Eu gostava do tio Jimmy até ele pegar todo o dinheiro e fugir. Isso foi duas semanas atrás. Não sei se ele foi para o leste ou o oeste, o norte ou o sul. Papai e eu ficamos presos aqui, sentados, pensando no que fazer. Ele foi embora, como eu falei, faz uma semana. Espero que volte logo. Não sei o que pode ter acontecido para ele demorar tanto. Agradeço por compartilharem essa comida comigo. Quase matei um coelho ontem, mas é difícil acertá-los e não tenho muita munição.

— Onde está sua mãe? — perguntou Charlie.

— Morta.

— Sinto muito.

— Obrigado. Mas ela sempre esteve morta.

— Conte-nos sobre sua garota — pedi.

— O nome dela é Anna, e o cabelo dela é da cor de mel. É o cabelo mais limpo que já vi e chega até a cintura. Estou apaixonado por ela.

— É recíproco?

— Não sei o que significa essa palavra.

— Ela também te ama?

— Não, acho que não. Tentei beijá-la e abraçá-la, mas ela me empurra. Na última vez, ela falou que ia mandar o pai e os irmãos me baterem se eu tentasse de novo. Mas ela vai mudar de ideia quando vir meu bolso cheio de riquezas. Nos rios da Califórnia tem ouro pulando como sapos, e tudo que preciso fazer é ficar parado e agarrá-lo.

—Você acredita nisso? — perguntou Charlie.

— Saiu no jornais.

—Você vai ter uma surpresa desagradável.

— Eu só quero chegar lá. Estou cansado de ficar sentado aqui sem fazer nada.

—Você não está longe — expliquei. —A Califórnia é logo depois daquela passagem.

— Foi nessa direção que o papai seguiu.

Charlie riu.

— O que é tão engraçado? — perguntou o garoto.

— Nada — respondeu Charlie. — Ele provavelmente só está pegando uns quilos de ouro pulador. E vai voltar com algum dinheiro antes do jantar, tenho certeza.

— Você não conhece meu pai.

— Não?

O garoto fungou e se virou para mim.

— Você não me contou sobre sua garota. Qual é a cor do cabelo dela?

— Castanho-escuro.

— Castanho-lama — disse Charlie.

— Por que você diz isso? — perguntei. Olhei para ele, que não respondeu.

— Qual é o nome dela? — perguntou o garoto.

— Isso eu ainda preciso descobrir — respondi.

O garoto ficou desenhando na areia com uma vareta.

— Você não sabe o nome dela?

— O nome dela é Sally — respondeu Charlie. — E, se você está curioso para descobrir como eu sei e meu irmão não sabe, ele também deveria estar.

— O que isso quer dizer? — perguntei, bravo. Ele não respondeu. Eu me levantei e olhei para ele. — Que merda isso quer dizer?

— Só estou falando para colocá-lo no caminho certo — disse Charlie.

— Só está falando o quê?

— Que eu consegui de graça o que você pagou cinco dólares e não conseguiu.

Comecei a falar, mas parei. Lembrei que tinha encontrado a mulher nas escadas do hotel. Ela tinha estado no quarto do Charlie, enchendo a banheira, e parecia brava.

— O que você fez com ela?

— Foi ela quem ofereceu. Eu nem estava pensando nisso. Cinquenta centavos com a mão, um dólar com a boca e mais cinquenta centavos por tudo. Eu fiz tudo.

Minha cabeça estava latejando forte. Eu peguei um biscoito.

— Por que ela estava tão brava?

— Se você quer saber a verdade, não gostei do serviço. Meu pagamento refletiu isso, ou devo dizer meu "não pagamento"? E ela ficou ofendida. Você precisa saber que eu não teria tocado na garota se soubesse como você se sentia. Mas eu estava mal, você se lembra, e precisava de um pouco de conforto. Desculpa, Eli, mas, naquele momento, até onde eu sabia, ela estava disponível.

Comi o biscoito em duas mordidas e peguei outro.

— Onde está a gordura da carne?

O garoto me entregou a lata, e eu mergulhei o biscoito inteiro.

— Eu deixei você dar a ela os cinco dólares — continuou Charlie —, mas não quero vê-lo passar fome à toa.

Meu sangue estava correndo rápido, celebrando a chegada da comida pesada, enquanto meu coração estava partido com a notícia sobre o caráter da mulher do hotel. Voltei a me sentar, mastigando e pensando.

— Posso preparar mais carne — ofereceu Charlie para me apaziguar.

— Faça mais de tudo — falei.

O garoto tirou uma gaita do bolso de sua camisa e bateu-a na palma da mão.

—Vou tocar uma música para as refeições.

2 CALIFÓRNIA

O GAROTO DISSE QUE TINHA UM CAVALO ESCONDIDO NUM BOSQUE ali perto e perguntou se poderia ir conosco para a Califórnia. Charlie era contra, mas eu não vi nenhum mal e disse ao garoto que ele tinha cinco minutos para juntar suas coisas. Ele saiu e voltou com seu cavalo, pequeno e doente, sem sela nem acessórios, tendo perdido tufos de pelo que expunham a pele e os ossos da costela. Em resposta às nossas expressões preocupadas, o garoto disse:

— Sei que ele não parece muita coisa, mas Lucky Paul pode subir essas colinas como uma aranha sobe uma parede.

— Você vai falar com ele ou eu falo? — Charlie me perguntou.

Respondi que eu falaria, e Charlie se afastou. Não tinha certeza de por onde começar, mas decidi enfrentar o problema de um ponto de vista prático.

— Onde está a sela, garoto?

— Tenho uma manta e meu enchimento pessoal — respondeu, batendo na bunda.

— Nenhum bridão? Nem rédea?

— O tio Jimmy levou com ele. Não sei por quê. Mas não importa. Lucky Paul sabe o caminho.

— Não vamos esperar por você — falei.

Ele estava alimentando o cavalo com um biscoito.

—Você não entende, mas vai ver. Ele está alimentado, descansado e pronto para caminhar.

Sua confiança era verdadeira, e eu tinha esperança de que Lucky Paul fosse mesmo o corredor que o garoto afirmava, mas esse não era o caso, e nós os deixamos para trás instantaneamente. O cavalo não tinha nenhum interesse em subir a longa passagem; olhando para trás, vi o garoto batendo na cabeça e no pescoço do cavalo. Charlie quase caiu do Nimble de tanto rir, e eu também percebi o humor da cena, mas essa diversão logo perdeu a graça e cavalgamos de verdade, e assim chegamos ao topo nevado em umas quatro horas. Apesar do olho ferido, Tub nem chegou a tropeçar, e eu senti pela primeira vez que nos conhecíamos e nos entendíamos; senti nele um desejo de melhorar, o que talvez fosse besteira ou um pouco de esperança da minha parte, mas esses são os pensamentos de um viajante.

O outro lado da passagem nos apresentou um terreno mais favorável, e, ao anoitecer, já tínhamos descido abaixo da linha de neve, onde acampamos para passar a noite. Pela manhã, dormimos até mais tarde e seguimos em passo moderado pela Califórnia. Entramos numa densa e alta floresta de pinheiros no fim da tarde e encontramos um riacho pequeno e sinuoso que nos fez parar. Naquele lugar, à nossa frente, estava a coisa que tinha levado milhares de pessoas inteligentes a abandonarem suas famílias e seus lares para sempre. Olhamos para aquilo sem falar nada. Finalmente Charlie não pôde evitar: desmontou, agachou ao lado do riacho, enfiou a mão na água, tirou um pouco da areia molhada e investigou-a com um dedo.

Eu vi uma barraca do outro lado da água, uns quatrocentos metros ao norte. Um cara sozinho, barbudo e muito sujo nos espiava atrás dela. Levantei minha mão, cumprimentando-o, e o rosto desapareceu.

— Acho que estamos diante de um prospector de verdade — falei.

— Está muito longe para estar trabalhando, não acha?

— Parece que sim. Deveríamos visitá-lo e ver como está?

Charlie jogou a areia de volta no riacho.

— Não tem nada nesse rio, irmão.

— Mas você não tem curiosidade?

— Se quiser ver como ele está, vá até lá enquanto vou ao banheiro, mas não posso gastar meu tempo com cada curiosidade.

Charlie caminhou por entre as árvores da floresta, e eu levei Tub rio acima, chamando o homem do outro lado do rio, mas não vi nenhum sinal dele. Vi um par de botas na frente da sua barraca e uma pequena fogueira numa cova; havia uma sela no chão, mas nenhum cavalo. Gritei mais uma vez e novamente não houve resposta. Será que o homem tinha corrido descalço entre as árvores para não compartilhar informações sobre riquezas desconhecidas? Mas, o pobre acampamento me dizia que o prospector não estava tendo nenhum sucesso. Ali estava um homem louco por ouro, mas sem coragem suficiente para encarar os ninhos de vespa, tão comuns na Califórnia. Ele não encontraria nada, passaria fome, deliraria e morreria – dava para imaginar seu corpo nu comido por urubus.

— Numa dessas manhãs frias — falei.

Ouvi o som de um rifle sendo armado atrás de mim.

— Numa dessas manhãs frias o quê? — disse uma voz.

Levantei as mãos, e o prospector começou a rir, apreciando sua posição.

— Túnel sob o rio — disse ele. — Não pensou nisso, pensou?

Ele golpeou minha coxa fortemente com o cabo da arma, e eu comecei a me virar.

— Olhe pra mim, e atiro na sua cara, seu maldito — sussurrou.

— Não é preciso — falei. — Não quero fazer mal a você.

Ele golpeou minha perna de novo.

— Talvez eu queira, pensou nisso?

Seu riso era agudo e melancólico, e achei que tinha ficado louco ou estava ficando. Pensei, com irritação, que Charlie estava certo em ter preferido deixar o homem sozinho.

— Você é um caçador, é isso? — perguntou ele. — Está procurando a ursa de pelo vermelho?

— Não sei nada sobre nenhuma ursa de pelo vermelho — respondi.

— Há uma ursa de pelo vermelho perto daqui. Mayfield vai pagar cem dólares por ela, e agora os caçadores estão loucos para conseguir sua pele. Eu a vi uns três quilômetros ao norte do acampamento ontem de manhã. Dei um tiro, mas não consegui chegar muito perto.

— Não estou interessado em nada disso e não conheço ninguém chamado Mayfield.

Ele golpeou minha perna de novo.

— Você não estava com ele, seu filho da puta? Ele não estava olhando a areia do leito do meu rio?

— Você está falando do meu irmão, o Charlie. Estamos vindo de Oregon para o sul. Nunca viemos para esses lados e não conhecemos ninguém aqui.

— Mayfield é o chefão por aqui. Ele envia homens para bagunçar meu acampamento quando estou na cidade comprando suprimentos. Tem certeza de que não era ele? Achei que tinha visto a cara estúpida e risonha dele.

— Era só o Charlie. Ele está ali na floresta, fazendo suas necessidades. Estamos indo para o sul para trabalhar nos rios.

Eu o ouvi ir até o outro lado de Tub e voltar ao mesmo lugar.

— Onde está seu equipamento? — perguntou. — Você diz que vai trabalhar nos rios, mas não tem equipamento?

— Vamos comprar em Sacramento.

— Vai pagar mais caro, vai perder dinheiro. Só um tonto compra equipamento na cidade.

Eu não tinha o que responder. Ele golpeou minha coxa e disse:

— Estou falando com você.

Não falei nada, e ele me golpeou de novo.

— Pare de me bater assim.

Ele me deu outro golpe.

— Não gosta, não é?

Mais um golpe.

— Quero que você pare.

— Acha que eu me importo com o que você quer? — Ele me deu mais um golpe e pressionou a arma contra minha perna. Um graveto se quebrou ao longe e senti a arma mais frouxa quando o prospector se virou para olhar. Agarrei o cano do rifle e o puxei. O prospector tentou fugir para o bosque. Eu me virei e apertei o gatilho, mas o rifle estava descarregado. Estava pegando minha pistola quando Charlie saiu de trás de uma árvore e atirou no prospector quando ele passou correndo. Foi um tiro na cabeça, que arrancou a parte de trás do crânio. Eu desmontei do cavalo e fui mancando até o corpo. Minha perna doía muito, e eu estava furioso. O cérebro do homem era uma massa espumosa de sangue; eu levantei minha bota e enfiei o salto na boca dele com toda a força, abrindo o que sobrava de seu crânio e achatando-o, de forma que, no geral, já não podia ser reconhecido como a cabeça de um homem. Quando tirei minha bota, era como se a estivesse tirando do barro. Afastei-me do corpo sem nenhum objetivo e por nenhuma razão além da necessidade de fugir de minha própria raiva. Charlie me chamou, mas não veio atrás de mim, sabendo que era melhor me deixar em paz quando eu estava assim. Caminhei quase um quilômetro e me sentei junto a um pinheiro largo, contraindo e relaxando o corpo, com os joelhos contra o peito. Achei que iria quebrar minha mandíbula de tanta tensão e por isso coloquei a bainha de couro da minha faca entre os dentes.

Erguendo-me sobre meus joelhos, abaixei as calças para ver o estado da minha perna. A pele estava inflamada, e eu podia ver os círculos perfeitos do cano, causados pela série de golpes, uma meia dúzia de zeros vermelhos – vê-los me deixou frustrado novamente, e eu quis que o prospector voltasse à vida para que eu o matasse dessa vez, e lentamente. Eu me levantei, pensando em voltar para mutilar o corpo mais um pouco, descarregar meu revólver em sua barriga, mas depois de um momento desisti de ir, ainda bem. Minhas calças ainda estavam abaixadas e, depois de acalmar minhas emoções, toquei meu membro para me recuperar. Quando eu era jovem, e meu temperamento se tornou problemático, minha mãe me ensinou a fazer isso para me acalmar, e foi algo que sempre considerei útil. Depois de terminado, voltei para o rio, sentindo-me vazio e frio por dentro, mas não mais bravo. Nunca tinha conseguido entender as motivações de um acossador, essa era a questão. Meu pai implicava conosco quando éramos crianças, e também com minha mãe, e essa era uma das coisas que me deixava louco.

Localizei o túnel do prospector morto. Tinha imaginado um caminho subterrâneo alto, com tábuas de madeira e lamparinas penduradas, mas só dava para entrar ali engatinhando, e, como estava localizado no ponto mais estreito do riacho, só tinha uns poucos metros. A gente arrastou o prospector e o enfiou no buraco. Eu cavalguei com Tub sobre o lugar, de um lado ao outro do riacho, para enterrar bem o homem. Encontramos poucas coisas com no acampamento: uma faca de bolso, um cachimbo e uma carta, que enterramos com ele, na qual estava escrito:

Querida mãe,

Estou sozinho, e os dias são longos aqui. Meu cavalo morreu e era um querido amigo para mim. Penso em sua comida e me pergunto o que estou fazendo. Acredito que em breve voltarei para casa. Tenho quase duzentos dólares em pó de ouro. Não é o tanto que eu esperava, mas está bom por ora. Como está minha irmã? Não sinto tantas saudades dela. Casou-se com aquele gordo? Espero que a tenha levado embora para longe! O cheiro de fumaça está sempre no meu nariz, e eu não rio há muito, muito tempo. Mãe! Acho que vou embora daqui em breve.

Com amor,
seu filho.

Pensando nisso agora, acho que teria sido melhor se eu tivesse colocado a carta no correio, mas, como falei, quando meu temperamento está agitado, tudo fica preto e estreito para mim, e tais ideias nem passaram pela minha cabeça. É solitário pensar num esqueleto sem cabeça embaixo daquela água fria. Não me arrependo de termos matado o homem, mas eu gostaria de saber controlar melhor minhas emoções. A perda de controle não me amedronta tanto quanto me envergonha.

Depois de enterrar o prospector, Charlie e eu começamos a procurar o ouro dele. Não foi difícil encontrar. Ele tinha enterrado a uns vinte metros do acampamento, num ponto marcado com um pequeno crucifixo feito de gravetos. Não parecia valer duzentos dólares, mas eu nunca tinha negociado pó e pepitas, então não podia ter certeza. Dividimos meio a meio, e eu coloquei minha parte numa velha bolsinha de tabaco que encontrei guardada na minha sela.

Charlie passou a noite no abrigo, e eu também tentei, mas não consegui aguentar o cheiro, tanto do prospector morto como do cavalo, que tinha sido cortado e cuja carne fora pendurada para secar num varal improvisado no fundo da barraca. Preferi dormir ao lado da fogueira, sob as estrelas, a lutar contra esses cheiros. Estava frio, mas o frio não tinha o que já ouvi chamarem de "peso do inverno" – esfriava a pele, mas não os músculos e os ossos. Meu irmão saiu do abrigo meia hora depois do amanhecer, parecendo uma década mais velho e bastante mais sujo também. Ele bateu no peito para mostrar a nuvem de poeira que saía dele; decidiu que era bom tomar um banho e encheu uma das panelas do prospector com água, colocando-a depois no fogo. Encontrou um ponto mais fundo no riacho, tirou a roupa e entrou, gritando alto por causa do frio. Eu me sentei na margem e vi como ele jogava água em si mesmo e cantava; não tinha bebido nada na noite anterior e não havia ninguém por perto para atiçar sua natureza volátil, e acabei ficando emotivo com essa rara demonstração de felicidade inocente. Charlie tinha sido um jovem feliz, sempre cantando, antes de começarmos a trabalhar com o Comodoro; então ele se tornou fechado e duro, e, de certa forma, era triste vê-lo brincando naquele rio frio, com as altas montanhas nevadas ao fundo. Ele estava revisitando seu eu anterior, mas apenas por pouco tempo, e eu sabia que em breve voltaria à sua atual encarnação. Ele correu nu até a margem para ficar perto do fogo. Seus genitais estavam encolhidos, e ele fez uma piada sobre como nadar sempre o lembrava de sua infância. Tirando a panela do fogo, jogou a água quente sobre sua cabeça, o que inspirou outra rodada de gritos alegres.

Depois do café, tirei vantagem do seu bom humor, convencendo-o a experimentar minha escova de dentes.

— Assim — falei. — Para cima e para baixo. Agora, dê uma boa esfregada na língua.

Respirando fundo, ele sentiu a menta em sua língua e ficou impressionado com a sensação. Devolvendo a escova e o pó, falou:

— A sensação é muito boa.

— É o que venho dizendo a você.

— É como se toda a minha cabeça estivesse limpa.

— Podemos conseguir uma escova para você em São Francisco.

— Acho que vamos ter de fazer isso.

Estávamos nos preparando para montar em nossos animais quando vi o garoto e Lucky Paul surgirem no meio da floresta do outro lado do riacho. Ele tinha sangue fresco em todo o rosto e a cabeça, parecendo meio morto. Ele me viu e levantou a mão antes de cair do seu cavalo no chão, onde ficou imóvel. Lucky Paul não percebeu isso e continuou, aproximando-se do rio para beber água.

Nós enfiamos o garoto no riacho, e ele acordou no susto. Estava feliz por nos ver quando o colocamos sentado.

— Nunca tinha entrado em água corrente. — Ele bateu na superfície da água com a palma da mão. — Meu Deus, é fria.

— O que aconteceu com você? — perguntei.

— Encontrei um grupo de caçadores a cavalo na entrada da floresta. Quatro deles, e me disseram que estavam procurando uma ursa de pelo vermelho. Quando falei que não tinha visto a ursa, eles me acertaram na cabeça com um porrete. Caí no chão, e eles foram embora rindo. Depois que consegui me recuperar, subi de novo no velho Paul, e ele me trouxe aqui, até vocês.

— Ele o trouxe até a água, isso, sim — falou Charlie.

— Não — disse o garoto, acariciando o rosto de Lucky Paul.— Ele estava pensando em mim e fez o que era necessário.

— Você parece meu irmão com seu cavalo Tub — disse Charlie, virando-se para mim. — Você e esse garoto deveriam se juntar e formar algum tipo de comitê ou associação.

— Para onde foram esses homens? — perguntei ao garoto.

— Os Protetores dos Animais Idiotas — disse Charlie.

— Ouvi quando falaram que estavam voltando para Mayfield — disse o rapaz. — É uma cidade? Será que meu pai está lá?

— Mayfield é o chefão por aqui — expliquei, contando a Charlie o que o prospector tinha dito sobre o prêmio de cem dólares pela pele do urso.

Charlie disse que qualquer homem que pagasse tanto pela pele de um urso era um louco. O garoto, lavando o sangue do rosto e do cabelo, disse que cem dólares comprariam tudo de que ele precisaria por toda a sua vida. Apontei para o acampamento do outro lado do riacho e falei que ele poderia usar o fogo e encontrar um abrigo temporário ali. Nesse momento, ele pareceu confuso.

— Achei que seguiria com vocês dois.

— Ah, não — falou Charlie. — Foi engraçado da primeira vez, mas acabou.

— Agora que já cruzamos a passagem, Lucky Paul vai mostrar do que é capaz.

— Na última vez, você disse que ele era bom de colinas.

— Ele é excelente nas planícies.

— Não e não — disse Charlie.

O garoto apelou para mim com um olhar triste, mas eu falei que ele estava sozinho nessa. Ele começou a chorar, e Charlie se aproximou para bater nele; eu segurei meu irmão e ele desistiu, voltando ao acampamento para juntar suas coisas. Não sei o que aquele menino tinha, mas era só olhar para ele que até eu queria dar um soco em sua cabeça. Era uma cabeça que convidava à violência. Agora ele estava chorando alto, com bolhas de muco escorrendo de seu nariz, e era só uma bolha estourar na direita que outra se formava na esquerda. Expliquei que não tínhamos como cuidar de crianças, que nossa viagem seria rápida e perigosa, um discurso provavelmente nem ouvido, já que o menino estava totalmente absorto em sua própria tristeza. Finalmente, com medo de que eu pudesse machucá-lo se não parasse de chorar, cruzei o riacho com ele até o acampamento do prospector e puxei a bolsinha de tabaco de minha sela. Mostrando o ouro, falei:

— Isso vai levá-lo para casa e para sua garota, se você conseguir evitar que sua cabeça seja arrancada de cima dos ombros. Há carne de cavalo ali. Sugiro que se alimente, dê comida a Lucky Paul e descanse à noite. Quando o sol nascer, quero que você volte pelo mesmo caminho.

Entreguei a bolsinha, e ele ficou olhando para a palma de sua mão. Charlie tinha visto a transação com o canto dos olhos e veio até nós.

— O que você está fazendo? — perguntou.

— Está me dando isso? — falou o menino.

— O que você acha que está fazendo? — perguntou Charlie.

— Volte até a passagem e continue para o norte — falei para o menino. — Quando chegar a Jacksonville, encontre o xerife e explique sua situação. Se achar que ele é confiável, peça para trocar seu pó por dinheiro.

— Ho, ho! — disse o menino, comemorando e balançando a bolsa na mão.

— Sou contra — disse Charlie. — Você está jogando dinheiro fora.

— Foi dinheiro tirado do chão e nenhum de nós precisa dele — falei.

— Simplesmente tirado do chão, só isso? Mas acho que me lembro de algum trabalho envolvido além de cavar o chão.

— Bom, o menino fica com a minha parte, pelo menos.

— Quando é que minha parte entrou na conversa?

— Deixe para lá.

— Quem disse alguma coisa sobre minha parte?

— Deixe para lá. — Voltando a me concentrar no garoto, falei: — Depois que o xerife der o dinheiro pelo pó, quero que você compre roupas novas, que o façam parecer mais velho. Acho inteligente que você compre o maior chapéu que puder encontrar, que possa cobrir toda a sua cabeça. E vai precisar também de um novo cavalo.

— E o Lucky Paul? — perguntou o menino.

— Venda pelo preço que conseguir. Se não conseguir um comprador, meu conselho é que simplesmente o abandone.

O menino balançou a cabeça.

— Nunca vou me separar dele.

— Então nunca vai chegar em casa. Ele vai atrasá-lo até que seu dinheiro termine e os dois morram de fome. Estou tentando ajudá-lo, está entendendo? Se não me ouvir, vou tirar essa bolsinha de ouro de você.

O menino ficou em silêncio. Joguei um pouco de madeira no fogo e o instruí a secar suas roupas antes do pôr do sol. Ele tirou tudo, mas não pendurou a roupa; ela ficou amontoada na terra e na areia enquanto ele permaneceu na nossa frente, nu, cheio de petulância e derrota. Era uma criatura feia quando estava vestida; pelado parecia um bode. Recomeçou a chorar, o que eu tomei como uma dica para cortar nossas relações. Quando montei no Tub, desejei uma boa viagem ao garoto, mas eram palavras vazias, porque ele estava claramente fadado ao fracasso e tinha sido um erro dar-lhe aquele ouro, mas não era como se eu pudesse tomá-lo de volta agora. Ele ficou ali, chorando e olhando enquanto nos afastávamos; atrás dele, Lucky Paul entrava e colapsava dentro da barraca do prospector. *Aí está outra cena miserável que vou ter de catalogar e encontrar um lugar onde guardar,* pensei.

Seguimos o riacho para o sul. As margens eram de areia, mas duras, e cavalgamos bem, cada um num lado do riacho. Os raios de sol passavam pelo alto das árvores e esquentavam nossos rostos; a água era transparente, com trutas de noventa centímetros que subiam o rio ou ficavam descansando na corrente, lentas e preguiçosas. Charlie falou que estava impressionado com a Califórnia, que havia algo no ar, "uma energia fortuita", foi a frase que usou. Eu não sentia isso, mas entendia o que ele queria dizer. Era o pensamento de que algo tão cênico como aquela água corrente poderia oferecer não só conforto estético como também riquezas douradas, o pensamento de que a Terra estava cuidando de você, estava a seu favor. Isso talvez tenha sido a base da histeria cercando o que veio a ser conhecido como

Corrida do Ouro: homens desejando um sentimento de fortuna, as massas azaradas cultivando a esperança de roubar ou tomar emprestada a sorte dos outros ou a sorte de um destino. Uma ideia sedutora, e uma com a qual decidi ser bastante cuidadoso. Para mim, sorte era algo que você merecia ou inventava através da força do seu caráter. Era preciso chegar a ela honestamente; não dava para enganar ou blefar para consegui-la.

Mas aí, como se a Califórnia quisesse provar que eu estava errado nesse ponto, paramos para beber água, e a ursa de pelo vermelho saiu da floresta e caminhou até o riacho, parando uns trinta metros à nossa frente. Ela era grande, e seu pelo, que eu tinha imaginado ser avermelhado, era realmente vermelho como uma maçã. Ela olhou para nós sem nos dar atenção e voltou a entrar na floresta. Charlie verificou seus revólveres e a seguiu; quando fiquei parado, ele perguntou o que eu estava esperando.

— Nem sabemos onde esse Mayfield vive — falei.

— Sabemos que ele vive rio abaixo.

— Descemos o rio a manhã toda. E se já passamos pelo lugar? Não gosto da ideia de subir colinas e montanhas com um urso morto amarrado ao meu cavalo.

— Mayfield só está atrás da pele.

— E qual de nós vai tirar a pele dela?

— Um a derruba, o outro tira a pele — falou, descendo de Nimble. — Você realmente não vem comigo?

— Não tenho motivos.

— Então é melhor preparar sua faca — disse ele, entrando na floresta.

Eu fiquei parado, olhando as trutas que passavam e inspecionando o olho de Tub, cada vez pior, esperando, contra todas as chances, não ouvir o barulho da arma de Charlie. Mas ele era bom rastreador e atirador; assim, quando seu revólver soou cinco minutos depois, aceitei meu destino e fui na direção do barulho com minha faca. Encontrei Charlie sentado perto do animal caído. Estava arfando e rindo, cutucando a barriga da ursa com sua bota.

— Sabe quanto são cem dólares? — perguntou. Eu disse que não, e ele respondeu: — São cem dólares.

Virei a ursa de barriga para cima e enfiei minha faca no centro do seu peito. Sempre senti que os animais, por dentro, são sujos, mais que os homems, algo que não faz sentido, eu sei, quando se consideram os venenos que colocamos em nosso corpo, mas não dava para escapar da sensação, e por isso eu relutava e me ressentia por ter de tirar a pele da ursa. Depois que recuperou o fôlego, Charlie saiu para procurar o acampamento do chefe Mayfield, dizendo que tinha visto uma série de trilhas alguns quilômetros atrás, saindo do riacho e indo para o oeste. Três quartos de hora depois, eu estava lavando a pele da ursa e o sangue grudento das minhas mãos e dos meus braços, colocando o couro escuro para secar em cima de algumas samambaias. A carcaça estava de lado na minha frente, agora não mais masculina ou feminina, só uma pilha de carne e ossos, animada por uma comunidade de moscas gordas que não parava de aumentar. O número crescia tanto que eu quase não conseguia ver a carne da ursa e não podia nem ouvir meus pensamentos, de tão forte que era o barulho. Por que e como as moscas fazem esse barulho? Não parece um grito para elas? Quando o barulho parou de repente, levantei a cabeça, esperando que as moscas tivessem ido embora ao notar a presença de algum predador maior, mas os insetos ainda estavam em cima da ursa, todos eles quietos e parados, menos suas asas, que se abriam e fechavam. O que tinha causado esse silêncio? Nunca vou saber. O barulho recomeçou quando Charlie, de volta de sua busca, soltou um assobio estridente. Com isso, as moscas voaram da ursa como uma massa negra. Depois de ver a carcaça, meu irmão deu um grito feliz:

— Açougueiro de Deus. Você é a faca e a consciência do próprio Criador.

* * *

Eu nunca tinha visto tantas peles, cabeças, águias e corujas empalhadas num único lugar como no gabinete bem equipado do sr. Mayfield, localizado no único hotel da cidade de Mayfield, que, não me surpreendi ao descobrir, se chamava Mayfield's. O homem estava sentado atrás de uma mesa e de uma cortina de fumaça de charuto. Sem saber o que fazíamos, nem quem éramos nem por que estávamos ali, ele não se levantou para nos cumprimentar nem nos saudou verbalmente. Quatro caçadores que correspondiam à descrição dada pelo garoto cabeçudo estavam de pé ao lado dele, dois de cada lado. Esses homens enormes nos olhavam plenamente confiantes e sem nenhum traço de preocupação. Eles me pareceram destemidos, mas pouco inteligentes, e suas roupas eram exageradas a ponto de serem ridículas; estavam fortemente cobertos de peles, couros, correias, revólveres e facas, tanto que eu me perguntava como conseguiam manter a postura debaixo de tamanho peso. O cabelo deles era comprido e liso e seus chapéus combinavam, mas eram de um modelo que eu nunca tinha visto: amplos, bordas moles, com o topo alto e pontudo. *Como é que se parecem tanto quando se vestem de forma tão excêntrica?,* pensei. Claramente havia um entre eles que fora o primeiro a se vestir assim. Será que ele havia ficado feliz quando os outros o imitaram ou chateado com seu senso de individualidade comprometido pela cópia?

A mesa de Mayfield era formada pela base de um pinheiro moderadamente grande, talvez um metro e meio de diâmetro e uns dez ou doze centímetros de grossura, com a casca intacta. Quando estiquei a mão para tocar o anel mais externo, Mayfield falou suas primeiras palavras:

— Não cutuque, meu filho.

Encolhi o braço e fiquei envergonhado por ter obedecido à reprimenda. Para Charlie, ele explicou:

— As pessoas adoram arrancar a casca. Isso me deixa louco.

— Eu não ia arrancar, só tocar — falei. Tal declaração só duplicou meu desconforto com seu tom magoado. Decidi que a mesa era o móvel mais estúpido que eu já tinha visto.

Charlie entregou a pele da ursa, e o rosto de Mayfield se transformou, passando de uma expressão de aparente indigestão para a de um garoto vendo seios nus pela primeira vez.

— Ah! — gritou ele. — Ahá!

Havia três sinos de latão na mesa dele, idênticos a não ser pelo tamanho: pequeno, médio e grande. Ele tocou o menor, que chamou uma velha que trabalhava no hotel. Disse à mulher para pendurar a pele na parede atrás dele, e ela a desenrolou com um movimento brusco. Mas, como eu não tinha conseguido limpar bem a pele, isso lançou glóbulos vermelhos de gordura e sangue pela sala. Eles grudaram na vidraça da janela, e Mayfield, com cara de desgosto, pediu que ela limpasse a pele. A mulher a enrolou e saiu, olhando para o chão.

Os caçadores tinham ficado descontentes por termos usurpado sua glória e estavam se preparando, senti, para exibir toda a sua indelicadeza. Para impedir isso, eu nos apresentei, Charlie e eu, com nomes completos, o que os silenciou. *Agora eles vão nos odiar com mais virulência, mas secretamente,* pensei. Charlie achou divertida a aparência dos homens e não pôde deixar de fazer um comentário.

— Parece que vocês quatro estão inscritos em algum tipo de concurso para se tornarem completamente redondos, estou certo?

Mayfield riu. Os caçadores olharam um para o outro, descontentes. O maior do grupo falou:

— Você não conhece os costumes daqui.

— Você acha que eu também chegaria às proporções de um búfalo se ficasse nessa cidade?

— Você planeja ficar?

— Estamos só de passagem, por ora. Mas gosto de conhecer melhor os lugares por onde passo, então não se surpreenda se me encontrar aqui na viagem de volta.

— Nada nesse mundo poderia me surpreender — disse o caçador.

— Nada? — Charlie perguntou e piscou para mim.

Mayfield mandou seus homens saírem. Quando escureceu, ele pediu que a sala fosse iluminada. Isso foi feito tocando o sino médio, que produziu um som diferente e chamou outro ser humano, um menino chinês de uns onze ou doze anos. Ficamos vendo ele acender cada uma das velas com admirável precisão e sem perder meio segundo.

— Ele se move como se sua vida dependesse disso — falou Charlie.

— Não a dele, a da família dele — revelou Mayfield. — Está economizando para trazê-los da China. Irmã, mãe e pai, um aleijado, pelo que sei, apesar de que, para dizer a verdade, não entendo metade do que ele fala. O filho da mãe é capaz de conseguir, no entanto, exatamente como espera fazer.

Quando o jovem terminou, a sala estava banhada de luz, e ele parou na frente de Mayfield, tirou seu chapéu de seda e fez uma reverência. Mayfield bateu palmas e falou:

— Agora, dance, china!

Com essas palavras, o garoto começou a dançar como um selvagem, constrangido, parecendo alguém forçado a ficar descalço em cima de carvão quente. Era uma coisa horrível de ver, e, se eu ainda não tinha formado uma opinião sobre Mayfield, a questão estava decidida agora. Quando ele bateu as mãos pela segunda vez, o garoto ficou de quatro, arquejando e esperando. Algumas moedas foram jogadas no chão, e o garoto as recolheu com seu chapéu. Ele se levantou e fez outra reverência, saindo sem fazer nenhum ruído.

A velha logo voltou com a pele vermelha, agora limpa e montada numa espécie de mostrador, para esticá-la, algo como um grande bumbo deitado. Ela entrou com esse aparato desajeitado pela porta, e levantei-me para ajudá-la, mas Mayfield mandou, com um tom um pouco seco demais, que eu me sentasse.

— Deixe que ela faz isso — falou.

Ela arrastou o mostrador até uma ponta da sala, onde todos poderíamos estudar a estranha cor da ursa. A velha limpou a testa e saiu da sala.

— A mulher é muito velha para essas tarefas — falei.

Mayfield balançou a cabeça.

— Ela não consegue ficar parada. Tentei passar trabalhos mais leves e simples, mas ela não quis saber. Gosta disso, para falar a verdade.

— Não consegui ver todo esse prazer nela. Mas talvez seja um prazer interno, que estranhos não conseguem perceber.

— Meu conselho é que não se preocupe mais com isso.

— Não diria que estou preocupado, para dizer a verdade.

—Você está me cansando.

— Sobre nosso pagamento por essa pele — falou Charlie.

Mayfield ficou me olhando por um momento e depois se virou para Charlie. Ele jogou cinco moedas de vinte dólares sobre a mesa, e Charlie as pegou. Entregou-me duas moedas, e eu as peguei. Decidi que ia gastar o dinheiro de forma ainda mais irresponsável do que o normal. *O que seria o mundo sem o dinheiro pendurado ao redor de nossos pescoços, ao redor de nossas próprias almas?*, pensei.

Mayfield se levantou e tocou o terceiro e maior sino. Ouvimos passos rápidos no corredor, e eu já estava meio preparado para que os caçadores entrassem e nos atacassem. Em vez disso, a sala se encheu de prostitutas maquiadas, sete, cada uma delas com cachos e laços, todas já bêbadas. Elas começaram a atuar para nós, fingindo que eram curiosas, amorosas, cuidadosas e luxuriosas. Uma delas achou que era prudente falar como um bebê. Achei a presença das mulheres deprimente, mas Charlie ficou animado e pude ver seu interesse por Mayfield crescendo na minha frente. Percebi que, ao olhar para esse chefe, estava testemunhando a personificação terrena do futuro de Charlie, ou seu suposto futuro, porque o nosso sempre estava sob ameaça, e era verdade, assim como o prospector morto havia dito, que Charlie e Mayfield tinham alguma semelhança, apesar de o segundo ser mais velho, mais pesado e bem mais bêbado. Mas, da mesma forma como eu queria a solidão organizada da vida de um comerciante, Charlie desejava os dias de contínua excitação e violência, exceto que ele não agiria pessoalmente, e sim mandaria detrás de uma parede de soldados bem armados, permanecendo em salas perfumadas onde mulheres desnudas serviriam suas bebidas e engatinhariam no chão como crianças histéricas, com as costas nuas, cheias de risos, conhaque e desonestidade. Mayfield deve ter pensado que eu não estava demonstrando entusiasmo suficiente, porque me perguntou, num tom abusado:

— Você não gosta das mulheres?

— As mulheres são ótimas, obrigado.

— Talvez seja o conhaque que o esteja fazendo torcer os seus lábios quando fala?

— O conhaque também está ótimo.

— Está muito esfumaçado aqui, é isso? Quer que eu abra uma janela? Gostaria de um abano?

— Tudo está ótimo.

— Talvez seja um costume, no lugar de onde você vem, estreitar os olhos e encarar seu anfitrião assim. — Virando-se para Charlie, ele falou: — Devo admitir que não gostei de Oregon City quando a visitei.

— O que foi fazer em Oregon City? — perguntou Charlie.

— Sabe, não consigo me lembrar direito. Naqueles dias de juventude, eu seguia uma ideia louca atrás da outra, e meu propósito era geralmente pouco claro. Mas Oregon City me trouxe prejuízo. Fui roubado por um homem que mancava. Nenhum de vocês manca, não é?

— Você nos viu entrar — falei.

— Eu não estava prestando atenção. — Meio sério, ele perguntou: — Vocês dois se objetariam a se levantar e bater os calcanhares no chão para mim?

— Eu me objetaria muito a isso — falei para ele.

— Somos saudáveis das pernas — disse Charlie.

— Mas não bateriam os calcanhares? — perguntou ele para mim.

— Prefiro morrer a bater meus calcanhares para você.

— Ele é o hostil — disse Mayfield para Charlie.

— A gente reveza — disse Charlie.

— De qualquer forma, eu prefiro você.

— O que esse manco roubou? — perguntou Charlie.

— Ele levou uma bolsa de ouro que valia vinte e cinco dólares e um revólver Paterson Colt com cabo de marfim que não tinha preço para mim. O nome do *saloon* era Pig-King. Vocês o conhecem? Não me surpreenderia se não estivesse mais lá, do jeito que essas cidades crescem ou desaparecem.

— Ainda está lá — disse Charlie.

— O homem que me roubou tinha uma faca com lâmina em gancho, como uma pequena foice.

— Ah, você está falando de Robinson — disse Charlie.

Mayfield se endireitou na cadeira.

— O quê? Você conhece o homem? Tem certeza?

— James Robinson — confirmou ele.

— O que você está fazendo? — perguntei. Charlie esticou a mão e deu um beliscão na minha coxa. Mayfield, mexendo em seu tinteiro, escrevia o nome.

— Ele ainda vive em Oregon City? — perguntou.

— Vive, sim. E ainda carrega a mesma faca que usou para roubá-lo. Estava manco, mas era um machucado temporário, do qual já se curou, mas você o encontrará sentado no King, como antes, fazendo piadas que ninguém acha engraçadas e que, na verdade, quase nunca fazem sentido.

— Pensei nesse homem muitas vezes nesses últimos anos — disse Mayfield. Devolvendo sua caneta ao suporte, ele nos contou: — Vou fazer com que seja estripado com aquela faca. Vou pendurá-lo pelos intestinos.

Não pude deixar de revirar os olhos diante dessa frase dramática. Os intestinos não conseguiriam aguentar o peso de uma criança, muito menos de um homem. Mayfield pediu licença para ir ao banheiro; nos trinta segundos que ficou fora, meu irmão e eu tivemos uma discussão rápida e sussurrada:

— O que você está fazendo, entregando Robinson dessa forma?

— Robinson morreu de tifo há seis meses.

— Como? Tem certeza?

— Claro que tenho. Visitei sua viúva na última vez que estivemos na cidade. Sabia que ela tem dentes falsos? Quase ri quando ela os colocou num copo com água.

Uma prostituta passou por Charlie, fazendo cócegas em seu queixo. Ele sorriu para ela e me perguntou, distraído:

— O que você acha de passar a noite aqui?

— Prefiro continuar. Você vai estar mal de manhã, e a gente vai perder outro dia de viagem. Além do mais, arrumaremos problema com Mayfield.

— Se houver problema, será para ele, não para nós.

— Problema é problema. Sou a favor de continuar.

Ele balançou a cabeça.

— Desculpe, irmão, mas o moleque aqui vai para a guerra esta noite.

Mayfield saiu do banheiro, abotoando as calças.

— O que é isso? Eu nunca imaginaria que os famosos irmãos Sisters gostassem de segredinhos.

As prostitutas, como gatos, circulavam atrás de nós.

Charlie tinha bebido três copos de conhaque, e seu rosto estava assumindo a conhecida cor vermelha que indicava o início de uma bebedeira. Ele começou a fazer perguntas a Mayfield sobre seus negócios e sucessos, num tom de deferência que eu não gostava de ver meu irmão usando. Mayfield respondeu às perguntas vagamente, mas deduzi que teve sorte e agora estava gastando seus lucros dourados o mais rapidamente possível. Fiquei cansado da farra dos dois e fui me embebedando em silêncio. As mulheres continuavam a vir me provocar, sentando-se no meu colo até meu órgão ficar duro e depois rindo de mim ou dele e passando para meu irmão ou Mayfield. Lembro-me de ter levantado para ajeitar o apêndice inchado e notado que tanto meu irmão como Mayfield estavam duros também. Apenas um grupo de cavalheiros civilizados sentado em círculo para discutir os eventos do dia com ereções trêmulas. Quando o conhaque tomou conta da minha mente, não consegui mais ver uma garota em particular; suas risadas agudas e seus perfumes se borravam num buquê chamativo que eu achei ao mesmo tempo sedutor e enjoativo. Mayfield e Charlie estavam envolvidos numa conversa, mas, na verdade, conversavam sozinhos e só queriam ouvir suas próprias palavras e vozes: Charlie gozou da minha escova de dentes; Mayfield desmascarou o mito da vara divina. Continuaram assim por tanto tempo que passei a desprezar os dois. *Quando um homem está bêbado assim age como se estivesse sozinho num quarto,* pensei. Há uma separação física e impenetrável entre ele e seus colegas.

Outro conhaque, depois outro, e então notei uma nova mulher no canto do salão, parada sozinha junto a uma janela. Era mais pálida e não tão carnuda quanto as demais, e seus olhos brilhavam de preocupação ou falta de sono. Apesar de seu aspecto doentio, era muito bonita, com olhos cor de jade e cabelo dourado até a cintura. Encorajado pelo conhaque e pela estupidez que o acompanha, olhei para ela até que não pudesse evitar devolver meu olhar, quando me ofereceu um sorriso de lástima. Pisquei para ela, e sua lástima duplicou. Ela cruzou o salão para ir embora, mas a cada passo seus olhos permaneciam fixos em mim. Ela saiu do cômodo e fiquei olhando para a porta, que ela tinha deixado entreaberta.

— Quem era aquela? — perguntei a Mayfield.

— Quem era quem? —perguntou ele.

— Quem é o quê? — disse Charlie, e todas as prostitutas riram.

Deixei o salão e encontrei a mulher fumando um cigarro no corredor. Ela não ficou surpresa por eu a ter seguido, o que não quer dizer que estava feliz. Era provável que algum homem a seguisse cada vez que saísse da sala, e que, com o tempo, tenha se acostumado a isso. Levantei a mão para tirar meu chapéu, mas ele não estava na minha cabeça.

— Não sei quanto a você, mas já me cansei daquela sala — falei.

Ela não respondeu nada.

— Meu irmão e eu vendemos uma pele a Mayfield. Agora estamos sendo obrigados a nos sentar e ouvir seus exageros e suas mentiras.

Ela continuou só olhando para mim enquanto a fumaça saía de sua boca, com um sorriso nos lábios, mas eu não pude decifrar seus pensamentos.

— O que você faz aqui? — perguntei.

—Vivo aqui. Sou a guarda-livros do sr. Mayfield.

—Você dorme num quarto do hotel ou em outro lugar?

Este é precisamente o tipo errado de pergunta a fazer, e só estou perguntando por causa do conhaque, pensei. Pare de beber conhaque! Felizmente, a mulher não ficou chateada.

— Tenho meu quarto no hotel. Mas às vezes vou dormir num quarto vazio, só para me divertir.

— Qual é a diversão? — perguntei. — Não são todos iguais?

— São iguais aparentemente, mas, na realidade, as diferenças são significativas.

Eu não sabia o que falar em resposta, mas o conhaque me obrigava a tagarelar, e eu abria minha boca para fazer isso quando algum bom senso mais profundo tomou conta de mim e fechei-a, continuando em silêncio. Estava me parabenizando internamente quando a mulher começou a procurar um lugar para colocar seu cigarro. Eu me voluntariei para jogá-lo fora, e ela colocou a bituca na palma da minha mão. Apaguei-o entre meus dedos enquanto olhava tranquilamente para a mulher, esperando, acho, mostrar minha resistência à dor, que sempre foi absurdamente alta. Pare de beber conhaque! Coloquei as cinzas e o papel chamuscado no bolso. A atenção da mulher continuou distante, apartada.

— Não posso dizer nada sobre você, madame.

— O que isso quer dizer?

— Não consigo saber se você está feliz, triste, brava ou o quê.

— Estou doente.

— Como assim, doente?

Ela tirou do bolso do vestido um lenço com marcas de sangue seco, exibindo-o com uma alegria macabra. Mas eu não lidei bem com isso e, na verdade, fiquei ultrajado com a visão das manchas. Sem pensar direito, perguntei se ela estava morrendo. Ela pareceu ficar triste, e eu comecei a me desculpar:

— Não responda isso. Eu bebi muito. Pode me perdoar? Por favor, diga que sim.

Ela não falou nada, mas também não parecia ter ficado brava, e decidi continuar como se não tivesse falado nenhuma besteira. Tentei ser o mais casual possível:

— Para onde você está indo agora, posso perguntar?

— Não tenho nenhum lugar em mente. Não há outro lugar para ir à noite além deste hotel.

— Bom — falei, estalando a língua —, parece que você estava esperando por mim aqui fora.

— Não estava, não.

—Você deixou a porta aberta para que eu pudesse segui-la.

— Não deixei, não.

— Acho que provavelmente deixou.

Ouvi um barulho no corredor. A mulher e eu nos viramos para encontrar um dos caçadores parado no alto da escada. Ele esteve nos escutando, e sua expressão era pouco amigável.

— É melhor você ir para seu quarto agora — disse o homem para ela.

— Desde quando isso é problema seu? — perguntou ela.

— Não trabalho para o homem?

— E eu não? Estou conversando com um convidado dele.

— Haverá problemas se você continuar.

— Problemas com quem?

— Você sabe. Com ele.

— Você — falei para o caçador.

— O quê?

— Vá embora daqui.

O homem parou, alisou a barba negra e coçou o rosto e o queixo. Virou-se e desceu a escada. A mulher falou para mim:

— Ele fica me seguindo pelo hotel. Preciso trancar minha porta à noite.

— Mayfield é seu homem, é isso?

Ela apontou para o salão cheio de prostitutas.

— Ele não tem uma mulher.

Diante da minha expressão vazia, que mostrava que sua resposta não tinha sido completa, ela acrescentou:

— Mas não, não estamos juntos. Já estivemos, talvez, de alguma forma.

Atrás da porta, eu podia ouvir a risada alta do meu irmão. Charlie tinha uma risada que não soava muito inteligente. Era um zurro, na verdade.

— Esta cidade está me deixando uma má impressão — falei.

A mulher deu um passo na minha direção. Estaria se aproximando para me beijar? Mas não, ela só tinha um segredo para me contar:

— Ouvi aquele caçador e os outros falando sobre você e seu irmão. Eles estão armando algum plano contra vocês. Não consegui entender, mas eles bebem todas as noites, e hoje não. Vocês deviam tomar cuidado.

— Eu já bebi muito conhaque para ser cuidadoso.

— Então você deveria voltar para sua festa. Ficar perto de Mayfield seria o melhor a fazer, acho.

— Não, não posso ficar nem mais um minuto ali dentro. Só quero dormir.

— Onde Mayfield o colocou?

— Ele não me colocou em nenhum lugar.

— Vou encontrar um local seguro — falou.

Ela me levou até o fim do corredor, onde abriu uma porta com uma chave tirada de seu bolso. Ela fez isso com cuidado para não fazer barulho, e eu me peguei imitando seus passos cautelosos. Entramos no quarto escuro, e ela fechou a porta atrás de nós. Ela me colocou encostado numa parede e falou para eu esperar enquanto procurava uma vela. Não podia enxergá-la, mas ouvia seus movimentos: seus passos, suas mãos abrindo algumas gavetas e procurando em cima das mesas. Achei isso muito simpático, sua proximidade, sua preocupação, e eu não saber o que ela estava fazendo. Decidi que gostava dela; estava grato por ela estar devotando seu tempo e se preocupando comigo. *Não preciso de muito para me sentir contente,* pensei.

Ela acendeu uma vela e abriu as cortinas para que a luz da lua entrasse. Era um quarto de hotel como qualquer outro, só que havia poeira e um ar de velharia. Ela me explicou:

— Este quarto está sempre vazio porque a chave foi perdida, e Mayfield é muito preguiçoso para chamar um chaveiro. Mas a chave não sumiu, eu a roubei. Venho aqui às vezes, quando quero ficar sozinha.

Assentindo polidamente, falei:

— É, bem... é bastante óbvio que você está apaixonada por mim!

— Não — disse ela, vermelha. — De jeito nenhum.

— Dá para ver. Totalmente apaixonada, sem forças para resistir. Não deveria se sentir tão mal, isso já aconteceu antes. Parece que, sempre que pego a estrada, uma mulher vem na minha direção com os olhos cheios de paixão e ansiedade.

Deitei-me na pequena cama, ajeitando-me no colchão. A mulher estava se divertindo comigo, mas não tanto que quisesse ficar mais tempo, e foi até a porta para sair. Eu me virei de um lado para o outro, e a cama fez os barulhos de reclamação que todas as camas sempre fazem sob meu peso.

— Você deveria parar de rolar na cama — disse ela. — Os quartos dos caçadores ficam bem abaixo de nós.

— Ah, pare de falar neles. Não me importa e não há nada que possam fazer comigo.

— Mas eles são assassinos — sussurrou ela.

— Eu também! — sussurrei de volta.

— O que você quer dizer?

Algo naquele olhar em seu rosto, na sua palidez e na sua incerteza me deixou louco e fui tomado por algum tipo de crueldade ou selvageria. Levantando-me, gritei:

— A morte persegue todos nós na Terra!

Essas palavras vieram não sei de onde e me inspiraram terrivelmente. Eu me afastei da cama, peguei meu revólver e atirei no chão. O tiro soou assustadoramente alto, ecoou nas paredes e encheu o quarto de fumaça; a mulher, horrorizada, se virou e me deixou, levando a chave. Atravessei o quarto e abri a porta de forma violenta, sentando-me depois na atormentada cama, com os revólveres prontos, engatilhados e apontados. Meu coração estava batendo forte, e eu esperava uma briga do fim dos tempos, mas depois de cinco minutos meus olhos começaram a ficar pesados. Depois de dez minutos, decidi que os caçadores não tinham ouvido o tiro. Não estavam no quarto ou eu havia atirado num quarto que não era o deles. Desisti completamente de minha aventura. Escovei os dentes e fui dormir.

A manhã estava ensolarada, e a janela aberta trazia um ar frio até o meu rosto. Eu estava deitado na cama, vestido, e a porta estava fechada e trancada. A guarda-livros tinha voltado à noite para me proteger? Ouvi o movimento de uma chave na fechadura, e ela entrou, sentando-se na ponta da cama e sorrindo. Perguntei por Charlie, e ela disse que ele estava bem. Convidou-me a caminhar com ela e, apesar de ainda parecer meio morta, usava um perfume doce, era muito bela e parecia não estar infeliz com a visita. Levantando da cama, andei até a janela e me encostei nela, olhando para a rua. Homens e mulheres passavam por ali, dando bom-dia, fazendo reverências e tirando o chapéu. A mulher limpou a garganta e disse:

— Ontem à noite, você disse que não podia dizer nada sobre mim. Agora, eu estou pensando o mesmo de você.

— O que quer dizer?

— Para começar, por que raios você atirou no chão?

— Estou envergonhado por ter feito isso — admiti. — Desculpe-me se a assustei.

— Mas por que fez isso?

— Às vezes, se bebo muito e estou me sentindo triste, uma parte de mim quer morrer.

Quem é que está mostrando suas manchas de sangue agora?, pensei.

— Por que estava se sentindo triste?

— Por que as pessoas se sentem assim? Isso simplesmente acontece de vez em quando.

— Mas você estava feliz num momento e, depois, não estava mais.

Dei de ombros. Vi um homem conhecido na rua, mas não conseguia determinar de onde o conhecia. Sua carroça estava pesada e andava com dificuldades, sem objetivo, como se ele não tivesse nenhum destino em mente.

— Conheço aquela pessoa — falei, apontando. A mulher veio até mim, mas o homem já estava fora do nosso campo de visão. Arrumando seu vestido, ela perguntou:

— Quer vir caminhar comigo ou não?

Usei um pouco do pó para os dentes, e ela me levou pelo corredor, segurando meu braço. Quando passamos pela porta aberta do salão de Mayfield, eu o vi dormindo com a cara apoiada sobre a mesa, cabeça e braços descansando entre a bagunça de garrafas, cinzas de charutos e os três sinos. Havia uma prostituta grande e pelada deitada de costas no chão, ao lado dele. Seu rosto estava virado e parei para olhar seu corpo adormecido, peitos e barriga subindo e descendo com a respiração. Ali estava a foto da negligência moral, e me peguei espantado pela visão de seus genitais, os pelos emaranhados e curtos. Percebi que meu chapéu estava pendurado num chifre de veado na parede e cruzei o grande salão para recuperá-lo. Após pegá-lo, estava saindo, limpando as cinzas do chapéu, quando tropecei e caí no chão. Tinha tropeçado no mostrador, que agora não trazia mais a pele vermelha. Ela não havia sido desamarrada, mas cortada de forma rápida e indelicada. Olhei para a guarda-livros parada no batente da porta; seus olhos estavam fechados, e ela girava lentamente a cabeça em círculos. *Ela está presa sob o peso de seus fardos,* pensei.

A estrada tinha virado lama, entremeada por poças profundas, e, para cruzá-la, éramos forçados a nos equilibrar sobre uma série de tábuas de madeira. A mulher gostava disso, e seu riso era claro e gostoso na manhã. *Sua risada e esse ar frio e fresco são a mesma coisa acolhedora e purificadora para mim,* pensei. É estranho pensar que isso me parecia uma aventura, eu que já tinha passado por tantas aventuras verdadeiramente perigosas, mas lá estava eu, segurando sua mão e apontando o caminho pelas pranchas balançantes; a náusea era sempre iminente, mas isso só tornava a situação muito mais cômica e, portanto, feliz. Quando chegamos ao outro lado da estrada, minhas botas estavam cobertas de lama, mas as delas não tinham nenhuma mancha, e ela me agradeceu. Instalados em segurança na calçada de madeira seca, ela segurou meu braço por uma meia dúzia de passos e depois se separou de mim para arrumar o cabelo. Não acho que havia alguma necessidade de ter soltado meu braço, mas que isso havia sido feito em nome do bom gosto e dos princípios. Acredito que ela gostava da sensação do meu braço e queria segurá-lo por mais tempo. Essa era, ao menos, minha impressão esperançosa.

— Como é trabalhar para Mayfield? — perguntei.

— Ele me paga bastante bem, mas é difícil aguentá-lo, sempre querendo mostrar que está certo. Era um bom homem antes de ter tido sorte.

— Ele parece estar gastando tudo bem rápido. Talvez volte a ser como antes quando o dinheiro acabar.

— Ele vai mudar, mas não voltará a ser como antes. Vai se tornar um terceiro homem e acho que será ainda menos agradável do que é agora. — Fiquei em silêncio, e ela acrescentou: — Sim, não há nada a ser dito sobre isso.

Passou um momento, e ela voltou a segurar meu braço. Eu me senti orgulhoso, e minhas pernas caminharam confiantes.

— Como é que minha porta estava trancada esta manhã? Você voltou mais tarde para me visitar?

— Você não se lembra? — perguntou ela.

— Desculpe, mas não.

— Isso me deixa muito triste.

— Vai me explicar o que aconteceu?

Ela pensou um pouco e disse:

— Se você quer realmente saber, vai ter de forçar sua memória.

Pensando em algo, ela riu mais uma vez, e o som era lindo como um diamante.

— Sua risada é como água fresca para mim — falei.

Senti meu coração bater mais rápido ao dizer essas palavras e não teria sido difícil chegar às lágrimas. Isso era estranho.

— Você ficou muito sério de repente — constatou ela.

— Não sou uma coisa só — respondi.

Chegando ao limite da cidade, cruzamos outro caminho de tábuas e voltamos na direção do hotel. Pensei em meu quarto, na cama em que tinha dormido, e imaginei minha forma sobre os lençóis. Lembrando de repente, falei:

— É o homem choroso!

— Quem? — perguntou a mulher. — O quê?

— A pessoa que vi pela janela e falei que me era familiar. Eu o conheci em Oregon há algumas semanas. Meu irmão e eu estávamos saindo de Oregon City e cruzamos com um homem solitário puxando um cavalo. Ele estava muito chateado, mas não aceitou nossa ajuda. Sua tristeza era muito profunda e o deixou insensato.

— Será que a sorte dele mudou?

— Parece que não.

— Pobre alma.

— Ele parecia um histérico.

Houve uma pausa, e ela soltou meu braço.

— Na noite passada, você mencionou algum trabalho urgente em São Francisco — disse ela.

Assenti.

— Estamos atrás de um homem chamado Hermann Warm, que, dizem, vive lá.

— O que isso quer dizer? Estar atrás dele?

— Ele fez algo errado e fomos contratados para fazer justiça.

— Mas vocês são homens da lei?

— Somos o oposto de homens da lei.

Seu rosto ficou pensativo.

— Esse Warm é realmente um homem mau?

— Não sei. Ninguém sabe. Dizem que é um ladrão.

— O que ele roubou?

— O que as pessoas normalmente roubam. Dinheiro, provavelmente. — Mentir assim me deixou mal e procurei ao redor algo para olhar, alguma distração, mas não consegui achar nada adequado. — Para ser sincero, ele provavelmente não roubou nem um centavo. — Seus olhos se abaixaram, e eu ri um pouco. — Não me surpreenderia nada se ele fosse perfeitamente inocente — completei.

— E você sempre vai atrás de homens que podem ser inocentes?

— Minha profissão não é como as outras. — De repente, eu não queria mais falar sobre aquele assunto. — Não quero mais falar nisso.

Ignorando essa declaração, ela perguntou:

— Você gosta da sua profissão?

— Cada trabalho é diferente. Alguns eu vejo como aventuras. Outros foram um inferno. — Dei de ombros. — Se você recebe um salário, qualquer coisa ganha um certo respeito. De alguma forma, acho que parece significativo ter algo tão grande quanto a vida de um homem sob minha responsabilidade.

— A morte de um homem — corrigiu ela.

Eu não estava certo de que ela havia entendido o que eu fazia. Fiquei aliviado em saber que sim, que eu não precisaria contar com todas as palavras.

— Como você quiser colocar — falei.

— Nunca pensou em parar?

— Já — admiti.

Ela pegou no meu braço de novo.

— E depois de lidar com esse homem, Warm? O que vai fazer?

— Tenho uma cabana nos arredores de Oregon City, que divido com meu irmão. A terra é boa, mas a casa é pequena e fria. Gostaria de me mudar, mas nunca encontro tempo para procurar outro lugar. Charlie tem muitos amigos repugnantes. Não possuem nenhum respeito pelas horas tradicionais de sono. — A mulher ficou inquieta com minha resposta e falei: — O que está me perguntando exatamente?

— Minha esperança era vê-lo novamente.

Meu peito se encheu como uma ferida dolorosa e pensei: *sou um perfeito idiota.*

— Sua esperança será cumprida — prometi.

— Se você for embora, acho que não o verei mais.

— Vou voltar. Dou minha palavra.

A mulher não acreditou em mim, entretanto, ou só acreditou em parte. Olhando para mim, pediu que eu tirasse meu casaco, o que fiz, e ela arrancou um pedaço da seda azul das suas camadas de roupa. Amarrou a faixa em meu ombro, prendendo com um nó apertado e se afastando para me olhar. Estava muito triste e linda, com olhos úmidos e pesados com seus pós e antigos feitiços. Coloquei minhas mãos sobre o tecido, mas não consegui pensar em nada para dizer.

— Você deve sempre usar isso assim — disse ela. — E, quando olhar, vai se lembrar de mim e da sua promessa de voltar aqui. — Depois, começou a limpar o tecido. — Isso vai deixar seu irmão com muito ciúme?

— Acho que ele vai querer saber o que é.

— É um ótimo tecido, não?

— Muito brilhante.

Abotoei meu casaco para cobri-lo. Ela se aproximou e me abraçou, descansando seu rosto junto ao meu coração, ouvindo minhas loucas batidas. Depois disso, ela se despediu, se virou e desapareceu dentro do hotel, mas antes coloquei os quarenta dólares de Mayfield em seu bolso. Falei que a veria ao voltar, mas ela não respondeu e fiquei sozinho, com meu pensamento muito longe, desaparecendo. Não queria entrar, e sim continuar caminhando ao ar livre. Notei uma linha de casas saindo da rua principal e caminhei na direção delas.

INTERVALO

Encontrei uma menina de sete ou oito anos, muito bem-vestida, do chapéu ao sapato, e parada em frente a um jardim com cerca de uma casa recém-pintada. Ela olhava para a propriedade de um jeito que demonstrava intenso desgosto ou maldade – sua sobrancelha estava levantada, suas mãos fechadas, e ela chorava, não com força, mas calmamente e sem emitir som. Quando me aproximei e perguntei qual era o problema, ela me contou que havia tido um pesadelo.

— Você teve um pesadelo agora? — perguntei, porque o sol estava bem alto no céu.

— À noite. Mas tinha me esquecido dele até agora há pouco, quando aquele cachorro me fez lembrar. — Ela apontou para um cachorro gordo, dormindo do outro lado da cerca.

Fiquei espantado quando vi o que parecia ser uma pata do cachorro separada do corpo, mas depois de inspecionar melhor vi que era o fêmur de uma ovelha ou bezerro, dado ao cachorro para morder. Ainda tinha alguma carne e cartilagem, o que lhe dava uma aparência carnosa. Sorri para a garota.

— Achei que era a perna do cachorro — falei.

A garota limpou as lágrimas de seu rosto.

— Mas é a perna do cachorro.

Neguei com a cabeça e apontei:

— A perna do cachorro está enfiada embaixo dele, está vendo?

— Você está errado. Olhe só.

Ela assobiou, e o cachorro acordou e ficou de pé. Descobri que ele realmente não tinha uma pata, só que a pele já tinha sarado. Era uma ferida de muitos anos, e, apesar de ter ficado confuso, continuei:

— Aquilo no chão é o fêmur de uma ovelha, e não do cachorro. Não vê que o animal perdeu a pata há algum tempo e que não sente dor?

Essa frase deixou a menina com raiva, e agora ela me olhava com a mesma maldade que havia dedicado à casa.

— O cachorro sente dor — insistiu ela. — O cachorro está sentindo muita dor!

A violência de suas palavras e de seu temperamento me pegou de surpresa, e eu me percebi dando um passo para trás.

— Você é uma garota peculiar — falei.

— É uma época peculiar na Terra — respondeu ela.

Eu não soube o que falar. De toda forma, era uma frase muito verdadeira. A garota continuou, com a voz agora doce e inocente:

— Mas você não perguntou sobre meu sonho.

— Você falou que tinha a ver com esse cachorro.

— O cachorro era só uma parte dele. Tinha a ver também com a cerca, a casa e você.

— Eu estava no seu sonho?

— Havia um homem nele. Um homem que eu não conhecia e do qual não gostava.

— Ele era um homem bom ou um homem mau?

Ela falou num sussurro:

— Era um homem protegido.

Pensei de repente na bruxa-cigana, na porta e no colar:

— Como ele era protegido? — perguntei. — Protegido do quê?

Mas ela não respondeu à minha pergunta.

— Eu vim andando até aqui para ver esse cachorro, que eu odeio. E, quando dei a ele o veneno para matá-lo, apareceu nesse jardim, bem na minha frente, uma nuvem do tamanho de um punho, cinza e preta, girando. Ela foi ficando maior e chegou a meio metro, um metro, depois três metros, e logo era do tamanho da casa. E eu sentia o vento que os giros produziam, um vento frio, tão frio que queimava meu rosto. — Ela fechou os olhos e levantou a cabeça, como se revivesse a sensação.

— Que tipo de veneno você deu ao cachorro? — perguntei, porque percebi que havia resíduos de grãos negros em seu pulso direito.

— A nuvem foi ficando cada vez maior — continuou a terrível garota, sua voz se tornando mais alta e ela, mais agitada. — Ela me levantou até seu centro, onde fiquei suspensa no ar, girando suavemente em círculos. Acho que teria sido até tranquilizador se o cachorro de três patas, agora morto, não estivesse também girando ao meu lado.

— Foi um sonho bem assustador, garota.

— O cachorro de três pernas, agora morto, girando ao meu lado! — Ela bateu palmas uma vez, virou-se abruptamente e me deixou ali parado, pasmo e bastante nervoso.

Pensei que eu gostaria de ter uma companhia confiável naquele momento. A garota tinha virado a esquina antes de eu olhar de novo para o cachorro, que mais uma vez estava deitado no chão, com uma espuma escorrendo de sua boca, o peito imóvel, mortinho da silva. Quando as cortinas da casa se mexeram, eu me virei e fui embora tão rápido quanto a garota, mas na direção oposta, e não olhei para trás. Estava na hora de dizer adeus para Mayfield, ao menos por ora. E já ia tarde!

FIM DO INTERVALO

Passando pelo salão de Mayfield, olhei para dentro e vi que tanto ele como a mulher nua tinham desaparecido, e o suporte da pele tinha sido levantado. No fundo do corredor, uma das prostitutas estava parada com a cabeça enfiada pela porta do quarto ao lado do meu. Indo na direção dela, perguntei se tinha visto Charlie.

— Acabei de sair do quarto dele.

Sua pele tinha um tom esverdeado; estava muito mal depois de ter bebido tanto conhaque. Sentindo uma ânsia de vômito, ela cobriu a boca com o punho fechado.

— Ah, meu Deus — falou.

Abri a porta do meu quarto e pedi que ela falasse para Charlie se apressar.

— Não vou dizer nada para ele, senhor. Estou indo para minha própria cama para esperar sozinha que essas longas horas passem.

Fiquei olhando-a se afastar, com a mão fechada apoiada na parede, insegura de sua caminhada. A porta de Charlie estava trancada, e, quando bati, ele emitiu um som gutural, comunicando seu desejo de ficar sozinho. Quando o chamei, ele veio até a porta. Estava nu e me mandou entrar.

— Onde você estava? — perguntou.

— Estava caminhando com a garota de ontem à noite.

— Que garota de ontem à noite?

— A magra e bonita.

— Havia uma magra e bonita?

— Você estava muito distraído com suas gargalhadas para notar. Olhe como sua cabeça está vermelha.

Eu podia ouvir a voz abafada e brava de Mayfield vindo do salão. Contei a Charlie que a pele tinha sumido, e ele ficou tenso.

— Como assim, sumiu? — perguntou.

— Sumiu. Não está lá. O suporte foi derrubado e a pele foi cortada.

Ele pensou um pouco e depois começou a se vestir.

— Vou conversar com Mayfield sobre isso — falou, resmungando enquanto colocava as calças. — A gente se entendeu bem ontem à noite. Com certeza, o responsável é um daqueles malditos caçadores que ele contratou.

Ele saiu, e eu me sentei numa cadeira baixa. Percebi que o colchão de Charlie tinha sido jogado no chão e cortado com uma faca, e o conteúdo arrancado aos maços. *Será que seu desejo por carnificinas sem sentido vai acabar algum dia?*, pensei. Ele e Mayfield estavam discutindo, mas eu não conseguia entender as palavras. Meu corpo queimava de fadiga e estava meio adormecido quando Charlie voltou, com o rosto endurecido e os punhos fechados com os dedos esbranquiçados.

— Aí está um homem que sabe falar alto — disse ele. — Que fanfarrão.

— Ele acha que nós pegamos a pele?

— Com certeza, e sabe por quê? Um dos caçadores afirma ter visto você correndo pelo corredor com a coisa embaixo do braço. Pedi para Mayfield checar nossos quartos e nossa bagagem, mas ele disse que isso era muito baixo para ele. Sussurrou algo para sua prostituta, e ela saiu correndo. Está procurando os caçadores, imagino. — Ele foi até a janela e olhou para a rua principal. — Fico muito bravo ao imaginá-los pregando essa peça na gente. Se eu não estivesse me sentindo tão mal, iria atrás deles. — Charlie olhou para mim. — E você, irmão? Está disposto a uma briga?

— Nem um pouco.

— O que é isso embaixo do seu casaco?

— Um presente da garota.

— Vai haver um desfile na cidade?

— É só um pedaço de tecido para me lembrar dela. Uma *bonbonnière*, como a mamãe costumava dizer.

Ele fez um barulho sugando o ar entre os dentes.

— Você não devia usar isso — falou, decidido.

— É um tecido bem caro, acho.

— A garota está brincando com você.

— Ela é uma pessoa bem séria.

— Você parece um ganso premiado.

Eu desamarrei o tecido, dobrando-o num pequeno quadrado. Decidi que iria mantê-lo comigo, mas em segredo.

— Quem está com a cabeça vermelha agora? — perguntou Charlie. Virando-se para a janela, ele bateu no vidro e falou: — Ahá, aqui vamos nós.

Cruzei o quarto até a janela e vi a prostituta que antes estava dormindo no chão falando com o caçador mais alto. Ele ouviu, enrolando um cigarro e assentindo; quando ela terminou, ele deu algumas instruções, e a mulher voltou na direção do hotel. Fiquei olhando até ela sumir do meu campo de visão, e aí olhei de novo para o caçador, que tinha nos localizado na janela e nos olhava debaixo de seu chapéu pontudo e de abas moles.

— Onde é que se compra um chapéu assim? — perguntou Charlie. — Eles devem fabricá-los.

O caçador acendeu seu cigarro, soltou uma coluna de fumaça e foi andando na direção contrária à do hotel. Charlie deu um tapa na perna e cuspiu.

— Odeio admitir, mas eles venceram. Devolva suas moedas. Vou entregar as minhas também.

— Devolver o dinheiro é o mesmo que uma admissão de culpa.

— É nossa única opção além de lutar ou fugir, coisa que nenhum dos dois está em condição de fazer. Vamos lá, devolva.

Ele se aproximou até parar na minha frente com a mão estendida. Bati nos meus bolsos, uma triste pantomima que me entregou. Coçando o pescoço, ele falou:

— Você deu para a mulher, não foi?

— O dinheiro era meu. E o que um homem faz com seu dinheiro não é problema de ninguém. — Lembrando-me da mão fechada da prostituta quando cobriu a boca, falei: — Você não deu uma parte do seu?

— Sabe que eu não tinha pensado nisso? — Ele olhou sua bolsa e riu com amargura. — E Mayfield tinha dito que era por conta da casa.

Mais gritos vindos do salão. Um sino foi tocado, um copo quebrado.

— Espero que você não proponha que paguemos o homem com nosso dinheiro — falei.

— Não estou com tanta vontade de fazer amigos. Vou juntar minhas coisas, depois a gente pega as suas. Podemos sair pela janela do seu quarto e tentar escapar sem que ninguém veja. Vamos lutar se precisarmos, mas eu preferia esperar e fazer isso outro dia, quando estivermos nos sentindo cem por cento.

Com a bolsa na mão, ele olhou para o quarto e perguntou:

— Pegamos tudo? Sim? Certo. Vamos tentar cruzar o corredor em puro silêncio.

Puro silêncio, pensei, enquanto caminhávamos em direção ao meu quarto. As palavras me pareceram bastante poéticas.

Saímos pela janela do meu quarto e fomos caminhando pela varanda que corria por cima da entrada. Isso se mostrou uma mão na roda para nós, porque Tub e Nimble estavam no estábulo do outro lado do hotel e percorremos toda aquela distância sem que nem uma alma sequer percebesse nossa presença. No meio do caminho, Charlie parou atrás de uma placa alta para observar o caçador mais alto, que estava encostado num poste embaixo de nós. Os outros três se juntaram a ele, e o grupo formou um círculo aberto, falando através de suas barbas sujas.

— Sem dúvida, eles são famosos entre a comunidade de ladrões — falou Charlie. — Mas não são assassinos.

Ele apontou para o líder.

— Foi ele quem roubou a pele, tenho certeza. Se tivermos que brigar, eu cuido dele. Vai ver como o resto fugirá assim que dispararmos o primeiro tiro.

Os homens se dispersaram, e continuamos pela varanda até o limite, descendo e entrando escondidos no estábulo, onde encontrei o cuidador dentuço parado perto de Tub e Nimble, observando os dois com o olhar vazio. Ele pulou quando o cumprimentamos e foi lento e relutante ao nos ajudar com as selas, o que deveria ter levantado minhas suspeitas, mas eu estava muito distraído pensando na fuga para dissecar tudo de forma apropriada. Charlie e eu estávamos amarrando nossas bolsas quando os quatro caçadores entraram sem fazer barulho pela cocheira atrás de nós. Só os notamos quando já era muito tarde. Eles tinham seus revólveres apontados para nossos corações.

— Estão prontos para deixar Mayfield? — perguntou o caçador mais alto.

— Estamos indo embora — disse Charlie. Não tinha certeza do que ele ia fazer, mas sabia que ele possuía o hábito de estalar os dedos indicadores com os dedões antes de tirar suas armas, então fiquei esperando esse ruído.

— Vocês não vão embora sem devolver o dinheiro que devem ao sr. Mayfield.

— Sr. Mayfield — disse Charlie. — O amado patrão. Digam, vocês arrumam a cama dele também? Esquentam os pés dele com as mãos nas longas noites de inverno?

— Cem dólares ou vou matá-lo. Provavelmente vou matá-lo de qualquer forma. Você acha que sou lento debaixo das minhas peles, mas vai descobrir que sou mais rápido do que você acredita. E não ficará surpreso ao encontrar minhas balas no seu corpo.

— Acho mesmo que você é lento, caçador — falou Charlie —, mas não é sua roupa que restringe sua velocidade. Sua mente é a culpada. Porque eu acredito que você é tão estúpido quanto os animais para os quais cria emboscadas na lama e na neve.

O caçador riu ou fingiu rir com falsa leveza e bondade.

— Vi você bebendo ontem à noite e pensei: não vou beber nenhuma gota. Estarei descansado e serei rápido, caso tenha de matar esse homem pela manhã. E agora a manhã chegou e pergunto mais uma vez: Vocês vão devolver o dinheiro ou a pele?

— Tudo que você vai receber de mim é a morte.

As palavras de Charlie, ditas de forma casual, como um homem descrevendo o clima, levantaram os pelos do meu pescoço, e minhas mãos começaram a pulsar e vibrar. Ele era ótimo em situações assim, direto e sem um traço de medo. Sempre foi assim, e, apesar de já ter visto isso muitas vezes, eu ainda sentia uma admiração por ele.

— Vou atirar em você — falou o caçador.

— Meu irmão vai contar — disse Charlie. — Quando chegar a três, nós sacamos as armas.

O caçador assentiu e colocou o revólver de volta no coldre.

— Ele pode contar até cem se você quiser — falou, abrindo e fechando a mão para alongar os músculos.

Charlie fez uma cara azeda.

— Que coisa estúpida a dizer. Pense em outra coisa. Todo homem quer que suas últimas palavras sejam respeitáveis.

— Vou falar o dia e a noite toda. Vou contar aos meus netos a história de como matei os famosos irmãos Sisters.

— Isso pelo menos faz sentido. E também pode servir como uma nota de rodapé engraçada — disse Charlie. — Agora, ele vai matar nós dois, Eli.

— Fui muito feliz cavalgando e trabalhando com você — falei.

— Mas é a hora do nosso último adeus? — perguntou ele. — Se você olhar bem para esse homem, poderá ver que ele não está falando sério. Perceba como a pele dele ficou suada. Em algum lugar do seu ser, há uma voz falando que ele se equivocou.

— Comece a contar, maldição — disse o caçador.

— Vamos colocar isso no seu túmulo — disse Charlie, e estalou os dedos bem alto. — Conte até três, irmão. Devagar e com calma.

— Vocês dois estão prontos? — perguntei.

— Estou pronto — disse o caçador.

— Pronto — falou Charlie.

— Um... — falei.

Charlie e eu sacamos nossos revólveres, disparando quatro balas simultaneamente, cada uma encontrando seu alvo na cabeça de um caçador. Os homens caíram no chão, de onde nenhum deles voltaria a se levantar. Foram assassinatos perfeitos, os mais eficientes de que consigo me lembrar, e assim que eles caíram Charlie começou a rir, como eu, apesar de que, no meu caso, era mais por me sentir aliviado do que por qualquer outra coisa, enquanto Charlie parecia realmente feliz. *Não é suficiente ter sorte,* pensei. Um homem precisa ser equilibrado e calmo quando a maioria dos homens não é nada disso. O caçador com a barba negra ainda arfava, e eu atravessei o estábulo para dar uma olhada nele. Estava confuso, e seus olhos giravam para todos os lados.

— Que barulho foi aquele? — perguntou.

— Foi uma bala entrando em você.

— Onde entrou?

— Na sua cabeça.

— Não consigo sentir. E quase não consigo ouvir nada. Onde estão os outros?

— Estão deitados ao seu lado. Com balas na cabeça também.

— É mesmo? Estão falando? Não consigo ouvi-los.

— Não, estão mortos.

— Mas eu não estou morto?

— Ainda não.

— Sh... — disse ele. Seus olhos se fecharam e sua cabeça ficou parada. Eu estava me afastando quando ele tremeu e abriu os olhos. — Foi Jim quem quis vir atrás de vocês. Eu não queria.

— Está bem.

— Ele acha que, por ser grande, precisa fazer coisas grandes.

— Ele está morto agora.

— Falou sobre isso a noite toda. Disse que escreveriam livros sobre nós. Não gostou que tenham tirado sarro das nossas roupas, foi isso.

— Não importa agora. Feche os olhos.

— Olá? — chamou o caçador. — Olá? — Ele olhava para mim, mas acho que não conseguia me ver.

— Feche os olhos. Está tudo bem.

— Eu não queria fazer isso — reclamou ele. — Jim achou que podia matar vocês e contar para todo mundo.

— Você deveria fechar os olhos e descansar — falei.

— Sh... Sh, sh... — Então, a vida o deixou e ele morreu.

Voltei para Tub e a sela. Essa coisa de contar até três era um velho truque nosso. Era algo de que não tínhamos orgulho nem vergonha; era suficiente dizer que só era usado nas situações mais complicadas e tinha salvado nossas vidas mais de uma vez.

Charlie e eu estávamos prontos para partir quando ouvimos botas rasparem o chão no andar de cima. O cuidador não tinha ido embora, e sim se escondido para testemunhar a luta. Infelizmente para ele, também tinha visto nosso truque com os números e subimos a escada para encontrá-lo. Isso demorou um tempo, já que havia muitos montes de feno na parte de cima, o que era um ótimo esconderijo.

— Saia, rapaz — falei. — Estamos indo embora e prometemos não o machucar.

Houve uma pausa e ouvimos uma corrida no canto. Atirei em direção ao som, mas os fardos de feno abafaram a bala. Outra pausa e mais uma corrida.

— Rapaz, saia — disse Charlie. — Vamos matá-lo e não há nenhuma chance de escapar. Precisamos ser razoáveis.

— Boo-hoo-hoo — chorou o rapaz.

— Você só está desperdiçando nosso tempo. E não temos mais tempo a perder.

— Boo-hoo-hoo.

Depois de despacharmos o cuidador, visitamos Mayfield em seu salão. Ele ficou chocado ao nos ver batendo à sua porta, a ponto de não conseguir falar ou se mover por um tempo. Eu o levei até um sofá, onde ficou sentado, esperando seu destino.

— Ele está diferente do homem de ontem à noite — falei para Charlie.

— Esse é o verdadeiro homem — disse ele. — Eu soube desde que o vi pela primeira vez. — Dirigindo-se a Mayfield, ele falou: — Como você pode imaginar, nós derrubamos sua ajuda, os quatro, mais o garoto do estábulo, que foi algo infeliz e não planejado. Afirmo que tudo isso é culpa sua, já que trouxemos a pele com boa-fé e não tivemos nada a ver com seu desaparecimento. Portanto, a morte de seus homens e do garoto deve ficar somente na sua consciência, não na nossa. Não peço que você concorde com isso, só que reconheça. Já falei muito. Entendeu?

Mayfield não respondeu. Seus olhos estavam fixos num ponto na parede atrás de mim. Virei-me para ver o que ele estava olhando e descobri que não havia nada ali. Quando olhei de volta, ele esfregava o rosto com a palma das mãos, como se estivesse se lavando.

— Muito bem — continuou Charlie. — Dessa próxima parte você não vai gostar, mas será o preço a pagar pelas imposições que você colocou sobre meu irmão e sobre mim. Está me ouvindo, Mayfield? Sim, quero que nos diga agora. Onde está seu cofre?

Mayfield ficou quieto por tanto tempo que achei que não tinha ouvido a pergunta. Charlie estava abrindo a boca para repeti-la quando Mayfield respondeu numa voz que quase parecia um sussurro:

— Não vou dizer.

Charlie se aproximou dele.

— Diga onde está o cofre ou vou acertá-lo na cabeça com meu revólver.

Mayfield não disse nada, e Charlie tirou o revólver do coldre, segurando-o pelo cano. Fez uma pausa antes de acertar Mayfield bem no alto do crânio. Mayfield caiu no sofá, cobrindo a cabeça e soltando sons de dor, um tipo de grito entre os dentes que achei bastante pouco digno. Começou imediatamente a sangrar, e Charlie colocou-lhe um lenço na mão enquanto ajudava o homem a sentar-se. Mayfield não enrolou nem posicionou o lenço de algodão sobre a ferida como qualquer pessoa faria, mas o jogou por cima da cabeça como uma toalha; como era careca, o sangue fez o lenço grudar na cabeça quase imediatamente. O que o levou a fazer isso? Foi uma inspiração irrefletida ou algo que ele tinha aprendido em algum lugar? Mayfield ficou olhando para nós com uma expressão irritada. Usava somente uma bota e percebi que seu pé descalço era vermelho com os dedos inchados. Apontei e falei:

— Frieiras, Mayfield?

— O que são frieiras?

— Parece que é esse o problema no seu pé.

— Não sei o que tem de errado com ele.

— Acho que são frieiras — falei.

Charlie estalou os dedos para me fazer calar a boca e para recuperar a atenção de Mayfield.

— Dessa vez — disse ele —, se você não me responder, vou acertá-lo duas vezes.

— Não vou deixar vocês levarem tudo — disse Mayfield.

— Onde está o cofre?

— Trabalhei pelo dinheiro. Não é de vocês.

— Certo. — Charlie acertou Mayfield duas vezes com o cabo do revólver, e o homem mais uma vez se dobrou no sofá para chorar e gemer. Charlie não tinha tirado o lenço para acertá-lo, e os golpes fizeram um som úmido desagradável. Quando ele levantou Mayfield, o homem estava com a boca tensa, sem ar e com toda a cabeça manchada de sangue, até o próprio lenço pingava. Ele se controlou e tentou mostrar alguma coragem, mas parecia ridículo, como algo na vitrine de um açougue, com sangue escorrendo pelo queixo e pescoço, ensopando a gola da camisa. Charlie falou:

— Vamos esclarecer algo agora. Seu dinheiro está perdido. Essa é a pura verdade, é um fato, e, se você lutar contra isso, vamos matá-lo e aí encontraremos seu cofre. Quero que pense nisso: por que apanhar e morrer por algo que já está perdido? Pense bem. Sua atitude não faz sentido.

— Você vai me matar de uma forma ou de outra.

— Isso não é necessariamente verdade — falei.

— Não é — disse Charlie.

— Dão suas palavras? — perguntou Mayfield.

Charlie olhou para mim, perguntando com os olhos: devemos deixá-lo vivo? Meus olhos responderam: não me importa.

— Se nos der o dinheiro, vamos deixá-lo como o encontramos, vivo e respirando.

— Jurem.

— Eu juro — falou Charlie.

Mayfield olhou para ele, procurando algum sinal de maldade. Satisfeito, olhou para mim.

— Você jura também?

— Se meu irmão diz que é assim que vai ser, então é assim que vai ser. Mas se você quer que eu jure que não vou matá-lo, então eu juro.

Ele tirou o lenço pesado de sangue e o jogou no chão, o que fez barulho e o fez ficar olhando para o lenço com desgosto. Arrumou sua roupa e ficou de pé, cambaleando, e depois voltou a se sentar, quase desmaiando com o esforço.

— Preciso de uma bebida e alguma coisa para limpar minha cabeça. Não quero caminhar pelo meu hotel assim.

Preparei uma dose grande de conhaque, que ele bebeu em dois grandes goles. Charlie foi até o banheiro e voltou cheio de toalhas, uma bacia com água e um espelho. Colocou tudo na mesinha em frente a Mayfield, e olhamos enquanto ele se limpava. Não demonstrou nenhuma emoção enquanto fazia isso e senti uma obscura admiração por ele. Estava perdendo todas as suas economias e seu ouro, e mesmo assim demonstrava tanta preocupação quanto um homem que fazia a barba. Fiquei curioso para saber em que ele pensava e perguntei; quando ele falou que estava fazendo planos, indaguei quais poderiam ser. Ele virou o espelho de cabeça para baixo sobre a mesa e falou:

— Isso depende de quanto dinheiro vocês vão deixar comigo.

— Deixar? — perguntou Charlie, com as sobrancelhas levantadas. Ele estava abrindo as gavetas da mesa de Mayfield. — Achei que você tivesse entendido que não ia ficar com nada.

— Nada? — Mayfield suspirou. — Você quer dizer absolutamente nada?

Charlie olhou para mim.

— Esse não era o plano?

— O plano, se não me engano, era matá-lo. Agora que mudamos essa parte, podemos pelo menos conversar sobre essa nova questão. Vou admitir que parece cruel deixá-lo sem um centavo.

Os olhos de Charlie escureceram, e ele se tornou pensativo.

— Você perguntou em que eu estava pensando — disse Mayfield. — Bom, vou falar. Estava pensando que um homem como eu, depois de sofrer um golpe como o que vocês me deram hoje, tem dois caminhos distintos a seguir na vida. Posso sair pelo mundo com o coração ferido, tentando dividir meu ódio louco com qualquer pessoa que encontrar ou posso recomeçar com o coração vazio e só preenchê-lo com coisas nobres a partir de agora, para nutrir minha mentalidade e cultivar algo positivo.

— Ele está inventando isso? — perguntou Charlie.

— Vou tomar a segunda rota — continuou Mayfield. — Sou um homem que precisa se reconstruir, e a primeira coisa na qual vou trabalhar é meu propósito. Vou me lembrar de quem sou, ou fui, porque temo que minha vida mimada aqui tenha me deixado preguiçoso. Devo dizer que a facilidade com que vocês estão levando minhas coisas é uma prova dessa preguiça.

— Ele descreve sua inação e sua covardia como preguiça — disse Charlie.

— E, com cinco homens mortos, ele descreve o roubo de suas riquezas como fácil.

— Ele tem um problema para descrever as coisas — falou Charlie.

— Minha esperança — disse Mayfield —, e vou ser direto com vocês, é que me deixem dinheiro suficiente para uma viagem até sua cidade, Oregon City, para onde irei imediatamente e matarei o vagabundo com a faca, aquele James Robinson.

Imediatamente, meu irmão e eu tivemos o mesmo pensamento mau.

— Diga-me que não é perfeito — falou Charlie.

— Mas é muito trágico — respondi.

— Vocês querem proteger esse criminoso apesar do que fizeram comigo? — disse Mayfield, indignado. — É justo e correto que me ajudem a fazer isso. Vocês vão levar tudo que eu conquistei, mas podem se redimir, pelo menos parcialmente, se deixarem apenas uma porção da minha fortuna.

Esse discurso moral selou seu destino, e chegamos ao acordo de que Mayfield ficaria com cem dólares, o suficiente para chegar a Oregon City, onde ficaria empacado e descobriria sobre a morte de Robinson ao perguntar à primeira pessoa que encontrasse. Ele entenderia que nós já sabíamos e se lembraria de nós com muita raiva. O dinheiro foi pago com ouro tirado de seu cofre, que estava localizado no porão do hotel. Olhando para o cofre aberto, Mayfield falou:

— Foi a única vez que tive sorte na minha vida. Enchi um cofre com ouro e papéis. Mais do que a maioria fez na vida. — Ele assentiu solene, mas sua demonstração de coragem logo deu lugar à emoção, e ele abaixou o rosto e as lágrimas começaram a escorrer. — Mas, droga, é difícil segurar a sorte!

Limpando o rosto, xingou em voz baixa com toda a raiva e a sinceridade que pôde reunir.

— Não sinto nenhuma sorte no meu corpo agora, esse é um fato.

Ele parecia lamentável com sua pequena bolsa de dinheiro, puxando as cordinhas como se segurasse um rato morto pelo rabo. Nós o seguimos até a rua e o vimos arrumar e amarrar sua sela. Parecia querer falar algo, mas as palavras não saíram naturalmente ou ele nos considerou indignos de ouvi-las, por isso ficou em silêncio. Montou em seu cavalo, partindo com um movimento de cabeça e um olhar que dizia que ele não gostava de nós. Voltamos ao porão para contar o conteúdo do cofre, dividindo e guardando o dinheiro em papel, que chegava a mil e oitocentos dólares. O ouro era muito para levar em nossas viagens, e assim escondemos embaixo de um forno amplo que estava guardado sob tábuas de madeira num canto do porão. Deu trabalho, já que tivemos que desmontar a chaminé de metal para mover o forno, e nós dois acabamos cobertos de fuligem negra, mas, quando terminamos, achei que ninguém poderia encontrar nosso tesouro, porque nenhuma pessoa pensaria em procurar num lugar tão remoto. Numa estimativa superficial, aquele ouro valia uns quinze mil dólares; minha parte disso triplicaria minhas economias. Quando saímos do porão mofado, subindo as escadas, senti duas coisas ao mesmo tempo: uma felicidade por essa mudança na minha sorte e um vazio por não me sentir mais contente, ou, em vez disso, um medo de que minha felicidade fosse forçada ou falsa. *Talvez um homem nunca deva ser verdadeiramente feliz,* pensei. Talvez isso não exista no nosso mundo, afinal.

Quando cruzamos os corredores do hotel, as prostitutas estavam comentando agitadamente as notícias da partida de Mayfield com um machucado na cabeça e do desaparecimento dos caçadores. Espiei a prostituta de Charlie, que parecia apenas um pouco melhor do que antes, e a puxei de lado, perguntando onde estava a guarda-livros.

— Foi levada para o médico.

— Ela está bem?

— Acho que sim. Ela sempre é levada correndo para o médico.

Coloquei cem dólares na mão dela.

— Quero que você dê isso a ela.

Ela olhou para o dinheiro.

— Jesus Cristo numa nuvem!

— Voltarei em duas semanas. Se eu descobrir que ela não recebeu o dinheiro, haverá um preço a pagar, está me entendendo?

— Senhor, eu só estava parada aqui no corredor...

Peguei uma moeda de vinte dólares.

— Isso é para você.

Ela colocou o dinheiro no bolso. Olhando para o corredor por onde Charlie tinha passado, ela perguntou:

— Acho que seu irmão não vai me deixar cem dólares.

— Não, acho que não.

— Você ficou com todo o sangue romântico, foi isso?

— Nosso sangue é o mesmo, só o usamos de forma diferente.

Eu me virei e fui embora. Depois de meia dúzia de passos, ela perguntou:

— Você pode me dizer o que ela fez para ganhar isto?

Parei e pensei antes de responder:

— Ela era bonita e foi gentil comigo.

A pobre prostituta não soube o que pensar. Voltou para seu quarto, bateu a porta e gritou duas vezes.

A gente saiu da cidade e seguiu a margem do rio. Estávamos dias atrasados para nosso encontro com Morris, mas nenhum de nós dois estava muito preocupado com isso. Eu estava aliviado e catalogava os eventos das últimas trinta e seis horas quando Charlie começou a rir. Tub e eu seguíamos na frente; sem me virar, perguntei o que era tão engraçado.

— Eu estava pensando no dia em que o papai morreu.

— O que tem?

— Nós estávamos sentados no campo atrás da casa, almoçando, quando ouvi que ele e a mamãe discutiam. Lembra o que estávamos comendo?

— Do que você está falando? — perguntei.

— Estávamos comendo maçãs. A mamãe as embrulhara num pano e nos mandara sair. Ela sabia que iam brigar, acho.

— O pano era vermelho e desbotado — falei.

— Isso mesmo. E as maçãs eram verdes e não estavam maduras. Lembro-me de você não ter gostado, apesar de que era tão pequeno que fiquei surpreso por ter notado.

— Consigo lembrar que as maçãs estavam azedas.

A força da lembrança me fez esboçar uma careta, e a saliva se acumulou na minha língua.

— Foi o dia mais quente de uma forte onda de calor e estávamos sentados na grama alta, comendo e ouvindo os gritos do papai e da mamãe. Ou só eu estava ouvindo. Não sei se você percebeu.

Enquanto ele contava a história, no entanto, era como se o cenário se formasse na minha cabeça.

— Acho que percebi — falei. Então, tive certeza de que tinha percebido. — Algo foi quebrado, não?

— Isso mesmo — disse ele. — Você se lembra mesmo.

— Algo foi quebrado, e ela gritou.

Minha garganta começou a fechar e precisei segurar as lágrimas.

— O papai quebrou a janela com um soco e depois bateu no braço dela com o cabo de um machado. Ele tinha ficado louco, acho. Antes ele já tinha chegado perto da loucura, mas, quando entrei em casa para ajudar a mamãe, senti que ele tinha ficado completamente doido. Não me reconheceu quando cheguei com meu rifle.

— Como é que as pessoas ficam loucas?

— É só algo que acontece de vez em quando.

— Você pode ficar realmente louco e depois voltar ao normal?

— Não realmente louco. Não, acho que não.

— Ouvi falar que isso passa de pai para filho.

— Nunca tinha pensado nisso. Por quê? Você às vezes sente que está ficando louco?

— Às vezes, eu sinto certo desamparo.

— Não acho que é a mesma coisa.

— Vamos torcer para que não seja.

— Você se lembra do meu primeiro rifle? — perguntou ele. — A arma que o papai chamava de rifle de ervilha? Ele não achou engraçado quando puxei o gatilho. — Charlie fez uma pausa. — Eu atirei duas vezes nele, uma no braço e outra no peito, e esse segundo tiro foi que o derrubou. E ele ficou ali, cuspindo em mim, várias vezes, cuspindo, xingando e me odiando. Nunca vi um ódio como aquele, nem antes, nem depois. Nosso pai, deitado ali, tossindo aquele sangue denso e cuspindo em mim. A mamãe estava desmaiada. O braço quebrado e a dor a tinham feito desmaiar. Foi algum tipo de bênção, acho, ela não ter visto seu filho matar seu marido. Bom, o papai deitou a cabeça e morreu. Eu o arrastei para fora da casa até o estábulo, e, quando voltei, a mamãe tinha acordado e estava num transe de dor ou medo. Ela ficava falando: "De quem é esse sangue? De quem é esse sangue no chão?". Respondi que era meu. Não sabia o que mais falar. Ajudei-a a se levantar e levei-a até a carroça. Era uma longa viagem até a cidade, e ela gritava cada vez que eu passava por um buraco. Seu antebraço estava quebrado em formato de V. Como um rifle aberto para ser recarregado.

— O que aconteceu depois? — perguntei, pois não me lembrava.

— Quando conseguimos algo para a dor e uma tala para seu braço, já era fim de tarde. E foi só na metade do caminho de volta que me lembrei de você. — Ele tossiu. — Espero que não fique triste por isso, irmão.

— Não fico triste.

— Eu tinha me distraído. E você estava sempre em seu mundo particular, quieto nos cantos. Mas, como falei, foi um dia especialmente quente. E, claro, assim que eu saí, você tirou seu gorro. E ficou sentado lá, por quatro ou cinco horas, com o cabelo e a pele claros embaixo do sol. A mamãe dormia na carroça, drogada, e eu a deixei ali para correr e ver como você estava. Não pensei que iria se queimar; meu medo era que um coiote pudesse ter aparecido e devorado você ou que você tivesse andado até o rio e se afogado. Então fiquei aliviado ao vê-lo sentado ali, inteiro, e desci correndo a colina para pegá--lo. E você estava muito quente e vermelho e todo queimado. O branco dos seus olhos estava vermelho como sangue. Você ficou cego por duas semanas, e a sua pele descascou como uma cebola. E foi assim, Eli, que você ganhou suas sardas.

Não distingui, à primeira vista, o porto. Havia tantos barcos ancorados que seus mastros pareciam estar emaranhados; centenas deles juntos de forma tão densa que dava a aparência de uma vasta floresta sobre os movimentos do mar. Charlie e eu abrimos caminho até a beira da água, e tudo ao nosso redor era caos: homens de todas as raças e idades correndo, gritando, empurrando, lutando; vacas e ovelhas levadas para lá e para cá; carroças puxadas por cavalos carregavam madeira e tijolos até a colina enlameada; o som de martelos e construções ecoava da cidade para o mar. Havia risadas no ar, apesar de que não me davam a impressão de alegria, mas sim de algo mais maníaco e maldoso. Tub estava nervoso, e eu também. Nunca tinha visto nada remotamente parecido com isso e me perguntava como poderíamos encontrar um homem naquelas ruas e naqueles becos labirínticos, onde tudo era esquisito, escuro e escondido.

— Vamos procurar o Morris — falei.

— Ele já esperou semanas por nós — disse Charlie. — Uma hora a mais não vai mudar nada. — Claro que meu irmão tinha gostado da atmosfera e não se sentia nada incomodado.

Vi que muitos dos barcos pareciam estar ancorados havia muito tempo, apesar de ainda estarem carregados, e perguntei sobre isso a um homem que passava por nós. Ele estava descalço e, durante nossa conversa, ficou acariciando a cabeça de uma galinha que trazia embaixo do braço.

— Abandonado pela tripulação — contou. — Quando a febre do ouro pega você, não há um segundo a perder. Certamente não se pode esperar que alguém queira descarregar farinha por um dólar ao dia com os rios cantando tão perto. — Piscando para o horizonte, ele falou: — Eu geralmente olho para esses barcos e imagino seus investidores desconcertados e impotentes em Nova York e em Boston, e isso me agrada. Vocês estão chegando agora em São Francisco, se é que posso perguntar? O que estão achando?

— Só posso dizer que estou louco para conhecer melhor a cidade — disse Charlie.

— Meus sentimentos sobre São Francisco mudam com meu humor — falou o homem. — Ou será que a cidade altera meu humor, mudando assim minhas opiniões? De qualquer forma, num dia é uma verdadeira amiga, alguns dias depois, minha pior inimiga.

— Qual é o seu sentimento esta manhã? — perguntei.

— Estou no meio. De qualquer forma, estou bem, obrigado.

— Como é que esses barcos não foram saqueados? — perguntou Charlie.

— Ah, muitos foram. Esses que permaneceram intocados estão sendo guardados por seus teimosos capitães ou estão cheios de carga pouco valiosa. Ninguém está interessado em trigo ou algodão grátis agora. Ou eu deveria dizer quase ninguém?

Ele apontou para um homem solitário remando um pequeno barco na baía, abrindo caminho entre os barcos altos. Sua pequena embarcação estava ridiculamente cheia, e ele manejava os remos com grande cuidado para evitar molhar as coisas.

— Aquele sujeito se chama Smith. Eu o conheço bem. Sabem o que ele vai fazer quando chegar à margem? Vai amarrar essas caixas pesadas em sua mula doente e arrastá-las até a Miller's General Store. Miller vai depenar Smith no preço, e o dinheiro que Smith receber por esse trabalho exaustivo será perdido numa única rodada de cartas ou servirá para uma simples refeição. Eu me pergunto se vocês dois já tiveram o prazer de jantar em nossa justa cidade. Mas não, eu saberia se já tivessem jantado, porque seus rostos estariam pálidos e estariam murmurando insultos incessantes a Deus.

— Eu paguei vinte e cinco dólares por uma prostituta em Mayfield — falou Charlie.

— Você vai pagar a mesma quantia para simplesmente estar com elas num bar em São Francisco. Para se deitar com elas, espere gastar no mínimo cem dólares.

— Que homem pagaria isso? — perguntei.

— Eles estão fazendo fila para pagar. As prostitutas estão trabalhando em turnos de quinze horas e dizem que ganham milhares de dólares por dia. Vocês devem entender, cavalheiros, que a tradição de economia e de gastar com sensatez desapareceu por aqui. Simplesmente não existe mais. Por exemplo, quando cheguei essa última vez do trabalho nos rios, eu tinha um saco razoável de pó de ouro comigo e, apesar de saber que era uma loucura, decidi me sentar e comer uma boa refeição no restaurante mais caro que pude encontrar. Tinha dormido no chão frio por três meses, sobrevivendo à base de truta, gordura de porco e mais truta. Minha coluna estava detonada por causa do trabalho, e eu queria muito algum tipo de acolhimento e pompa, um toque de veludo, e que se danasse o preço. Então foi assim que fiz uma boa refeição, não especialmente gostosa, de carne, batatas, cerveja e sorvete, e por esse repasto, que teria custado talvez meio dólar na minha cidade natal, eu paguei a quantia de trinta dólares.

Charlie ficou enojado.

— Só um estúpido pagaria isso.

— Concordo — falou o homem. — Concordo cem por cento. E fico feliz por lhes dar as boas-vindas a uma cidade povoada somente por estúpidos. Além do mais, espero que sua transformação em um estúpido não seja uma experiência desagradável.

Quase um quilômetro adiante, junto à água, percebi um enorme sistema de polias feito de toras altas de madeira e cordas grossas; estava sendo usado para puxar um navio a vapor para a terra. Um homem, vestindo um grande chapéu e terno, ambos pretos, açoitava um grupo de cavalos para girar a manivela. Perguntei ao homem da galinha sobre o propósito daquela operação, e ele respondeu:

— É uma pessoa com tanta ambição quanto Smith, mas com cérebro. Esse homem de chapéu reclamou o barco abandonado para si e está tentando transportá-lo para um pedaço de terra que teve a visão de comprar há algum tempo. Ele vai consertar o barco e alugar os aposentos para pensionistas ou lojistas e ganhar uma fortuna. Uma lição para vocês: talvez o dinheiro não esteja nos rios, mas nos homens que trabalham neles. Há muitas variáveis no processo de retirada do ouro da terra. Você precisa ter coragem, sorte e a ética de trabalho de um burro de carga. Por que se importar com o ouro, com tantos outros já fazendo isso e se empilhando nessa cidade com tanta pressa de gastar até o último grão?

— Por que você não abre uma loja? — perguntei.

A pergunta o surpreendeu, e ele demorou um momento para pensar na resposta. Quando o homem a encontrou, uma tristeza apareceu em seus olhos, e ele balançou a cabeça.

— Temo que meu papel em tudo isso já esteja estabelecido — falou.

Eu ia perguntar a qual papel ele estava se referindo quando ouvi um barulho abafado pelo vento, algo amassado ou quebrando ao longe, seguido de um som de apito cortando o ar pesado do oceano. Uma das cordas tinha se soltado, e vi o homem de terno preto parado junto a um cavalo caído de lado na areia. Como ele não estava açoitando o cavalo, concluí que o animal estava agonizando ou morto.

— São tempos loucos por aqui, não? — falei para o homem.

— Sim, loucos. Temo que isso tenha arruinado meu caráter. Certamente arruinou o de outros. — Ele assentiu como se estivesse respondendo a si mesmo. — Me arruinou, sim.

— Em que sentido você está arruinado? — perguntei.

— Em que sentido não estou? — questionou ele.

— Não é possível voltar para sua casa e recomeçar?

Ele balançou a cabeça.

— Ontem vi um homem pular do teto do hotel Orient, rindo todo o tempo, até se esborrachar no chão. Estava bêbado, dizem, mas eu o vi sóbrio pouco antes disso. Há uma sensação aqui que, se entrar em você, vai envenenar seu ser. É uma loucura de possibilidades. O ato final desse homem é uma personificação do pensamento coletivo de São Francisco. Eu entendi completamente. Tive um desejo forte de aplaudir, se quer saber a verdade.

— Não entendo o propósito dessa história — falei.

— Eu poderia ir embora daqui e retornar à minha cidade natal, mas não voltaria a ser a mesma pessoa que era quando parti — explicou. — Não reconheceria ninguém. E ninguém me reconheceria.

Virando para a cidade, ele acariciou sua ave e riu. Um tiro de revólver foi ouvido ao longe, junto com barulhos de cascos e um grito de mulher que se transformou em uma risada.

— Um coração grande e ganancioso! — disse ele, e começou a caminhar na direção da cidade, desaparecendo.

No porto, o homem com o chicote se afastou do cavalo morto, olhando para a água e os vários mastros. Ele tinha tirado o chapéu. Estava inseguro, e eu não o invejava.

Batemos à porta de Morris no hotel, mas ele não respondeu. Charlie mexeu na fechadura e conseguimos entrar. Encontramos os muitos itens de toalete de Morris, seus perfumes e cremes, empilhados no chão perto da entrada, mas, além disso, não havia nenhum sinal do homem, nenhuma roupa ou bagagem, e a cama estava arrumada e as janelas, fechadas; tive a impressão de que Morris já não voltava ali havia muitos dias. Sua ausência nos deixou bastante preocupados, pois, apesar de ser verdade que estávamos bem atrasados, as instruções dadas a Morris eram de que esperasse por nós, não importasse quanto tempo demorássemos, e não era típico de seu caráter mudar nada do que estava predeterminado. Quando sugeri que poderíamos checar se ele tinha dito algo ao proprietário do hotel, Charlie me encorajou a investigar. Eu estava saindo do quarto quando percebi um grande chifre negro saindo da parede ao lado da cama. Pendurado nele, havia um sino de latão. Embaixo do chifre havia uma placa que dizia: TOQUE O SINO. FALE PARA FAZER PEDIDOS. Segui as instruções, e o barulho de um sino encheu a sala. Isso espantou Charlie, que girou o pescoço para mim.

— O que você está fazendo?

— Ouvi falar desse sistema nos hotéis do leste.

— Ouviu falar de qual sistema?

— Espere só. — Depois de um momento, a voz de uma mulher, fraca e distante, saiu do centro do edifício:

— Olá? Sr. Morris?

Charlie olhou ao seu redor.

— Ela está na parede? De onde vem a voz?

— Olá? — repetiu a voz. — O senhor pediu o serviço?

— Diga algo — disse Charlie para mim, mas eu me senti inexplicavelmente acanhado e apontei para ele falar.

— Você consegue me ouvir daí? — perguntou Charlie.

— Consigo ouvi-lo mal. Por favor, fale direto no alto-falante.

Charlie estava gostando daquilo; levantou-se da cama e aproximou-se do aparelho, colocando o rosto junto ao alto-falante.

— Como está? Melhor?

— Está melhor — disse a voz. — O que posso fazer pelo senhor, sr. Morris? Estou aliviada por estar de volta. Ficamos preocupados quando o senhor foi embora com aquele estranho homenzinho de barba.

Charlie me olhou. Voltando-se para o alto-falante, falou:

— Não é o Morris, madame. Vim de Oregon para visitá-lo. Ele e eu trabalhamos para a mesma empresa lá.

Houve uma pausa.

— E onde está o sr. Morris?

— Não sei.

— Acabamos de chegar — falei, impelido a participar.

— Quem falou? — perguntou a voz.

— Foi o meu irmão — disse Charlie.

— Então são dois agora.

— Sempre fomos dois — disse a ela. — Desde o dia em que eu nasci.

Nem Charlie nem a mulher reconheceram minha piada e foi, na verdade, como se ela nunca tivesse existido. A voz adotou um tom irritado.

— Quem deu permissão para vocês entrarem no quarto do sr. Morris?

— A porta estava destrancada — mentiu Charlie.

— E daí? Vocês não podem simplesmente entrar num quarto alugado por outro homem e usar seu alto-falante na parede.

— A senhora nos desculpe por isso, madame. Deveríamos nos encontrar com ele há alguns dias, só que tivemos atrasos na nossa viagem. Estávamos com pressa de vê-lo e jogamos a precaução pela janela.

— Ele não comentou nada sobre um encontro.

— Ele não teria comentado.

— Hum — disse a voz.

— Você disse que ele foi embora com um homem de barba — continuou Charlie. — Essa pessoa se chamava Warm? Hermann Warm?

— Nunca perguntei o nome do homem, e ele nunca me disse.

— Que cor era a barba dele? — perguntei.

— É o seu irmão de novo?

— Era uma barba ruiva? — perguntei.

— Era ruiva.

— Há quanto tempo Morris saiu? — perguntou Charlie.

— Há quatro dias. Ele pagou até amanhã de manhã. Quando disse que partiria antes, eu ofereci uma restituição parcial, mas ele não aceitou. Um cavalheiro.

— E ele não deixou nenhuma mensagem para nós?

— Não.

— Ele falou aonde estava indo?

— Para o rio de Luz. Ele e o homem de barba ruiva riram. Não sei por quê.

— Você está me dizendo que eles estavam rindo juntos?

— Estavam rindo ao mesmo tempo. Assumo que estavam rindo da mesma coisa. Procurei esse rio no mapa, mas não consegui encontrar.

— E o sr. Morris não parecia constrangido? Como se sua partida fosse forçada, por exemplo?

— Não parecia.

Charlie ficou pensando nisso.

— Essa amizade é algo curiosa para mim — falou.

— Para mim também — concordou a voz. — Pensei que o sr. Morris não gostasse do homem, mas, de repente, eles se tornaram inseparáveis, passando todos os minutos juntos, trancados neste quarto.

— E você tem certeza de que ele não deixou nenhuma instrução para nós?

— Acho que eu saberia se ele tivesse deixado — respondeu ela, desdenhosa.

— Ele não deixou nada para trás então?

— Eu não falei isso.

Charlie olhou para o alto-falante.

— Madame, conte-me o que ele deixou, por favor.

Eu podia ouvir a mulher respirar.

— Um livro — disse ela, finalmente.

— Que tipo de livro?

— Um livro em que ele escreveu.

— O que ele escreveu no livro?

— Não sei. E, se soubesse, não falaria.

— Coisas pessoais, é isso?

— É isso. Naturalmente, assim que entendi o que havia ali, eu parei de ler.

— O que você aprendeu com sua leitura?

— Que o clima não estava favorável no começo da viagem do sr. Morris para São Francisco. Estou envergonhada por ter lido isso. Respeito a privacidade dos hóspedes.

— Sim.

— Meus hóspedes podem esperar de minha parte a mais absoluta privacidade.

— Entendo. Posso perguntar onde está o livro agora?

— Está comigo, em meu quarto.

— Eu gostaria muito que você nos mostrasse.

Ela fez uma pausa.

— Acho melhor não.

— Estou dizendo que somos amigos de Morris.

— Então por que ele nunca falou nada sobre vocês?

— Talvez ele tenha deixado o livro para nós.

— Ele esqueceu o livro. Eu o encontrei enrolado nos lençóis ao pé de sua cama. Ele estava com pressa para reunir suas coisas e ir embora, sempre olhando sobre o ombro. Pelo que sei, podia estar fugindo de vocês dois.

— Então você não vai me mostrar o livro, é isso?

— Farei o melhor para os meus hóspedes, é o que eu vou fazer.

— Muito bem — disse Charlie. —Você pode nos trazer um almoço com cerveja?

—Vocês ficarão no hotel?

— Por uma noite, pelo menos. Este quarto está ótimo.

— E se o sr. Morris voltar?

— Se ele saiu com Warm, como você está dizendo, ele não vai voltar.

— Mas e se voltar?

— Então você vai ter um bom lucro em champanhe, porque será um encontro muito feliz.

—Vocês querem um almoço quente ou frio?

— Quente, com cerveja.

— Dois almoços quentes completos?

— Com cerveja.

A mulher desligou, e Charlie voltou a se deitar na cama. Eu perguntei o que ele achava da situação.

— Não sei o que pensar. Vamos precisar dar uma olhada no livro, claro.

— Não acredito que a mulher vá deixar.

—Veremos — disse ele.

Abri a janela e me inclinei para respirar o ar salgado. O hotel estava localizado numa rua inclinada, e eu vi um grupo de chineses, com suas tranças, seda e chinelos sujos de barro, empurrando um boi colina acima. O boi não queria ir, e os chineses batiam nele com as mãos. A linguagem deles era algo como um coro de pássaros, completamente estranha, mas linda por sua estranheza. Provavelmente estavam apenas xingando. Houve uma batida na porta, e a mulher com quem tínhamos falado, corpulenta e de lábios finos, entrou com nossos almoços, que ao menos estavam mornos, se não exatamente quentes. A cerveja estava fria e deliciosa; eu bebi metade dela num único gole. Perguntei à mulher quanto eu tinha gastado nesse longo gole, e ela olhou para o copo.

— Três dólares — estimou. — As duas refeições juntas custam dezessete.

Ela parecia esperar ser paga no ato, e Charlie se levantou e entregou-lhe uma moeda de vinte dólares; quando ela começou a tirar o troco do bolso, ele segurou sua mão, dizendo que podia guardá-lo como pagamento por nossa grosseria ao entrar no quarto do Morris sem permissão. Ela guardou o dinheiro, mas não agradeceu, e, na verdade, pareceu achar desagradável recebê-lo. Quando Charlie mostrou e estendeu para ela uma segunda moeda de vinte dólares, seu rosto ficou ainda mais duro.

— O que é isso? — perguntou.

— Pelo livro.

— Já disse que não posso entregá-lo.

— Claro, madame, a senhora pode ficar com ele; só queremos dar uma olhada.

— Vocês nunca colocarão os olhos nele — falou.

Suas mãos estavam vermelhas e fechadas e parecia que se sentia absolutamente insultada. Ela saiu do quarto batendo os pés, com pressa para, suspeito, contar a alguém ou a todos os seus empregados sobre sua vitória moral. Charlie e eu nos sentamos para comer nosso almoço. Fiquei triste ao pensar no destino da mulher. Por causa da minha expressão preocupada, ele falou:

— Você não pode dizer que eu não tentei. — E precisei admitir que era verdade.

A comida, posso mencionar, não tinha nada que chamasse a atenção a não ser o preço. Quando a mulher voltou para recolher nossos pratos, Charlie se levantou. Ela estava com a cabeça empinada, e sua expressão era de superioridade.

— E então? — perguntou.

Charlie não respondeu, mas se agachou e enterrou um soco na barriga dela, com o qual ela caiu sentada numa cadeira e se encurvou, babando, tossindo e lutando para recuperar o ar e a compostura. Eu trouxe um copo de água, pedindo desculpas e explicando que nosso motivo para ver o livro não era superficial e que, de uma forma ou de outra, conseguiríamos vê-lo.

— Esperamos não ter de machucá-la mais, madame — acrescentou Charlie. — Mas entenda que vamos fazer o que for necessário para vê-lo.

Ela estava em tal estado de assombro mudo que achei que não tinha ouvido nossas palavras, mas, quando eu a levei até seu quarto, ela entregou o diário imediatamente e sem mais problemas. Insisti que ficasse com a moeda extra, e, no final, ela aceitou, algo que, gosto de pensar, diminuiu a indignidade de receber um soco tão terrível, mas acho que não, pelo menos não muito. Nem Charlie nem eu gostávamos desse tipo de violência contra alguém tão inferior fisicamente – "violência amarela", alguns diriam –, mas era uma necessidade, como ficará evidente nas próximas páginas.

O que se segue é uma transcrição de todos os trechos pertinentes do diário de Henry Morris, relacionados à sua misteriosa parceria com Hermann Kermit Warm e à deserção de seu posto como escoteiro e confidente do Comodoro.

> ⋆ *Warm se aproximou de mim hoje, do nada, depois de eu quase não o ter visto por quase uma semana. Estava passando pelo saguão do hotel, e ele ficou ao meu lado, segurando meu braço pelo cotovelo como um cavalheiro ajudando uma dama a atravessar um terreno irregular. Isso me surpreendeu, naturalmente, e eu o afastei. Com isso, ele pareceu ofendido e exigiu saber: "Estamos noivos ou não?". Eram nove horas da manhã, mas ele estava bêbado, isso era evidente. Mandei que parasse de me seguir, o que o surpreendeu, mas também a mim, pois, apesar de ter sentido alguém me observando nesses últimos dias e noites, era uma sensação distante, e eu não tinha formulado as palavras na minha própria mente. Mas vi,*

por sua expressão culpada, que ele vinha me seguindo e fiquei feliz por tê-lo enfrentado. Ele perguntou se eu lhe emprestaria um dólar, e falei que não. Depois de ouvir minha resposta, ele tirou o chapéu, gasto e empoeirado, e saiu do hotel com os dedões enfiados no colete, a cabeça orgulhosa inclinada para trás. Cruzando o toldo, ele chegou à rua, ficando debaixo do brilho quente do sol. Isso o deixou feliz, e ele estendeu os braços como se quisesse absorver a luz. Uma carroça puxada por cavalos estava subindo a colina com o lixo, e Warm pulou na carroça tão discretamente que o carroceiro não percebeu. Foi uma saída graciosa, não posso negar, apesar de que, no geral, ele estava muito pior do que quando o vi pela primeira vez, não tanto pela bebida quanto por maus-tratos a si mesmo. Ele cheira mal. Não ficarei surpreso se morrer antes que aqueles dois de Oregon City cheguem para acabar com ele.

** Um dos dias mais estranhos da minha vida. Esta manhã, Warm estava de novo esperando por mim no saguão. Eu o vi antes que ele me visse e estudei sua aparência melhor. Suas roupas estavam limpas e remendadas, e ele tinha tomado banho. Sua barba estava penteada; o rosto, limpo; e ele parecia uma pessoa bem diferente do homem que tinha me abordado vinte e quatro horas antes. Então, ele me viu na base da escada e apressou-se para atravessar o saguão e pegar minha mão, oferecendo suas mais sinceras desculpas por seu comportamento no dia anterior. Ele pareceu tocado, de verdade, quando as aceitei, o que por sua vez me tocou ou me fez pensar, porque ali estava uma versão desconhecida de um homem que eu tinha pensado conhecer, e conhecer bem. Para meu assombro, ele então perguntou se poderia me convidar para almoçar, e, apesar de não estar com fome, eu aceitei, curioso por descobrir que mudança de destino havia recaído sobre esse indivíduo anteriormente necessitado e sujo.*

Nós fomos até um restaurante que ele escolheu, um boteco sem charme num imóvel velho, chamado Black Skull, onde Warm foi cumprimentado entusiasticamente pelo dono, um homem fedido com um protetor de olho de couro vermelho e negro e sem nenhum dente. Esse personagem dúbio perguntou a Warm como seu "trabalho" estava progredindo, e Warm respondeu com uma única palavra: "Brilhantemente". Isso não fez muito sentido para mim, mas o dono riu muito. Ele nos levou a uma mesa separada por uma cortina e trouxe duas tigelas de um ensopado sem gosto e um pedaço de pão que parecia prestes a mofar. Ele não nos cobrou nada, e, quando perguntei a Warm sobre a natureza de sua relação com o dono, ele sussurrou que ainda não sabia, mas que tinha "toda a certeza de que não vai dar em nada".

Depois do almoço, quando o dono tinha limpado a mesa e fechado a cortina para nós, a postura jovial de Warm mudou, e ele se tornou duro e sério. Tirou meio minuto para juntar seus pensamentos e finalmente olhou para mim, dizendo: "Estive observando você, sim, essa é a verdade. Comecei a fazer isso com a ideia de descobrir suas fraquezas. Devo admitir de uma vez. Pensei em matá-lo ou mandar que alguém fizesse isso". Quando perguntei por que queria fazer isso, falou: "É claro que, no momento em que o vi, soube que era o homem do Comodoro". "O Comodoro?", falei vagamente. "Que Comodoro?" Ele balançou a cabeça diante da minha atuação fraca, desdenhando-a com um gesto, e voltou ao seu discurso. "Meus sentimentos por você rapidamente mudaram, sr. Morris, e vou contar por quê. Você não tem nenhum osso desonesto em seu corpo. Geralmente, por exemplo, quando um homem dá bom-dia a outro, ele sorri enquanto está olhando para o outro homem, mas, assim que este passa, o sorriso imediatamente desaparece. Seu sorriso era falso. Esse homem é um mentiroso, vê?" "Mas todo mundo faz isso", falei. "É só uma pequena civilidade." "Você não faz", ele me contou.

"Seu sorriso, apesar de mais leve, permanece nos seus lábios muito depois de ter se virado. Você tem verdadeiro prazer em comungar com outro homem ou outra mulher. Vi isso acontecer muitas vezes e pensei: se eu pudesse ter uma pessoa assim ao meu lado, conseguiria realizar meu plano. Queria tratar desse mesmo assunto durante minha visita ontem de manhã, mas meu propósito não foi bem guiado, como você se lembra. Francamente eu estava nervoso por encará-lo e achei que uma bebida me daria coragem." Ele abaixou a cabeça com a lembrança. "Bom", continuou, "acordei na minha cabana sofrendo de uma vergonha extrema. Não é algo novo para mim, mas hoje havia alguma coisa totalmente desapontadora nesse sentimento. A vergonha tinha um peso que eu nunca havia experimentado e espero nunca voltar a experimentar. Era como se eu tivesse atingido uma parede, chegado ao meu limite de autodesprezo. Alguns chamariam isso de epifania. Chame como você quiser. Mas eu encarei a coisa hoje e jurei mudar minha vida, limpar meu corpo, limpar minha mente, dividir meus segredos com você, porque sei que é um bom homem, e um bom homem é a coisa de que mais preciso na vida agora".

Antes que eu pudesse responder a esse discurso apaixonado, Warm tirou de seus bolsos vários papéis soltos e amassados e os colocou na minha frente, implorando que eu olhasse para eles, o que fiz, descobrindo página após página de números listados, imagens e cálculos científicos mostrando não sei o quê. Finalmente tive de admitir minha ignorância. "Infelizmente, não tenho ideia do que isso representa", falei. "É a base de uma descoberta muito importante", ele me contou. "E que descoberta?" "Talvez o acontecimento científico mais significativo dos nossos tempos." "E que evento é esse?" Assentindo, ele juntou os papéis numa pilha desorganizada, colocando-os no bolso de seu casaco. Com as pontas dos papéis saindo por sua lapela, ele riu, olhando para mim como se eu fosse um homem muito inteligente. "Você está pedindo uma demonstração", ele falou, intencionalmente. "Não estou", respondi. "Você terá uma mesmo assim." Ele tirou um relógio do casaco e se levantou para sair. "Preciso ir agora, mas vou visitá-lo amanhã de manhã no seu hotel. Vou fazer minha demonstração. Ao concluir, você terá sua opinião e sua decisão." "Decisão com relação a quê?", perguntei, porque não tinha nenhuma ideia do que ele estava propondo. Mas Warm só balançou a cabeça e falou: "Podemos discutir isso amanhã de manhã. Está bem para você?". Falei que sim ao homem engraçado, e ele apertou minha mão, correndo para ir a algum outro lugar. Fiquei olhando enquanto ele saía do restaurante e vi que estava rindo. E, então, ele desapareceu.

* *Nem bem eu tinha levantado da cama, e Warm bateu à minha porta. Sua aparência tinha melhorado ainda mais, pois agora ele usava um novo chapéu. Quando comentei isso, ele o tirou para me mostrar todos os detalhes do acessório, a costura interior, a maciez da tira de couro e o que ele chamou de sua "riqueza e fineza em geral". Perguntei o que tinha feito com seu velho chapéu, e ele ficou cauteloso. Pressionei, e ele admitiu ter jogado sobre um inocente pombo que tomava sol na rua. O pombo não conseguia voar, e assim Warm teve o prazer culpado de ver a cartola sair correndo e dobrar uma esquina. Enquanto me contava essa história, notei uma caixa junto aos seus pés. Perguntei o que era, e ele levantou um dedo e falou: "Ah".*

Ele se preparou para a enigmática demonstração, e logo o conteúdo da caixa estava em cima da pequena mesa de jantar no centro do meu quarto. O que eu vi na minha frente foi uma baixa caixa de madeira, de aproximadamente um metro por uns setenta centímetros, um saco de juta contendo um pouco de terra fresca com cheiro forte, um saco de veludo vermelho e um cantil de lata. As cortinas estavam fechadas e fui abri-las, mas Warm disse que preferia que ficassem assim. "É necessário tanto por razões de privacidade como para que a demonstração seja mais eficiente", ele explicou. Voltei à mesa e o vi colocar dois terços da terra na caixa, alisando-a até ficar nivelada. Ele então me entregou o saco de veludo e pediu que eu olhasse seu interior. Vi que estava cheio de pó de ouro e disse isso a ele. Ele pegou o saco de volta e esvaziou o pó de ouro dentro da caixa. Claro que isso me deixou chocado e que perguntei o que estava fazendo. Ele não falou nada, mas me mandou guardar na memória o formato do pó de ouro formava (ele tinha espalhado num círculo). Cobriu isso com o terço restante da terra e passou uns cinco minutos pressionando-a até criar uma camada firme como barro. Ele gastou bastante energia fazendo isso e estava transpirando muito nesse momento. Depois, pegou minha bacia de lavatório e começou a lentamente jogar água sobre a caixa, quase a enchendo. Tendo completado essas curiosas tarefas, ele se afastou, sorrindo para mim com uma expressão espantada. Finalmente, falou: "Esse é um modelo de escavação em rios. Aqui temos uma miniatura do que deixou meio mundo louco. O principal desafio de um prospector é chegar ao que ele sabe que está logo debaixo de seu pé. As únicas formas são trabalho duro e sorte. A primeira é taxativa, e a segunda, pouco confiável. Por vários anos, estive procurando um terceiro método, mais certeiro, mais simples". Ele levantou o cantil e o abriu. "Corrija-me se eu estiver errado, sr. Morris, mas com esta fórmula acredito ter conseguido exatamente isso." Ele me entregou o cantil e perguntei se era para beber. "A não ser que você esteja procurando uma morte muito dolorosa", ele me falou. "Não é um tônico?", perguntei. "É um adivinho", ele disse, e como sua voz ficou estranha e assombrada ao falar essas palavras, sua garganta endurecida, seu sangue pulsando em suas têmporas. Abaixando a cabeça, esvaziou o conteúdo do cantil na caixa. Era um líquido roxo e fedido. Era mais grosso que água, mas foi absorvido rapidamente e desapareceu na terra. Trinta longos segundos se passaram, e eu olhava para a água, mas não conseguia ver nenhuma diferença. Levantei a cabeça para olhar para Warm. Suas pálpebras estavam meio fechadas e pensei que ele parecia adormecido. Abri minha boca para oferecer minhas condolências, porque seu experimento parecia ter sido um fracasso, e foi quando percebi em seus olhos o reflexo de um brilho dourado. Quando voltei minha atenção para a caixa, meu coração quase saiu pela boca, porque na minha frente, juro perante Deus no céu, vi o círculo de ouro novamente iluminado e brilhando através de uma camada densa de terra negra!

Minha reação à demonstração foi de completo espanto, e minhas muitas declarações e perguntas gaguejadas agradaram muito a Warm. Ele logo começou a explicar seus planos para o líquido, que eram os seguintes: represar uma seção isolada do rio e, na calada da noite, encher as águas com a fórmula – em grande quantidade, obviamente. Depois, quando a coisa funcionasse, tirar o ouro encontrado. O brilho, ele explicou, durava somente preciosos minutos, mas, com esse líquido, ele poderia encontrar o que levaria semanas para conseguir se usasse os métodos tradicionais de extração. Depois que tivesse trabalhado num segmento particular do rio, ele passaria a outro, depois a outro, e isso seria repetido até ter todo o ouro que quisesse, e então venderia os ingredientes secretos por um milhão e passaria o resto de seus dias no que ele chamava de "braços sedosos do sucesso". Nesse ponto, eu estava bastante espantado. Era a mais impressionante invenção que eu já tinha visto. Minha única pergunta demorou a chegar. Eu não queria ofender o homem nem acabar com as grandes esperanças no quarto, mas era preciso falar, e assim eu simplesmente perguntei: "Por que você está sendo tão franco comigo? Como sabe que não vou trair sua confiança?". "Já expliquei minhas razões para envolvê-lo", respondeu Warm. "Preciso de outro homem para realizar esse plano e acredito que você seja esse homem." "Mas atualmente recebo um salário para espioná-lo, para que você possa ser morto!", exclamei. "Sim, isso é verdade, mas deixe-me perguntar uma coisa: Que motivo o Comodoro lhe deu para querer me matar?" "Ele diz que você é um ladrão." "E o que eu roubei?" "Ele não mencionou." Warm falou, enfático: "Ele não poderia mencionar, porque é uma mentira. Ele me quer morto porque eu não quis entregar os ingredientes do meu líquido para encontrar ouro. Há seis meses, eu o procurei em Oregon City, pedindo fundos para uma viagem à Califórnia. Fiz uma demonstração parecida com a que você acaba de ver e propus uma oferta que achei generosa. Ele iria bancar uma expedição e, em troca, receberia metade dos lucros. No começo, ele concordou e prometeu total cooperação e apoio, mas, quando eu não mostrei a receita, ele ficou enlouquecido e apontou um revólver para o meu rosto. Estava bêbado e não conseguiu mirar. Quando ele se inclinou, eu peguei um peso de papel que estava sobre a mesa e joguei nele. Tive sorte e acertei sua testa, derrubando-o. Enquanto eu saía apressadamente, descendo três degraus daquela escada atapetada por vez, ouvi sua voz atrás de mim. 'Você não está livre de mim, Warm. Meus homens vão arrancar sua fórmula e cortá-lo em pedacinhos!' Acreditei nele. E não fiquei surpreso quando você chegou, sr. Morris. O que me surpreendeu, e ainda surpreende, é que um cavalheiro como o senhor prefira passar sua vida como cúmplice de um assassino e acossador".

A história soou verdadeira, ainda mais quando me lembrei da cabeça enfaixada do Comodoro que vi há seis meses. Warm fez uma pausa em seu discurso, e eu fiquei andando pelo quarto, pensando em tudo e ponderando minhas possibilidades. No final, perguntei, um pouco desesperado: "Mas o que você espera realmente de mim? O que pode esperar que eu faça para você?". "Isso está claro na minha mente", ele falou. "Eu gostaria que você entrasse no negócio comigo como sócio, meio a meio. Você vai investir o que tiver em nossa expedição, porque só o custo da comida acabaria com minhas pequenas economias. Vou precisar do seu quarto para preparar uma grande quantidade da fórmula, e você vai me ajudar a fazer isso. Também vai me ajudar no trabalho físico depois que acamparmos no rio. Mas o mais importante é que você vai se tornar o rosto e a voz da operação, porque possui um dom para a comunicação que eu não tenho. Vai lidar com as patentes, os advogados, os contratos e todos esses horríveis acordos entre homens – exatamente o tipo de coisa em que eu fracassaria terrivelmente. Isso virá mais tarde, no entanto. Por enquanto, entraríamos na floresta juntos e veríamos como a fórmula realmente funciona." "E o que você acha que o Comodoro fará com relação à minha nova aliança?", perguntei. "Você entende o que está me pedindo?" Então, ele se aproximou e colocou as mãos em meus ombros. "Você não é um faz-tudo de um tirano, sr. Morris. É melhor do que isso. Venha comigo para o mundo e assuma sua independência. Você tem muitas coisas a ganhar, e as riquezas são a menor parte delas." Meu coração se tornou pesado com essas palavras, e Warm, entendendo minha necessidade de dissecar a questão, me deixou com meus pensamentos e falou que voltaria na manhã seguinte, esperando uma resposta. Eu me sentei na cama; a caixa ainda estava em cima da mesa, sua luz cada vez mais tênue até desaparecer totalmente.

★ Já se passaram horas, e eu ainda estou sentado aqui. A resposta está na minha frente, é óbvia, mas é ousada a ponto de ser incomensurável. Não tenho ninguém para me ajudar nisso e terei de decidir sozinho. Estou me sentindo muito agitado.

★ Quase não dormi à noite e, quando Warm voltou esta manhã, eu formalmente concordei em tomar parte na sua

expedição ao rio de Luz. Estou convencido agora de sua genialidade e, apesar de estar relutante em abandonar meu posto, escolhi seguir meu coração. Para que estou vivendo, afinal? Olho para meu passado com desonra. Fui domesticado e instruído. Mas não vou mais ser domesticado e instruído. Hoje, renasci, e minha vida vai ser minha de novo. Será diferente para o resto da vida.

Houve um silêncio de concentração enquanto Charlie e eu digeríamos essa incrível história. Aproximei-me da mesa e passei um dedo por sua superfície. Havia um pouco de terra em cima dela; quando mostrei minha mão trêmula para Charlie, ele jogou o diário de lado e falou:

— Acredito nisso. Acredito em tudo isso. As instruções do Comodoro foram explícitas num ponto: antes de matar Warm, eu deveria obter, de qualquer maneira, com a violência que fosse necessária, o que ele descreveu como "a fórmula". Quando lhe perguntei que fórmula era, ele disse que não era assunto meu, mas que Warm saberia do que eu estava falando, e que, depois que conseguisse, eu devia guardá-la com a minha vida.

— Por que não me falou sobre isso antes?

— Ele mandou não falar. E, de qualquer forma, o que isso poderia significar para você? Era tão vago que nem pensei muito nisso. Sempre há uma obscuridade sepulcral nas ordens do Comodoro. Você se lembra do trabalho que fizemos antes do último, em que eu tive de cegar um homem antes de matá-lo?

— O Comodoro mandou fazer isso?

Charlie assentiu.

— Ele falou que o homem iria entender e que eu deveria deixá-lo "sentado por um tempo no escuro" antes de enchê-lo de bala. Esse negócio da fórmula parecia ser a mesma coisa de sempre, até onde eu pude entender.

Ele se afastou da cama e foi até a janela, apertando as mãos e olhando para o alto da colina. Ficou silencioso por um minuto mais ou menos, e, quando finalmente falou, sua voz era solene e doce.

— Nunca me incomodei muito em matar os inimigos do Comodoro, irmão. Eles são sempre repugnantes de uma forma ou de outra. Alguns valentões, outros homens sem misericórdia ou graça. Mas não gosto da ideia de matar um homem por causa de sua engenhosidade.

— Nem eu. E fico muito feliz por ouvi-lo dizer isso.

Ele respirou fundo pelo nariz.

— O que você acha que deveríamos fazer?

— O que *você* acha que deveríamos fazer?

Mas nenhum dos dois sabia a resposta.

O Black Skull era exatamente como Morris tinha descrito: uma construção de madeira e lata, situada num pequeno beco entre dois prédios de tijolo bem maiores, dando-lhe a aparência de estar sendo lentamente esmagada. O interior era igualmente inexpressivo ou até negativo: cadeiras e mesas diferentes estavam espalhadas pelo salão, e um tubo de ferro soltava uma fumaça acre que vinha do que parecia ser uma cozinha bastante desorganizada e suja. Entramos sem fome e continuamos assim, sentindo o cheiro forte de carne de cavalo no ar. O homem com o tapa-olho mencionado no diário estava parado num canto, com uma mulher alta e pitoresca, estranhamente bem-arrumada num vestido sem manga de seda verde brilhante. Os dois estavam envolvidos em algum tipo de divertimento e só nos notaram quando paramos ao lado deles.

A mulher era incrível, e o vestido era o menos bonito nela. Seus braços eram tão lindos e delicados que eu me vi querendo colocar as mãos nela; seu rosto também era incrivelmente adorável, com um lindo perfil indígena e um par de olhos verdes. Quando ela os pousou em mim, tive de desviar a cabeça, como se ela estivesse olhando através do meu corpo para um ponto do outro lado do salão, sentindo meu corpo gelar como se estivesse sendo tomado por uma água muito fria. O proprietário olhou para nós automaticamente e assentiu antes de voltar ao esporte que estavam praticando, que agora descrevo:

A mulher mantinha as palmas das mãos viradas para cima. Em sua mão direita havia um pequeno pedaço de tecido, igual ao do seu vestido, cujas pontas estavam costuradas com um grosso fio dourado. Não sei por quê, mas havia algo magnético nesse pedaço de tecido; achei agradável ficar olhando para ele, e um sorriso apareceu no meu rosto. Percebi que o proprietário também estava olhando para o tecido e sorrindo. Charlie observava a cena, mas mantinha seu típico semblante pouco amigável.

— Está pronto? — perguntou a mulher ao dono do lugar.

Ele concentrou os olhos no tecido, mantendo-os firmes, e todo seu corpo ficou tenso. Assentiu e falou:

— Pronto.

Assim que ele pronunciou essa palavra, a mulher começou a passar o tecido de um lado para o outro, entre os dedos e as articulações, com tanta velocidade e habilidade que era impossível acompanhar os movimentos a olho nu. Então, ela fechou as mãos e as colocou em frente ao proprietário, falando num tom monótono e baixo:

— Escolha.

— Esquerda — disse ele.

A mulher abriu a mão esquerda: nada de tecido. Ela abriu a direita para revelar o quadrado verde e dourado, que tinha ficado amassado em seu punho, mas agora se abria.

— Direita — disse ela.

O proprietário entregou um dólar para a mulher e disse:

— Outra vez.

A mulher abriu novamente as mãos, com as palmas para cima.

— Está pronto?

Ele falou que estava. Eles jogaram outra rodada, e, dessa vez, eu me concentrei mais. O proprietário deve ter notado isso, porque, quando a mulher apresentou seus punhos, ele me convidou a escolher. Acreditei que sabia onde estava o tecido e concordei.

— Está ali — falei. — Na mão direita.

A mulher abriu seu punho, e a mão estava vazia.

— Esquerda — disse ela. Enfiei a mão no bolso para pegar um dólar e jogar.

— Ainda não terminei — disse o proprietário.

— Deixe-me jogar só uma vez.

— Você acabou de jogar uma vez.

— Vamos um de cada vez.

Ele reclamou.

— Eu a chamei para jogar comigo. Você pode jogar depois que eu acabar, mas agora eu preciso me concentrar completamente.

Ele se virou para a mulher, passando outro dólar para ela.

— Certo — disse ele, e as mãos dela reiniciaram os movimentos esquivos. Aceitando meu papel de não participante, prestei atenção às mãos da mulher o máximo possível. Acho que nunca tinha prestado tanta atenção a algo em toda a minha vida. Quando suas mãos pararam, eu apostaria cada centavo que tinha que o tecido estava em sua mão esquerda.

— Mão esquerda — disse o proprietário enquanto eu arfava de ansiedade.

Inacreditavelmente, a mulher abriu o punho, e a mão estava vazia, e o proprietário pulou de angústia. Ele realmente deu um pequeno pulo. Escondi meus sentimentos o melhor que pude, mas internamente eu também não acreditava. Charlie tinha acompanhado o jogo e estava parcialmente encantado e parcialmente entediado.

— Qual é o propósito disso? — perguntou.

— Encontrar o pedaço de tecido — disse o proprietário, de maneira inocente.

— Mas qual é a atração? Com que frequência você ganha?

— Nunca ganhei.

— E quantas vezes você jogou?

— Muitas, muitas vezes.

— Você está jogando seu dinheiro fora.

— Então todo mundo está jogando dinheiro fora. — Ele nos olhou mais atentamente. — O que vocês dois querem, posso perguntar? Estão aqui para comer?

— Estamos procurando Warm.

Ao ouvir o nome, o proprietário ficou cabisbaixo, e seus olhos se encheram de dor.

— É mesmo? Bom, se vocês o encontrarem, podem mandar meus cumprimentos! — Isso foi falado com tanta amargura que Charlie foi levado a perguntar:

— Você tem algum problema com ele?

— Eu o alimentei muitas vezes depois que ele me deslumbrou com seu truque de luzes e sombras. Deveria saber que ele não manteria nosso acordo.

— Qual era o acordo exatamente?

— É um assunto pessoal.

— Você ia com ele até o rio de Luz, é isso? — indaguei.

Ele ficou tenso e perguntou:

— Como vocês sabem disso?

— Somos amigos de Warm — respondeu Charlie.

— Warm não tem amigos além de mim.

— Somos bons amigos há muito tempo.

— Desculpem, mas não acredito em vocês.

— Somos amigos dele — confirmei — e sabemos que ele tem outros amigos também. Recentemente, ele jantou aqui com o sr. Morris, por exemplo.

— Aquele rapazinho delicado?

— Eles foram para o rio juntos, é o que ouvimos.

— Warm nunca confiaria seus segredos a um homem arrumadinho como aquele. — Então, pensou por um momento e aparentemente chegou a acreditar que sim. Ele suspirou. — Não estou bem hoje. Eu gostaria de ficar sozinho para jogar. Vocês podem se sentar se quiserem comer. Se não, me deixem em paz.

— Você tem alguma ideia de onde estavam planejando montar sua operação?

O homem não respondeu. Ele e a mulher começaram outra rodada do jogo. Quando os punhos dela pararam, ele falou:

— Mão direita.

— Esquerda — disse a mulher.

Ele pagou outro dólar.

— Outra vez — disse ele, e as mãos da mulher retomaram sua dança.

— Estamos pensando em visitá-lo em suas terras — falei.

A mulher levantou seus punhos, e o proprietário respirou fundo.

— Está na esquerda.

— Direita — disse ela.

— Você vai nos contar quando o viu pela última vez? — perguntei.

— Você não me ouviu dizer que quero ficar sozinho? — reclamou ele.

Charlie abriu seu casaco para mostrar os revólveres.

— Quero que nos conte tudo que sabe, e agora.

O proprietário não ficou surpreso nem preocupado.

— Hermann falou que vocês viriam um dia. Não acreditei nele.

— Quando você o viu pela última vez? — perguntei.

— Ele veio há uns quatro ou cinco dias. Tinha um chapéu novo para me mostrar. Disse que viria me pegar no dia seguinte para irmos ao rio. Eu me sentei aqui, neste salão, e esperei por ele como um tonto por várias horas.

— Mas ele não falou em qual rio trabalharia, não deu nenhuma dica?

— Ele sempre falou em seguir seu rio corrente acima até a nascente.

— O rio no qual ele tinha reivindicado terras?

— Esse mesmo.

— Por que você não foi até lá?

— Segui-lo? E depois o quê? Obrigá-los a me aceitar? Não, se ele quisesse que eu fosse, teria vindo me pegar. Ele tomou a decisão de viajar com o outro homem.

Charlie não gostou da atitude do proprietário.

— Mas e o acordo entre vocês? — perguntou. — E o ouro?

— Não me ligo para dinheiro — respondeu o proprietário. — Não sei por quê. Deveria dar mais atenção a isso. Não, eu queria uma aventura com um amigo, era só isso. Achava que Warm e eu éramos grandes amigos.

Essas palavras trouxeram uma expressão de desgosto ao rosto do meu irmão. Ele abotoou seu casaco e foi beber no bar. Eu fiquei para ver o homem perder outro dólar para a mulher e depois outro.

— É difícil encontrar um amigo — falei.

— É a coisa mais difícil nesse mundo — concordou ele. — Outra vez — falou para a mulher. Mas era evidente que ele estava ficando cansado. Eu os deixei com seu jogo. Meu irmão tinha bebido um conhaque e esperava por mim na estrada. Andamos na direção do hotel de Morris, passando pelo estábulo onde tínhamos deixado Tub e Nimble. O cuidador me viu e chamou:

— É seu cavalo — disse ele, fazendo um gesto para que eu entrasse. Charlie disse que iria dar uma olhada na cidade e voltaria em meia hora, e nos separamos.

Quando entrei no estábulo, encontrei o cuidador, um velho careca cheio de sardas e de pernas arqueadas usando macacão, inspecionando o olho de Tub. Parei ao lado dele, e ele fez um gesto com a cabeça, falando.

— Ele tem um personalidade agradável, o que é incomum.

— Como está o olho?

— É sobre isso que quero falar. Vai ser preciso tirar. — Ele apontou para a rua e disse: — Duas portas para baixo, há um veterinário.

Perguntei quanto o procedimento poderia custar.

— Vinte e cinco dólares, acho. É melhor ver com o médico, mas sei que é por aí.

— O cavalo inteiro não vale vinte e cinco dólares. Um olho não deveria custar mais do que cinco.

— Eu tiro por cinco — disse ele.

— Você? Já fez isso antes?

— Já vi fazerem numa vaca.

— Onde faria?

— No chão do estábulo. Vou drogá-lo com láudano. Ele não vai sentir dor.

— Mas como você vai remover o olho?

— Vou usar uma colher.

— Uma colher? — perguntei.

— Uma colher de sopa — concordou ele. — Esterilizada, claro. Puxar o olho e cortar os tendões com uma tesoura, foi assim que foi feito com a vaca. Então, o médico encheu o buraco do olho com álcool. Isso acordou a vaca! O veterinário disse que não tinha dado láudano suficiente. Eu vou dar muito para seu cavalo.

Acariciando o rosto de Tub, falei:

— Não há nenhum remédio que eu poderia dar a ele em vez disso? Ele já sofreu muito enxergando com os dois olhos.

— Um cavalo de um olho não é bom para cavalgar — concordou o ajudante. — O mais inteligente seria vendê-lo por sua carne. Tenho cavalos à venda no fundo. Gostaria de vê-los? Poderíamos chegar a um acordo justo.

— Vamos em frente com o olho. Não vamos cavalgar até muito longe e talvez ele ainda possa ser de algum uso para mim.

O cuidador juntou as ferramentas para a operação e as colocou em cima de uma colcha que havia aberto no chão ao lado de Tub. Trouxe uma vasilha de cerâmica cheia de água e láudano; enquanto Tub bebia aquilo, o cuidador me chamou para ficar ao seu lado. Como se fosse um segredo, ele sussurrou:

— Quando as patas dele começarem a ceder, quero que me ajude a empurrar. A ideia é que ele caia diretamente sobre a colcha, entendeu?

Respondi que sim, e ficamos juntos, esperando que a droga fizesse efeito. Isso não demorou muito e, na verdade, aconteceu tão rápido que nos pegou desprevenidos: a cabeça de Tub caiu, pesada, na nossa direção, prendendo-nos contra a lateral do estábulo. O cuidador começou a ficar frenético sob o peso; seu rosto ficou vermelho como barro e seus olhos começaram a inchar enquanto ele empurrava e xingava. Temia por sua vida, e comecei a rir dele, contorcendo-se sem a menor dignidade, como uma mosca no mel. O cuidador se sentiu humilhado e depois enfurecido com minha postura e se contorceu ainda mais frenética e selvagemente. Com medo de que o homem pudesse desmaiar ou se machucar, estiquei-me e dei um tapa, o mais forte que pude, nas costas de Tub. Ele recuou e se afastou de nós, e o ajudante gritou:

— Empurre, maldição, empurre!

Eu engoli minha risada e coloquei todo o meu peso contra a barriga de Tub. Com meus esforços e os do cuidador, além da tentativa de Tub de equilibrar-se, conseguimos empurrá-lo, ainda que quebrando as tábuas de madeira do estábulo conforme Tub batia contra elas. O cuidador agarrou meu braço e me puxou enquanto Tub, depois de bater na parede, caiu no chão, deitando a cabeça perfeitamente em cima da colcha. O cuidador estava ofegante e coberto de suor e me olhava com o mais sincero desprezo, agarrando suas calças de brim com os punhos apertados.

— Posso perguntar, senhor, de que merda estava rindo?

Ele estava muito bravo, parado ali na minha frente, e precisei de muito autocontrole para não voltar a rir. Consegui, mas foi por pouco. Falando com arrependimento, me dirigi a ele:

— Desculpas por isso. Só achei que houve algo engraçado na cena.

— Morrer esmagado por um cavalo, essa é sua ideia de diversão?

— Desculpe por ter rido — repeti. Para mudar de assunto, apontei para Tub e disse: — De qualquer forma, foi um tiro certeiro. Bem na colcha.

Ele balançou a cabeça e grunhiu baixo, juntando catarro na garganta.

— Exceto por um detalhe: ele está deitado do lado errado! Como vou mexer no olho agora? — Ele cuspiu o catarro no chão e olhou para o muco. Ficou olhando por um bom tempo. Em que estaria pensando? Decidi recuperar a confiança do cuidador, ao menos por Tub, porque não gostava da ideia do velho realizando uma operação delicada enquanto estava bravo.

Havia muitos metros de corda na parede ao fundo do estábulo, então peguei um pedaço e amarrei os tornozelos de Tub para poder puxá-lo. O ajudante certamente sabia o que eu estava fazendo, mas não ofereceu ajuda e começou a enrolar um cigarro. Ele fez isso com grande seriedade, como se exigisse toda a sua concentração. Amarrar os tornozelos de Tub demorou cinco minutos, tempo durante o qual o cuidador e eu não trocamos nenhuma palavra. Eu estava ficando bravo com ele, sentindo que seu mau humor era exagerado, então ele se aproximou com um segundo cigarro, que tinha enrolado para mim.

— Não deixe cair no feno, por favor.

Havia uma única polia pendurada no alto do estábulo; passamos as cordas por ela, uma em cima da outra. Com os dois puxando, não foi difícil virar Tub. Depois de trabalhar e fumar juntos, já tínhamos voltado a ser amigos. Dava para ver por que ele tinha ficado bravo. Não entendeu minha risada. Mas éramos pessoas diferentes, e muitas das coisas que eu tinha passado a achar engraçadas fariam um homem honesto desmaiar.

Tub estava deitado, dormindo e respirando, e o ajudante foi pegar a colher que esperava por ele dentro de uma vasilha de água fervente em sua cozinha. Voltando ao estábulo, ele jogava o utensílio quente de uma mão para a outra a fim de não se queimar. Suas mãos, percebi, estavam imundas, mas nossa aliança era tão fraca que não ousei comentar. Assoprando a colher para esfriá-la, ele me instruiu:

— Fique longe da parte de trás. Se ele acordar como a vaca acordou, pode abrir um buraco no meio do seu corpo.

Ele empurrou a colher na órbita e, com um rápido movimento de punho, tirou-o. O olho ficou pendurado no nariz de Tub, grande, nu, brilhante e ridículo. O cuidador pegou o glóbulo e puxou-o para esticar o tendão, que cortou com a tesoura, e o resto voltou para a órbita vazia. Segurando o olho na palma da mão, procurou um lugar para colocá-lo. Perguntou se eu poderia segurá-lo e recusei. Ele foi embora com o olho e voltou sem ele. Não me contou o que tinha feito com a coisa e também não perguntei.

Pegou uma garrafa de vidro marrom e a abriu, jogando o conteúdo no encaixe do olho de Tub até o álcool derramar, chegando à borda. Quatro ou cinco longos segundos se passaram até Tub jogar a cabeça para trás, arqueando-se rigidamente e fazendo um barulho estridente e rouco, "Heeee!", e suas pernas traseiras deram um coice na parede do estábulo. Balançando sobre sua coluna, ele voltou a ficar de pé, ofegante, tonto e com um olho a menos. O cuidador falou:

— Deve doer como o inferno, pela forma como isso os acorda. Eu dei um monte de láudano também!

Nesse momento, Charlie tinha entrado e estava parado, quieto, atrás de nós. Havia comprado um saco de amendoins e estava comendo depois de descascá-los.

— Qual é o problema com Tub?

— Nós tiramos seu olho — contei. — Ou melhor, esse homem tirou.

Meu irmão entrecerrou os olhos. Ele me ofereceu o saco de amendoins, e eu peguei um punhado. Ofereceu o saco para o cuidador, mas depois percebeu que os dedos do homem estavam nojentos e puxou o saco.

— É melhor eu colocar um pouco na sua mão — disse ele.

O cuidador abriu as mãos para receber sua parte. Agora éramos três homens parados, formando um triângulo, comendo amendoim. O cuidador, percebi, comia-o com casca e tudo. Tub ficou ao lado, tremendo, com o álcool escorrendo por seu rosto. Ele começou a urinar, e o cuidador, mastigando com barulho, virou-se para mim.

— Se você pudesse me pagar aqueles cinco dólares ainda esta noite, isso me ajudaria.

Eu dei a ele uma moeda de cinco dólares, e ele guardou-a numa bolsa presa na parte interna de seu macacão. Charlie se aproximou de Tub e olhou a órbita vazia.

— Isso deveria ser preenchido com algo.

— Não — falou o cuidador. — Ar fresco e enxágue com álcool são as melhores coisas.

— É um horror olhar para isso.

— Então não olhe.

— Não vou ser capaz de me controlar. Não daria para cobrir com um tapa-olho?

— Ar fresco e enxágue — respondeu o cuidador.

— Quando ele estará pronto para viajar? — perguntei.

— Depende da distância que vocês vão percorrer.

— Vamos até as escavações nos rios a leste de Sacramento.

— Vão atravessar com a balsa?

— Não sei. Charlie?

Charlie andava pelo estábulo e sorria, como se estivesse se divertindo. Ele tinha tomado mais um ou dois drinques, a julgar por sua amabilidade e felicidade. De qualquer forma, não tinha ouvido minha pergunta e não o pressionei por uma resposta.

— Provavelmente vamos viajar de balsa — falei.

— E quando estão planejando ir?

— Amanhã de manhã.

— E quando chegarem às escavações, vão dormir ao ar livre?

— Vamos.

O ajudante pensou nisso.

— É muito cedo para ir — falou.

Eu acariciei o rosto de Tub.

— Ele parece alerta.

— Não estou dizendo que ele não vai conseguir. Ele é bem forte. Mas, se fosse meu cavalo, eu não o cavalgaria por uma semana, pelo menos.

Charlie voltou de suas perambulações e pedi mais amendoins. Ele segurou o saco de cabeça para baixo. Estava vazio.

— Qual é o restaurante mais caro da cidade? — perguntou ao cuidador, que assobiou antes de responder, coçando ao mesmo tempo a testa e os genitais.

O Golden Pearl era simplesmente coberto de peças de veludo pesado cor de vinho, com candelabros de centenas de velas sobre cada mesa, pratos de porcelana, guardanapos de seda e talheres de prata maciça. Nosso garçom era um homem de pele branca usando um smoking escuro, polainas de seda azul e um rubi na lapela que quase cegava quem o olhasse. Pedimos carne e vinho, precedidos por conhaque, um pedido que o agradou bastante.

— Muito bom — disse ele, escrevendo com um floreio em seu bloco com capa de couro. — Muito, muito bom.

Ele estalou os dedos, e duas taças de cristal foram colocadas na nossa frente. Fez uma reverência e se retirou, mas eu sabia que ia voltar em seguida e que iria acompanhar nossa experiência gastronômica com extremo charme e agilidade. Charlie deu um gole no conhaque.

— Jesus, é ótimo.

Eu bebi um pouco. Parecia totalmente diferente de qualquer conhaque que eu já tivesse bebido. Estava muito distante de minha experiência com conhaque, a ponto de eu ter me perguntado se não seria outro tipo de bebida. Independentemente do que fosse, era muito bom, e tomei outro gole, maior. Tentando não parecer muito preocupado, falei:

— Onde estamos, Charlie, em termos de nosso serviço para o Comodoro?

— O que você quer dizer? — perguntou ele. — Vamos continuar com o trabalho.

— Apesar de ele ter nos enganado?

— O que propõe que façamos, Eli? Não há nenhuma razão para cortar nossa relação com ele até investigarmos esse chamado rio de Luz. Mesmo se não quisermos trabalhar mais para ele, eu ainda diria que devemos investigar.

— E se Warm e Morris tiverem bem-sucedidos? Você planeja roubá-los?

— Não sei.

— Se não tiverem sido, imagino que vamos matá-los.

Charlie deu de ombros; sua atitude era tranquila e despreocupada.

— Eu realmente não sei! — disse ele.

O garçom trouxe nossos bifes; Charlie enfiou uma garfada na boca e fez um ruído de satisfação. Também comi um pedaço, mas minha mente estava em outro lugar. Decidi tratar desse assunto imediatamente, aproveitando que Charlie estava de bom humor.

— Estive pensando que, se nunca contarmos que encontramos o diário de Morris, ninguém poderá pensar que agimos mal voltando para Oregon City.

Com essas palavras, Charlie engoliu sua carne, e a alegria do momento anterior desapareceu de seu rosto.

— De que droga você está falando? — perguntou. — Poderia me explicar, por favor? Primeiro, o que falaríamos ao Comodoro quando voltássemos?

— Diríamos a verdade: que Morris desertou com Warm e que o paradeiro deles é desconhecido. Ele não poderá esperar que os tivéssemos encontrado sem nenhuma dica que nos guiasse.

— O Comodoro esperaria que, pelo menos, verificássemos as terras reivindicadas por Warm.

— Claro, e poderíamos dizer que fizemos isso e não encontramos nada. Ou, se você preferir, poderíamos visitar o lugar na nossa viagem de volta. Sabemos que Warm não estará lá, afinal. A questão é: se é só o conteúdo do diário que nos leva a continuar, então podemos queimar o livro e seguir em frente como se nunca tivéssemos colocado os olhos nele.

— E se o diário não for a única coisa que nos leva a continuar?

— É a única coisa para mim.

— Qual é a sua verdadeira proposta, irmão?

— Entre o que temos guardado em Mayfield e o que temos em casa, possuímos o suficiente para deixar de trabalhar para o Comodoro de uma vez por todas.

— E por que faríamos algo assim?

— Achei que você queria largar esse trabalho.

— Todo homem que tem um emprego já pensou em largá-lo.

— Temos o suficiente para parar, Charlie.

— Parar e fazer o quê? — Ele tirou um pedaço de gordura de seu dente e o jogou no prato. — Está tentando arruinar meu jantar?

— Poderíamos abrir a loja juntos — falei.

— O quê? Que loja?

— Já trabalhamos assim há muito tempo, e nós dois ainda temos nossa saúde e um pouco de juventude. Esta é nossa chance de sair.

Ele estava ficando cada vez mais frustrado com minhas palavras e logo bateria o punho na mesa e me atacaria de verdade, mas justamente quando estava chegando a um ponto de verdadeira raiva, algum pensamento o acalmou, e ele voltou a cortar seu bife. Comeu com bastante apetite enquanto minha comida foi ficando fria e, quando terminou, pediu a conta e pagou pelos dois pratos, apesar do custo. Eu estava preparado para que ele dissesse algo maldoso na conclusão do almoço e foi isso que ele fez. Bebendo o último gole de vinho, falou:

— Sabemos, de qualquer forma, que você deseja parar. Então pare.

— Você quer dizer que eu pararia, mas você não?

Ele assentiu.

— É claro que eu precisaria de um novo parceiro. Rex me pediu trabalho no passado. Talvez ele possa vir comigo.

— Rex? — perguntei. — Rex é como um cachorro que fala.

— Ele é obediente como um cachorro.

— Ele tem o cérebro de um cachorro.

— Eu poderia trazer o Sanchez.

Ao ouvir isso, eu tossi, e algumas gotas de vinho saíram pelo meu nariz.

— Sanchez? — Cuspi. — Sanchez?

— Sanchez atira bem.

Coloquei a mão na barriga e ri.

— Sanchez!

— Só estou pensando em voz alta — disse Charlie, enrubescido. — Poderia demorar algum tempo para encontrar alguém. Mas você tomou sua decisão, e está tudo bem para mim. Será uma boa notícia para o Comodoro também. — Ele acendeu um charuto e se encostou na cadeira. — Vamos terminar esse trabalho e nos separar depois.

— Por que você fala assim? Em separação?

— Vou continuar com o Comodoro, e você vai virar vendedor.

— Você quer dizer que não vamos mais nos ver?

— Vou vê-lo quando passar por Oregon City. Sempre que precisar de uma camisa ou de roupas de baixo, vou até você. — Ele se levantou e se afastou da mesa.

Ele realmente quer que eu pare ou só está concordando para me fazer continuar?, pensei. Estudei-o para tentar entender e recebi uma dica quando sua testa relaxou e sua coluna ficou frouxa. Ele estava com pena de mim, de todo o meu sofrimento.

— Amanhã de manhã, vamos sair à procura de Warm e Morris — disse. — Vamos terminar o trabalho e aí veremos o que fazer.

Ele se virou e saiu do restaurante. O elegante garçom apareceu ao meu lado e ofegou com força quando eu me levantei para ir, porque minha comida estava intocada e ele se sentiu insultado pelo desperdício.

— Senhor! — chamou ele, com um tom bastante indignado. — Senhor! Senhor!

Ignorando-o, saí para a agitada noite de São Francisco: lanternas balançando sobre as carroças, o constante barulho do chicote, o cheiro de esterco e de óleo queimado, o contínuo som de mugidos.

Voltei ao quarto para dormir e não vi mais Charlie até a manhã, quando acordei e o encontrei totalmente vestido e lavado, barba feita e rosto rosado. Estava alerta e tive uma esperança de que essa mudança em seu temperamento estivesse relacionada, de alguma forma, com nossa discussão na noite anterior, uma esperança de que ele tinha optado por se manter relativamente sóbrio e acordar cedo para que eu pudesse, por associação, sentir-me melhor e pudéssemos ver o trabalho de um ponto de vista moral. Mas depois vi que seus revólveres estavam brilhando nos coldres – ele os tinha limpado e polido, como era seu hábito antes de completar uma tarefa. Sua decisão de ter uma noite tranquila sem beber muito não tinha sido tomada para me agradar ou me acalmar, mas sim para que pudesse estar inteiro para o provável assassinato de Warm e Morris. Triste, eu me levantei da cama e me sentei na mesa em frente a ele. Descobri que não conseguia encará-lo, e Charlie falou:

— Não vai funcionar com você bravo assim.

— Não estou bravo.

— Está, sim. Podemos voltar a discutir seu assunto assim que o trabalho terminar, mas, por enquanto, você vai ter que aguentar.

— Estou falando que não estou bravo.

— Você nem consegue olhar para mim.

Olhei. E foi como se não houvesse nada de errado com ele, pois estava muito tranquilo. Imaginei o que ele, por sua vez, estaria vendo em mim: o cabelo despenteado, a barrigona apertada dentro de uma camisa suja, os olhos vermelhos e cheios de mágoa e desconfiança. Tudo ficou claro para mim de repente: eu não era um assassino eficiente. Não era, nunca tinha sido e nunca seria. Charlie havia sido capaz de usar meu temperamento a seu favor, isso era tudo; ele tinha me manipulado, explorado minha personalidade, assim como um homem atiça um galo antes de uma rinha. Pensei em quantas vezes puxei meu revólver contra um estranho e meti uma bala em seu corpo, sentindo uma explosão louca de raiva em meu coração pela simples razão de que ele estava atirando em Charlie e minha alma exigia que eu protegesse quem era sangue do meu sangue. E eu tinha dito que Rex era um cachorro? Charlie e o Comodoro, os dois juntos, obrigando-me a um trabalho que me mandará para o inferno. Imaginei-o no escritório do homem, a cabeça de ambos envolta em fumaça, rindo para mim enquanto eu permanecia montado em meu cavalo cômico, no gelo e na chuva. Isso tinha realmente acontecido; eu sabia que era verdade. Tinha acontecido e voltaria a acontecer pelo tempo que eu permitisse.

— Este é meu último trabalho, Charlie.

Ele respondeu sem vacilar:

— Como você quiser, irmão.

E, pelo resto da manhã, empacotando, lavando-nos e preparando-nos para a viagem, não trocamos nenhuma palavra.

O cuidador me encontrou na porta do estábulo.

— Como ele está? — perguntei.

— Dormiu bem. Não tenho certeza de como vai cavalgar, mas está melhor do que eu pensei. — Entregou-me uma garrafa de álcool. — Duas vezes por dia — falou. — Manhã e noite, até terminar. Sempre o amarre a algo quando fizer. Molhe e corra, é meu conselho.

— Você já fez isso hoje?

— Não, nem pretendo. Fiz uma vez para mostrar como é, mas, daqui pra frente, é com você.

Querendo resolver logo isso, destampei a garrafa e dei um passo na direção de Tub. Então, o cuidador falou:

— Preferiria que você fizesse isso do lado de fora. Acabei de cobrir o primeiro buraco e não quero que ele faça outro. — Ele apontou e vi o trabalho malfeito, um pedaço velho de lata cobrindo o buraco na madeira.

Levei Tub e o amarrei a um poste. Havia sangue coagulado e pus na beirada de sua órbita, e, sem o olho para manter sua forma, a pálpebra murchava para dentro. Eu joguei uma boa quantidade de álcool e me afastei.

— Heee! — fez Tub, dando coices, tentando fugir, urinando e defecando.

— Desculpe — falei. — Desculpe-me por isso, Tub. Desculpe, desculpe.

Seu desconforto passou, e eu fui pegar a sela no estábulo. Charlie tirou Nimble e parou ao lado de Tub e de mim.

— Pronto? — perguntou.

Eu não respondi, mas montei em Tub. Suas costas e suas pernas estavam mais fracas do que antes, seus músculos, fatigados. Ele também estava confuso pela perda de metade de sua visão e virava o pescoço para a esquerda a fim de ver com o olho direito. Eu o levei até a estrada e o cavalguei até formar um círculo completo, depois outro.

— Ele está tentando se orientar — falei.

— É errado cavalgá-lo tão cedo — disse Charlie. — Dá para ver que ele precisa de descanso.

Puxei as rédeas, e Tub parou de girar.

— Não vamos fingir que, de repente, você se importa com o bem-estar dele.

— Não me importo nem um pouco com o cavalo. Estou falando sobre o que é melhor para o trabalho.

— Ah! Sim! Claro! O trabalho! Quase me esqueci dele! Nosso propósito notável! Vamos falar mais sobre isso! Nunca vou me cansar desse assunto!

Percebi que meu lábio tremia; meus sentimentos estavam muito abalados naquela manhã, olhando para meu irmão em seu cavalo alto e saudável e sabendo que Charlie não me amava da forma como eu sempre o amei e o admirei. Meu lábio tremia, e me vi gritando, tanto que até as pessoas que passavam por nós fizeram comentários.

— O trabalho! Sim! O trabalho! Mas é claro que era a isso que você estava se referindo!

Os olhos de Charlie se fecharam de desprezo, e a vergonha me tomou como uma febre. Sem uma palavra, ele se virou e foi embora, cortando as ruas cheias e desaparecendo atrás de uma carroça. Eu tentei não o perder de vista, mas Tub continuou a virar seu pescoço e a andar de lado; eu o apertei com meus calcanhares e a dor o endireitou, mas ele não pôde manter o fôlego quando tentamos correr, e minha vergonha redobrou. Eu quis simplesmente desistir nesse momento e me afastar de Tub, do trabalho e de Charlie, voltar num novo cavalo até meu ouro em Mayfield e construir uma vida separada, com ou sem a guarda-livros pálida, desde que tudo fosse tranquilo, fácil e o avesso de minha atual posição no mundo. Esse era meu sonho, e era poderoso, vívido, mas eu não fiz nada para realizá-lo, e Tub continuou sua cavalgada ofegante. Cheguei à praia e encontrei Charlie. Parei ao lado dele enquanto avançávamos para o embarque na balsa. Passamos pelo ponto onde o cavalo do homem de chapéu preto tinha morrido. O animal continuava ali, parcialmente sem pele, com uma boa porção de sua carne arrancada. Corvos e gaivotas brigavam pelo que restava, furiosos em suas bicadas. A pele grudenta do cavalo ficava roxa, o vento a cobria de areia e as moscas se insinuavam onde conseguiam. Senti São Francisco atrás de mim, mas não olhei para trás em nenhum momento e pensei: *Não gostei do tempo que passei aqui.*

A balsa era um barco pequeno movido a pás chamado Old Ulysses e tinha um curral na popa, que abrigava cavalos junto com ovelhas, vacas e porcos. Assim que amarrou Nimble, Charlie se afastou; eu não o segui, fiquei ali cuidando de Tub, falando palavras doces e oferecendo conforto com minha proximidade e meu cuidado, apesar de tardios. Planejava permanecer ali durante as oito horas de viagem, mas a água estava agitada e os porcos ficaram enjoados (só os porcos), e achei necessário sair dali para respirar um pouco de ar puro. Não encontrei Charlie e nada importante aconteceu no resto da viagem, exceto que perguntei a uma mulher se ela tinha horas e ela me olhou de baixo para cima e falou:

— Não para dividir com você. — E foi embora.

Comprei umas maçãs granulosas de um cego e dei-as para Tub quando o barco estava chegando a Sacramento. Suas patas estavam tremendo. Era fim de tarde.

Charlie e eu nos afastamos da civilização e entramos numa floresta de carvalho, densa, úmida e impossível de ser percorrida sem tomar cuidado. O avanço era lento, piorado ainda pelo fato de não estarmos conversando. *Não vou falar primeiro,* pensei. Então, Charlie disse:

— Gostaria de discutir os métodos que usaremos ao lidar com Warm.

— Tudo bem — falei. — Vamos cobrir todas as possibilidades.

— Isso. Começando com nosso empregador. O que ele poderia querer que fizéssemos?

— Matar Morris primeiro, rapidamente e sem maldade. De Warm, extrair a fórmula e depois matá-lo, mas devagar.

— E o que faríamos com a fórmula?

— Entregaríamos ao Comodoro.

— E o que ele faria com isso?

— Afirmaria ser o inventor da fórmula e ficaria ainda mais infame e rico.

— Assim, a verdadeira questão é por que estamos fazendo isso para ele.

— Mas é exatamente isso que eu estava tentando discutir.

— Quero que conversemos sobre isso, Eli. Responda-me, por favor.

— Estamos fazendo isso por um salário — respondi. — E por nossa reverência a um homem poderoso, cuja posição você espera um dia usurpar ou ocupar.

Charlie fez uma careta que indicava que não sabia que eu sabia disso.

— Certo. Vamos assumir que isso seja verdade. Faria sentido, então, dar mais poder ao Comodoro? Dar a ele algo tão significativo?

— Não faria sentido.

— Não. Agora, faria sentido seguir as instruções do Comodoro com exceção da última parte? De entregar a fórmula?

— Matar dois homens inocentes e roubar a ideia que se esforçaram para ter?

— A questão moral vem depois. Perguntei se faria sentido.

— Isso, pelo menos, faria sentido, sim.

— Ótimo. Agora, vamos discutir as consequências de desobedecer ao Comodoro.

— Seria desagradável. Acho que seríamos caçados por toda a vida.

— A menos quê? — sugeriu ele. — A menos quê?

— Sim — falei. — Teríamos de matá-lo.

— Como?

— O que você quer dizer?

— Esperaríamos por ele? Avisaríamos que estamos atrás dele? Entraríamos em guerra com seus capangas? Ele tem homens em todos os postos e em todas as cidades, lembre-se disso.

— Não, a única forma seria eliminá-lo de uma vez. Voltar da missão, matá-lo em sua casa e fugir.

— Fugir para onde? Quem viria atrás de nós se o homem estivesse morto?

— Eu ficaria surpreso se ele não tiver dado ordens explícitas a serem realizadas caso seja assassinado.

— Com certeza deu — concordou Charlie. — Ele já me falou sobre isso. "Se meu sangue for derramado prematuramente, um oceano de sangue será derramado em resposta." Então, como isso poderia influenciar nossos planos?

— A única forma seria matá-lo em segredo.

— Segredo absoluto — concordou Charlie.

— Chegaríamos na calada da noite e o mataríamos com um tiro enquanto dorme. Depois, fugiríamos para o deserto e nos esconderíamos por vários dias. Aí, retornaríamos de mãos vazias, como se viéssemos de São Francisco, afirmando não ter encontrado a fórmula nem Morris e Warm. Agiríamos com surpresa quando descobríssemos sobre a morte do Comodoro e ofereceríamos nossos serviços para perseguir e matar qualquer envolvido.

— Isso é bom, exceto pela última parte — disse ele. — Se o Comodoro for assassinado, acusações vão voar para todos os lados, e haverá uma boa dose de violência. Eu ficaria surpreso se não fôssemos acusados, e seria suspeito que nós, em contrapartida, não acusássemos também. Muito sangue seria derramado, e para quê? Se o homem com o dinheiro já morreu?

— E qual é a sua ideia, irmão?

— E se o Comodoro simplesmente morresse dormindo? Um travesseiro sobre o rosto é tudo o que precisamos fazer.

— Isso — falei. — É a melhor maneira. E teríamos a fórmula também.

— Teríamos, mas não poderíamos usá-la por um bom tempo.

— Poderíamos viver com o dinheiro de Mayfield e nossas economias.

— Ou poderíamos encontrar um rio escondido e trabalhar anonimamente.

— Seria difícil manter isso em sigilo.

— Difícil, mas não impossível. Provavelmente teríamos de trazer mais algumas pessoas conosco. Não sei como Warm acha que vai ser capaz de represar um rio com a ajuda de apenas uma pessoa.

— Vamos voltar à questão moral — falei.

— A questão moral — repetiu Charlie. — Sim, vamos.

— Nunca gostei muito do sr. Morris. Na verdade, ele nunca gostou de nós nem nos respeitou, o que prejudica meus sentimentos com relação a ele. Mas vou admitir que sinto certo respeito por ele.

— Sim, também me sinto assim. Ele é honrado. Mesmo com o abandono de seu posto.

— Ele é mais honrado por causa disso, na minha forma de ver as coisas. E quanto a Warm, não posso evitar admirá-lo por sua inteligência.

— Sim, sim.

— Bom, não sei mais o que falar.

— Você preferiria não os matar.

— É isso. Estive pensando no último trabalho, no qual perdemos nossos cavalos. Lembra-se daqueles homens que enfrentamos? Eles só estavam atrás de sangue e mais sangue e não fazia diferença para eles de quem era. Estavam vivendo para morrer. E nosso papel estava claro no momento em que entramos na propriedade deles.

Charlie fez uma pausa, lembrando-se.

— Foi um bando duro, é verdade.

— Pareceu correto para mim, porque, tendo ou não feito algo contra o Comodoro, eram realmente homens maus e teriam nos matado se não tivéssemos atirado primeiro. Mas esses dois, Warm e Morris... Seria como matar crianças ou mulheres.

Charlie ficou quieto. Estava pensando nos dois futuros, o imediato e o distante. Eu tinha mais para falar, mas não o interrompi, pois senti que já tinha falado o suficiente para deixar clara minha posição. Eu estava aliviado por termos conversado e por Charlie não ser totalmente contra minha forma de pensar. Estava também aliviado que os maus sentimentos de São Francisco tivessem diminuído. Geralmente chegávamos a uma trégua através desse tipo de discussão clínica.

A noite chegou antes de conseguirmos localizar as terras reivindicadas por Warm, e acampamos embaixo dos carvalhos. Eu coloquei o álcool em Tub mais uma vez, e ele relinchou, chutou e se contorceu; quando a dor passou, ele se deitou no chão, ofegando e olhando para o nada. Não tinha muito apetite, mas eu ainda acreditava que havia muita vida nele, que ele logo começaria sua recuperação. Quando me preparava para dormir, vi o topo das árvores se movendo e se chocando com o vento. Dava para ouvir o rio, mas não consegui localizá-lo; num momento, eu o sentia ao norte, em outro momento, estava certo de que ficava ao sul. Pela manhã, descobri que estava a leste. Encontramos as terras reivindicadas por Warm depois do almoço e decidimos passar aquela noite ali, para que Tub pudesse descansar para um dia inteiro de cavalgada e para que Charlie e eu pudéssemos nos concentrar no que vinha pela frente.

O lugar era pitoresco e confortável, e acampamos junto do rio, num banco de areia gramado. Uma pequena placa na entrada do local dizia: ESSAS ÁGUAS SÃO PROPRIEDADE TEMPORÁRIA DE HERMANN KERMIT WARM, UM HOMEM HONESTO QUE MANTÉM AMIZADES PRÓXIMAS COM QUASE TODOS OS ANJOS NO CÉU. AQUELES QUE ENFIAREM SUAS PANELAS NESTA FAIXA PRIVADA SERÃO ATACADOS, MALTRATADOS E ATINGIDOS COM HARPAS PONTIAGUDAS E PROVAVELMENTE RAIOS TAMBÉM. Videiras elaboradas haviam sido pintadas ao redor dessas palavras. Warm tinha dedicado um bom tempo ao projeto.

Havia gordas trutas subindo a corrente, e Charlie atirou na cabeça de uma para garantir nosso jantar. Depois de receber a bala, o peixe soltou uma nuvem de sangue e virou de lado enquanto a corrente o levava rio abaixo. Charlie se enfiou na água e pegou o peixe pelo rabo, levantando-o e lançando-o na areia ao meu lado. Eu o limpei e fritei com gordura de porco. O peixe pesava quase dois quilos e comemos tudo, menos a cabeça e as tripas. A grama grossa era excelente para dormir, e nós dois tivemos uma boa noite de sono. Pela manhã, encontramos um homem parado ao nosso lado, pequeno, grisalho e sorridente, um prospector feliz voltando para a civilização com sua bolsa de pó de ouro e pepitas garimpadas com dificuldade.

— Bom dia, cavalheiros — disse ele. — Eu estava a ponto de fazer uma fogueira para meu café quando senti sua fumaça. Dividirei com prazer uma caneca com vocês, se puder usar seu fogo.

Disse-lhe para seguir em frente, e ele cutucou o carvão, colocando sua chaleira enegrecida em cima das brasas. Falava consigo mesmo enquanto fazia isso, oferecendo palavras silenciosas de encorajamento e graça:

— Bom, bom. Organizado, organizado. Muito bem-feito.

A cada meio minuto, mais ou menos, ele sofria um ataque de tiques nervosos, e eu concluí que ele tinha passado tanto tempo sozinho ao ar livre que se tornara duas pessoas.

— Você está indo para São Francisco? — perguntou Charlie.

— Pode apostar. Fiquei quatro meses fora, e, quanto mais perto chego, menos consigo acreditar. Tenho tudo organizado até o último detalhe.

— Tem tudo organizado?

— Todas as coisas que vou fazer. — Não perguntamos o que ele tinha organizado, mas o homem não precisou de nenhum convite para continuar: — A primeira coisa que vou fazer é alugar um quarto limpo, num andar alto, para poder ver tudo que acontece. A segunda coisa que vou fazer é pedir um banho muito quente. A terceira coisa que vou fazer é entrar na banheira com a janela aberta e ouvir a cidade. A quarta coisa que vou fazer é me barbear e cortar o cabelo bem curto. A quinta coisa que vou fazer é comprar roupas novas, do chapéu às botas. Camisa, camiseta, calça, meias, tudo.

— Preciso ir ao banheiro — interrompeu Charlie, entrando na floresta.

O prospector não se perturbou com a indelicadeza do meu irmão e, na verdade, pareceu nem ter notado. Estava olhando para o fogo enquanto falava; provavelmente teria continuado mesmo se eu tivesse ido embora.

— A sexta coisa que vou fazer é comer um bife do tamanho da minha cabeça. A sétima coisa que vou fazer é ficar muito bêbado. A oitava coisa que vou fazer é achar uma linda garota e me deitar por um tempo com ela. A nona coisa que vou fazer é conversar sobre a vida dela, e ela vai perguntar sobre a minha, e continuaremos falando de forma civilizada e apropriada. A décima coisa que vou fazer não é problema de ninguém, só meu. A décima primeira coisa que vou fazer é mandá-la embora e me esticar na cama limpa e macia assim. — Nesse momento, ele esticou os braços o mais alto que conseguia. — A décima segunda coisa, nossa, vou dormir, dormir e dormir!

A água já tinha fervido, e ele nos serviu uma caneca de café cujo gosto era tão ruim que me deixou espantado, e foi preciso muita polidez para não cuspir o líquido. Passando o dedo no fundo da caneca, eu encontrei um pouco de areia. Cheirei, lambi e identifiquei como terra. As pessoas geralmente descrevem algo como "com gosto de" terra, mas esse não era o caso: minha caneca estava cheia de terra e água quente, nada mais. Acredito que o homem, por alguma loucura de prospector solitário, começara a ferver terra e a acreditar que era café. Pensei em falar sobre o assunto com ele, mas o sujeito estava tão feliz em dividir aquilo comigo que não quis deixá-lo chateado; de qualquer forma, quem era eu para pensar em tentar destruir o que ele certamente tinha levado vários dias e várias noites para transformar num fato? Decidi esperar até seu próximo ataque de tiques e jogar fora a água suja enquanto ele não estivesse olhando. Charlie voltou do meio do mato, e eu lhe contei, com olhares secretos, que ele não deveria beber o "café". Quando o prospector ofereceu uma caneca, ele recusou.

— Mais para nós — disse o prospector, e eu sorri, tímido.

— Eu queria saber se você viu dois amigos nossos — perguntou Charlie. — Eles subiram o rio há alguns dias. Dois homens, um com barba, outro não.

— Tinham bastante equipamento com eles? — questionou ele.

— A barba dele era vermelha.

— Isso mesmo. Tinham bastante equipamento com eles. Duas mulas carregadas com o dobro do que Benny está levando. — Ele apontou para sua mula, Benny, parada ao lado de Tub e Nimble. Não acho que uma mula poderia carregar mais do que aquilo.

— Que tipo de equipamento? — perguntei.

— Panelas, lona, corda, madeira. O de sempre. A única coisa estranha é que eles tinham quatro tonéis de vinte e cinco galões, dois por mula. O ruivo disse que estavam cheios de vinho. Não quiseram me vender uma gota, miseráveis! Gosto de beber como qualquer outro homem, mas levar tanto assim pelo meio do nada é o tipo de ganância que pode arruiná-lo. É exigir demais de uma mula, a ponto de ela não conseguir mais se recuperar. Aquelas duas estavam já bem mal, pelo que me pareceu.

— Tem alguma ideia de onde estavam indo?

— Estavam interessados em saber a localização de uma represa de castores que mencionei. Só comentei que era um lugar que eles deveriam evitar, mas os dois quiseram saber todos os detalhes.

— Onde fica? — perguntou Charlie.

— Você está me olhando como eles! E vou falar exatamente o que disse para os dois: aquele pedaço de terra não vale o seu tempo. Aqueles castores vão comer cada pedaço de madeira do seu acampamento assim que você olhar para o lado, e o que você colocar no rio, qualquer coisa, vai ter o mesmo destino. Uma chateação maldita, é o que são. — Ele sofreu um ataque de tiques, e eu joguei minha água suja na grama.

No momento em que seu ataque chegou ao fim, ele viu que minha caneca estava vazia e me preparou outra, encorajando-me a beber. Encostei a caneca na boca, fechando meus lábios na borda, sem deixar nenhum líquido entrar.

— Se os nossos amigos foram para lá — disse Charlie —, gostaríamos de visitá-los.

— Bom, não poderão dizer que não os avisei. Mas vocês vão saber que estão perto quando passarem por um acampamento a uns seis ou oito quilômetros daqui. Não parem com a esperança de fazer amigos, porque esse grupo não tem interesse em socializar. Na verdade, são um bocado rudes. Mas não importa. Mais uns três quilômetros, e aí vocês vão ver a represa. Não dá para não ver, de tão grande que é.

Ele levantou a chaleira para se servir de outra caneca de seu preparado e percebi que fez uma careta de dor com o esforço. Perguntei se estava machucado, e ele assentiu. Tinha lutado com um índio à faca e ganhado, mas o índio tinha arrancado um pedaço dele, o que o enfraqueceu. Permanecera caído ao lado do cadáver por muitas horas antes de conseguir retomar as forças para ficar de pé. Ele levantou a camisa para nos mostrar o corte embaixo de seu peito. As pontas estavam cicatrizadas, mas ainda havia um buraco no centro, uma ferida horrível. Acho que devia ter umas três semanas.

— Ele me acertou bem, mas acho que dei uma facada melhor nele.

Ele se afastou do fogo e voltou para Benny, amarrando sua caneca e chaleira à mula.

— Onde está seu cavalo? — perguntou Charlie.

— Foi por isso que lutei contra o índio, não falei? Ele roubou meu Jesse numa noite, enquanto eu estava dormindo. Quando voltou para roubar Benny, eu estava pronto para ele. Bem, é um bom dia para caminhar. E se o velho Ben consegue, então vou conseguir também. — Ele tirou o chapéu para nós. — Obrigado pela companhia. Vou beber algo em homenagem a vocês quando chegar na cidade.

— Espero que consiga realizar todos os seus planos — disse para ele, que deu um sorriso louco e falou:

— Eh! — Então, virou-se e foi embora com Benny, que levava o equipamento. Quando já estava longe, Charlie perguntou:

— O que tinha de errado com o café?

Entreguei minha caneca. Ele deu um pequeno gole e cuspiu discretamente. Seu rosto não tinha expressão.

— É terra — disse ele.

— Eu sei.

— O homem ferve terra e bebe?

— Não acho que ele ache que é terra.

Charlie levantou a caneca e deu outro gole. Deixou um pouco na boca e voltou a cuspir.

— Como ele pode não achar que é terra?

Pensei nesse prospector com tiques, no outro que tinha uma galinha e no prospector morto sem cabeça e falei:

— Parece que a solidão do trabalho em lugares selvagens não é nada saudável para um homem.

Charlie estudou a floresta ao redor com um pouco de suspeita ou desconfiança.

— Vamos continuar — disse ele, virando-se para enrolar seu saco de dormir.

Tub parecia ruim, e eu resisti a passar o álcool nele, já que achava que sua energia deveria ser poupada para nos levar à represa dos castores. Ele tinha dificuldade para respirar e não quis beber água.

— Acho que Tub está morrendo — falei para Charlie.

Ele inspecionou meu cavalo. Não falou que concordava comigo, mas pude ver que sim.

— São poucos quilômetros — falou. — Com sorte, chegaremos logo, e Tub poderá descansar e recuperar as forças. É melhor passar logo o álcool para podermos ir.

Expliquei que achava melhor pular essa parte, e Charlie teve uma ideia. Ele tirou um frasco de suas coisas. Seu rosto se abriu num sorriso quando me mostrou.

— Não se lembra? O líquido entorpecedor do médico de dente?

— E? — perguntei, sem entender.

— O que acha? Que tal passar um pouco disso em Tub antes do álcool? Coloque e espere um pouco. Aposto que vai evitar a dor.

Não tinha certeza se o líquido funcionaria sem ser injetado, mas fiquei curioso e segui as instruções de Charlie, colocando uma pequena quantidade do remédio no buraco do olho de Tub. Ele ficou duro. *Está esperando a dor do álcool,* pensei, mas ela nunca chegou, e ele voltou a ofegar. Então, joguei o álcool, e novamente ele ficou rígido, mas não gritou, nem chutou nem urinou, e fiquei feliz por Charlie ter pensado nisso. Ele também estava feliz consigo mesmo e acariciou o focinho de Tub, parecendo genuinamente desejar-lhe o melhor. Depois disso, partimos para subir o rio. Havia um sentimento auspicioso entre nós, que eu esperava que pudéssemos manter.

O acampamento ao sul da represa dos castores parecia abandonado. Encontramos pouco mais do que uma fogueira e sacos de dormir dispersos, com ferramentas e madeiras jogadas pela área. No limite do acampamento, vimos três homens mal-encarados, irritados com a nossa aproximação. Era um grupo sujo até para os padrões dos prospectores – as barbas emaranhadas, os rostos enegrecidos com fuligem ou lama, as roupas manchadas e desleixadas; tudo com relação a eles era escuro e realmente encardido, tirando a cor de seus olhos, de um tom impressionante de azul. *Irmãos,* pensei. Dois deles tinham rifles; o terceiro trazia revólveres nos coldres. Charlie falou com eles:

— Algum de vocês viu dois homens indo para o norte faz alguns dias? Um deles tinha barba, o outro, não.

Como nenhum deles respondeu, eu falei:

— Tinham duas mulas com eles, com barris de vinho.

Não houve resposta. Passamos por eles e fiquei de olho em seus movimentos, porque pareciam do tipo que atirariam pelas costas. Depois que os perdemos de vista, Charlie falou:

— Não eram prospectores.

— Eram assassinos — concordei.

Provavelmente estavam se escondendo de algo em seu passado comum, trabalhando enquanto isso na exploração de ouro, e, julgando pela aparência, não estavam conseguindo muita coisa.

Depois de mais uns dois quilômetros subindo o rio, Tub começou a tossir. Com minhas pernas, pude sentir uma secura vazia em seu tórax, e percebi que havia sangue escorrendo de seus lábios e caindo no rio. Desmontei e toquei sua boca com a mão; vi que o sangue era negro e denso. Mostrei para Charlie, que falou que estávamos tão perto da represa que poderíamos fazer um acampamento temporário ali e nos aproximar a pé de Warm e Morris. Desmontamos e levamos os cavalos para o meio das árvores. Encontrei um ponto com sombra para Tub, e, assim que removi a sela, ele se deitou no chão. Senti que ele não ia mais se levantar e fiquei triste por tê-lo tratado tão mal. Coloquei minha vasilha perto dele, enchendo com água do meu cantil, mas ele não quis beber. Coloquei um pouco de grama no chão, mas ele não se interessou também, e só ficou deitado, ofegando.

— Não sei onde vamos conseguir outro cavalo por aqui — disse Charlie.

— Ele pode melhorar com algum descanso — falei.

Charlie ficou parado atrás de mim, esperando. Eu me agachei em frente a Tub, acariciando seu rosto e repetindo seu nome, com a esperança de confortá-lo. Ele piscou e fechou o olho vazio; sua língua ensanguentada estava pendendo para fora da boca, babando sobre a terra. Ah, eu me senti muito triste de repente e não conseguia gostar de mim mesmo.

— Temos de ir agora — disse Charlie. Ele colocou uma das mãos no meu ombro e a outra no seu revólver. — Quer que eu faça isso?

— Não. Vamos embora. Deixe-o assim.

Nós nos afastamos dos cavalos em direção ao norte para finalmente encontrar Warm.

O acampamento de Morris e Warm era protegido dos dois lados por colinas íngremes com densas florestas. Chegamos ao ponto mais alto do lado ocidental, olhando de cima o assentamento bem-feito: os cavalos e as mulas estavam lado a lado, havia uma pequena fogueira em frente à barraca perfeitamente montada e as ferramentas, selas e bolsas estavam organizadas em pilhas e fileiras. Era fim de tarde e fazia um pouco de frio; o sol jogava uma luz alaranjada contra as árvores e se refletia na superfície do rio, uma veia prateada e cheia de curvas. Abaixo do acampamento, ficava a represa dos castores, onde a água formava uma piscina de águas preguiçosas. Não dava para dizer se a fórmula tinha funcionado ou não, mas aquele era um bom lugar para testá-la.

Notei algum movimento dentro da barraca, e Morris apareceu, engatinhando pela abertura e parecendo tão diferente da pessoa bem-arrumada e perfumada que eu tinha conhecido no passado que no começo não o reconheci. Suas roupas de linho estavam cheias de barro e manchas de sal; seu cabelo era uma bagunça completa; suas calças e mangas estavam enroladas; a pele exposta coberta por uma cor roxa. Ele mantinha um sorriso fixo no rosto e falava sem parar, provavelmente para Warm, ainda na barraca, mas estávamos longe e não dava para ouvir o que dizia. Descemos até o acampamento deles numa rota diagonal, caminhando com cuidado para não soltar nenhuma pedra que pudesse rolar e alertar os homens de nossa chegada. Perto da base da colina, perdemos a visão do acampamento, mas era possível ouvir a voz de Morris e descobrimos que ele não estava falando com ninguém, mas cantando uma alegre canção de trabalho. Charlie bateu no meu ombro e apontou para a barraca; dali era possível ver seu interior vazio. Assim que vi isso, ouvi uma curta instrução vinda de cima das nossas cabeças:

— Levantem as mãos ou botarei uma bala na cabeça de cada um.

Olhamos para cima e vimos um indivíduo selvagem e pequeno como um gnomo, sentado no galho de uma árvore. Ele tinha um revólver apontado para nós, um baby dragoon. Seus olhos estavam brilhantes e vitoriosos.

— Esse deve ser o nosso Hermann Warm — disse Charlie.

— Exatamente — disse o homem —, e saberem meu nome me leva a saber o de vocês. São os homens do Comodoro, não são? Os famosos irmãos Sisters?

— Exatamente.

—Vocês andaram muito para me encontrar. Estou a ponto de me sentir honrado. Não me sinto, mas estou a ponto de me sentir.

Eu me mexi, e Warm falou, tranquilo:

— Mexa-se assim novamente e vou matá-lo. Você acha que estou brincando, cavalheiro, mas tenho você na mira e puxarei o gatilho, não tenha dúvidas.

Ele estava falando sério, e foi como se eu pudesse sentir o ponto preciso em que a bala entraria no meu crânio. Warm, como Morris, estava descalço e tinha enrolado a barra das calças; suas pernas e mãos também estava roxas. *Será que a fórmula para encontrar ouro tinha funcionado?*, perguntei-me. Não dava para saber por sua expressão, porque ele só parecia duro e protetor. Charlie notou a cor roxa e perguntou:

— Tem feito vinho, Warm?

Esfregando os tornozelos como um grilo, Warm respondeu:

— Longe disso.

— Então você é mais rico hoje do que ontem? — perguntei.

Cheio de suspeitas, ele falou:

— O Comodoro contou a vocês sobre a fórmula?

— De uma forma vaga, sim — falou Charlie. — Mas descobrimos muito mais através de Morris.

— Duvido muito — disse Warm.

— Pergunte a ele.

— Vou perguntar mesmo. — Sem tirar os olhos de nós, ele assobiou duas vezes, de modo agudo e breve; de longe, veio um som idêntico, e Warm assobiou mais uma vez. Do meio das árvores surgiu Morris, ainda alegre e sorrindo até ver nós dois, Charlie e eu, quando congelou e seu rosto ganhou uma forte expressão de terror.

— Está tudo bem. Estão sob minha mira — disse Warm. — Subi aqui para dar uma olhada em todo o rio e tive sorte. Vi esses malandros se esgueirando na direção de nosso acampamento. Eles ficaram sabendo de nosso pequeno experimento e estão tentando me dizer que foi você quem contou.

— Estão mentindo — disse Morris.

— Não foi só você, Morris — falou Charlie. — O homem de um olho só no Black Skull nos contou onde vocês planejavam acampar, mas foi seu diário que provou ser indispensável.

Olhando para o rosto de Morris, testemunhei sua torturada recordação.

— A cama — disse ele, terrivelmente abatido. — Me desculpe, Hermann. Que maldição, esqueci completamente!

— Esqueceu seu diário? — falou Warm. — Não fique mal, Morris. Foi um momento complicado e estávamos trabalhando demais. De qualquer forma, a culpa é de nós dois. Eu não deixei aquele ciclope saber dos nossos planos? Em troca de quê? De uns pratos daquele ensopado velho.

— Mesmo assim me sinto culpado — falou Morris.

— Não se preocupe mais com isso — disse Warm, tranquilizando-o. — Temos os dois na nossa frente. Isso é o importante. A questão agora é o que fazer com eles.

O rosto de Morris ficou sem expressão.

— A única coisa a fazer é atirar neles.

— Você acredita nisso? — falou Charlie. — Uma semana ao ar livre, e o homenzinho já está louco por sangue.

— Vamos pensar — disse Warm.

— Não tem outra solução — insistiu Morris. — A gente enterra os dois e pronto. Demorará um mês até o Comodoro organizar algo contra nós, e até lá estaremos longe.

— Eu me sentiria definitivamente melhor com essa ameaça eliminada — arriscou Warm.

— Atire neles, Hermann. Acabe logo com isso.

Warm estava ponderando.

— Meu estômago se revira só de pensar nisso.

— Posso falar algo? — perguntei.

— Não — disse Morris. — Hermann, atire. Eles vão se mexer.

— Se fizerem isso, aí vou realmente matá-los. Você aí, grandão, vá em frente, pode falar.

— Deixe-nos trabalhar com vocês. Nós não trabalhamos mais com o Comodoro e não temos mais nenhum dever para com ele.

— Não acredito em você — disse Warm. — Sua presença aqui diz o contrário.

— Estamos aqui porque lemos o diário — disse Charlie. — Queremos ver seu rio de Luz.

— Vocês querem nos roubar, é isso que querem.

— Estamos impressionados com sua engenhosidade e sua inteligência — falei. — E somos simpáticos à decisão de Morris de abandonar o Comodoro. Como falei, tomamos a mesma decisão e nos sentimos impelidos a visitá-los.

Minhas palavras, ditas com sinceridade, fizeram Warm pensar, e senti que estava me olhando e raciocinando. Quando finalmente respondeu, no entanto, não foi a meu favor:

— O problema é que, mesmo se vocês tiverem rompido com o Comodoro, algo que eu duvido ser verdade, mas mesmo se for, não tenho fé em seus motivos. Em poucas palavras, vocês são ladrões e assassinos, e não há lugar para vocês em nossa operação.

— Não somos ladrões — disse Charlie.

— Somente assassinos então, é isso?

— Vocês estão extenuados do trabalho — falei. — Vamos ajudá-los com as tarefas e oferecemos proteção também.

— Proteção contra quem?

— Contra qualquer um que vier atacá-los.

— E quem vai nos proteger de vocês?

— Deixe-nos participar de seu grupo — falou Charlie.

Sua paciência tinha acabado e seu tom era exigente, o que fez Warm se decidir. Ele não falou mais nada, e, quando olhei para cima, pude ver sua cabeça se inclinando para trás enquanto apontava a arma para Charlie. Eu estava começando a puxar meus revólveres quando Warm, ainda se inclinando, e se inclinando demais, perdeu o equilíbrio e caiu do galho numa cambalhota, desaparecendo sem um ruído sequer numa trilha de altas samambaias. Morris, desarmado, virou e saiu correndo pelo meio das árvores; Charlie levantou um revólver em sua direção, mas eu me apressei e segurei seu braço. Ele sacou seu outro revólver, mas Morris tinha desaparecido. Ele se separou de mim para persegui-lo, mas Morris já estava longe, e Charlie o abandonou, voltando para onde Warm tinha caído – só que o homem já não estava lá; também tinha desaparecido sem ser notado. Charlie olhou impotente para as samambaias e depois para mim. Passou-se um momento, e ele começou a rir, com o rosto pálido e descrente. Esse encontro com Warm, apesar das armas, tinha sido tão diferente de nossas experiências anteriores que ele não pôde evitar achar aquilo engraçado. Seu divertimento logo desapareceu, no entanto, e, quando voltamos ao nosso acampamento, ele estava simplesmente bravo.

Tub tinha desaparecido quando voltamos. Ele estava tão fraco que eu nem tinha pensado em amarrá-lo, mas, enquanto saímos, levantou-se e desapareceu. Segui a trilha das grandes gotas de sangue, cobertas de terra, levando a uma pequena colina que ao redor de nosso acampamento; o outro lado da colina era quase vertical, e Tub havia caído, deslizando uns cinquenta metros sob seu próprio peso antes de parar na raiz de uma enorme sequoia. Sua coluna estava pressionada contra a raiz, e suas patas, apontadas para o céu. *Que vida difícil têm os animais dos homens, que provação de dor, resistência e falta de sentido,* pensei. Eu considerei descer para ver como ele estava, porque, se estivesse respirando, seria melhor colocar uma bala nele, mas suas feições ilustravam a chegada inquestionável da morte, e eu me afastei dali e voltei ao acampamento para encontrar Charlie organizando sua munição.

A morte de Tub provou ser útil para diminuir a irritação de Charlie; preocupado como estava com meu bem-estar, ofereceu-me palavras de encorajamento e uma promessa de dividirmos o custo de um novo cavalo, que fosse igual a Nimble ou até melhor. Aceitei suas palavras de conforto, agindo de modo solene e pensativo, mas, na verdade, não estava especialmente triste com a morte de Tub. Agora que tinha morrido, era como se minha simpatia por ele também tivesse desaparecido, e eu estava ansioso por minha vida sem ele. Era um bom animal, mas tinha sido um fardo significativo para mim; nossas vidas não eram fáceis juntos. Muitos meses depois, voltei a ficar triste ao me lembrar dele, e ainda me sinto assim, mas, na hora de seu falecimento, só senti um peso saindo de meus ombros.

— Está pronto? — perguntou Charlie.

Assenti. Eu sabia a resposta, mas perguntei de qualquer forma:

— Como agiremos?

— Usar a força é a única forma — respondeu ele.

— Certamente, eles devem saber que poderíamos ter matado os dois e não fizemos isso.

— Eu os teria matado se você não tivesse interferido.

— Até onde sabem, no entanto, escolhemos não os matar.

Charlie não respondeu, e eu continuei, dando uma sugestão boba:

— E se entrássemos no acampamento deles, sem armas, com as mãos para o ar?

— Eu me recuso a honrar essa ideia com uma resposta.

— Só estou tentando discutir cada possibilidade.

— Só há duas: deixá-los em paz ou visitá-los novamente. E, se voltarmos a visitá-los, será necessário usar a força. Eles teriam nos matado antes, se não fosse por falta de jeito, e, da próxima vez, não vão hesitar. Morris estará armado e não haverá conversa. — Ele balançou a cabeça. — Usar a força é a única forma, irmão.

— Mas e se voltássemos a Mayfield... — comecei.

— Já discutimos isso — interrompeu Charlie. — Se quiser ir, pode ir, mas terá de ir caminhando até Sacramento para conseguir um novo cavalo. A escolha é sua. Vou terminar este trabalho com ou sem você.

Tomei a decisão de ir com Charlie. Achei que ele estava certo. Tínhamos entrado entrar no acampamento de forma pacífica, mas eles não nos receberam. Era toda a misericórdia que eu poderia esperar de meu irmão, e a oportunidade para visitar o rio de Luz era rara demais para que pudéssemos deixá-la passar. Encarei essa decisão como o último derramamento de sangue em meu futuro próximo, senão no resto da minha vida. Contei isso a Charlie, e ele me falou que, se esse pensamento me trazia conforto, eu deveria abraçá-lo.

— Mas você está esquecendo o Comodoro — completou.

— Ah, sim. Bom, depois dele então.

Charlie fez uma pausa.

— E provavelmente haverá alguma matança relacionada à morte de Comodoro. Acusações, dívidas a pagar, esse tipo de coisa. Pode ser bem sangrento, na verdade.

Então essa será a era final de assassinatos na minha vida, pensei.

— Está ficando escuro — disse Charlie. — Deveríamos atacar agora, caso eles estejam planejando fugir. Podemos chegar a eles dando uma volta maior, pela colina a leste. Será fácil, você vai ver.

Ele começou a urinar no fogo. Observei a luz das chamas morrendo refletida em seu rosto e seu queixo. Ele estava feliz. Charlie sempre estava feliz quando tinha algo a fazer.

Demos uma volta ao redor do acampamento de Warm e Morris, cruzando o rio depois de uns oitocentos metros e voltando, chegando silenciosamente ao topo da alta colina do lado oposto ao acampamento. Entre as árvores, podíamos ver as brasas na fogueira e os barris com a fórmula à beira da água, um deles caído e vazio enquanto os outros três permaneciam fechados. Não dava para ver nenhum dos dois homens, mas seus animais continuavam ali e assumi que estivessem se escondendo na barraca ou no meio das árvores, armados e esperando uma luta. Morris, pensei, estaria rezando, desesperado e cheio de arrependimento; apesar de conhecer pouco o homem, decidi que Warm provavelmente se sentia mais corajoso e aventureiro, levado por uma atitude de certeza e uma exigência sobre si mesmo para concluir seu plano, não importava o que acontecesse. Mas, independentemente do que passava em suas mentes, não era possível vê-los, e o acampamento estava quieto como um túmulo.

A represa, em comparação, estava explodindo em sons com o inescrutável trabalho dos castores noturnos, numerosos, gordos e peludos sobre a luz leitosa da lua. Eles se mergulhavam, nadavam e voltavam à superfície, fazendo ruídos baixos, comunicando algum lamento de castor ou talvez um sentimento de encorajamento; eles vinham até a margem, pegavam gravetos e ramos e os transportavam de volta pela água, colocando-os na represa, onde estava o mais gordo do grupo, olhando para os outros como se supervisionasse seus esforços.

— Aquele ali é o chefe — falei para Charlie. Ele também estava olhando para os animais e assentiu.

Logo, o castor corpulento saiu da represa e foi até a margem, avançando com cuidado no começo, como se não confiasse no chão, mas seu medo foi momentâneo, e, então, ele entrou no acampamento, viajando sem hesitação ou medo e indo diretamente para os barris da fórmula. Ao enfiar a cabeça no barril caído, ele recuou por causa do cheiro e depois passou para um dos outros barris cheios. Apoiado em suas pernas traseiras, enfiou os dentes na borda, tentando derrubar o barril e, acho, arrastá-lo ou rolá-lo até o rio. Achei a cena mais divertida do que tudo, mas Charlie estava muito concentrado e ansioso, porque sabia que a presença inoportuna do castor levaria a uma reação de Warm e Morris, se eles estivessem vendo. Exatamente como previa, passou-se um momento e surgiu um barulho baixo de clack-clack do fundo do vale. Charlie assentiu excitado:

— Ali? Ouviu?

O som se repetiu, e depois mais uma vez, e eu consegui ver formas negras de pedras voando pelo ar na direção do tenaz roedor, que tinha, nesse momento, conseguido derrubar o barril. Nós descobrimos o ponto de origem num grupo de árvores e arbustos a uns vinte metros do acampamento do nosso lado do rio – Warm e Morris estavam escondidos na base da mesma colina em que estávamos, e, sem uma palavra, Charlie e eu começamos a descer para pegá-los por trás.

— Eu cuido de Morris — sussurrou ele. — Você mantém Warm sob sua mira, mas não deve atirar nele a menos que seja absolutamente necessário. Atire no braço dele, se for preciso. Assim, ele ainda será capaz de trabalhar. E ainda será capaz de falar.

Meu próprio âmago estava começando a se expandir, como sempre acontecia antes da violência, como um vidro derrubado de tinta negra cobrindo minha mente, cujo conteúdo jorrava incessantemente, sem limites. Minha pele e meu couro cabeludo começaram a ressoar e formigar, e eu me tornei alguém diferente, ou me tornei meu segundo eu, e essa pessoa estava muito feliz de sair das trevas e entrar no mundo, onde poderia fazer o que quisesse. Senti, ao mesmo tempo, luxúria e desgraça, e por isso pensei: *Por que aprecio esse meu retorno a um animal?* Comecei a soltar ar quente pelo nariz enquanto Charlie se mantinha quieto e calmo e fazia um gesto para que eu ficasse quieto. Ele estava acostumado a me encurralar assim, atiçando-me e preparando-me para a batalha. *Que vergonha,* pensei. Vergonha, sangue e degradação.

Estávamos perto o suficiente, e consegui ver onde Warm e Morris estavam escondidos e a forma indistinta de seus braços quando jogavam as pedras. Imaginei o esconderijo deles iluminado momentaneamente pelas nossas armas; cada folha e pedra ficaria evidente e clara, e eu podia visualizar as expressões congeladas dos homens, sua terrível surpresa ao serem descobertos.

Charlie, de repente, colocou a mão em meu peito para me deter. Seus olhos examinaram os meus, e ele falou meu nome, como se me buscasse; isso me removeu da mentalidade descrita antes e me trouxe de volta à Terra.

— O que foi? — perguntei, quase frustrado com a interrupção.

Charlie levantou o dedo, apontou e disse em sussurro:

— Olhe.

Balancei a cabeça para acordar meu verdadeiro eu e segui a linha do seu dedo.

Ao sul do acampamento uma fila de homens avançava no escuro, e eu soube, assim que vi suas silhuetas carregando os rifles, que eram os irmãos de olhos azuis que tínhamos encontrado antes. Pensando na minha breve interação com aqueles homens, lembrei-me da mais leve mudança em suas fisionomias quando mencionei os barris de vinho de Warm, e era em direção aos barris que eles caminhavam. O castor estava na beira da água com sua árdua conquista, mas levou um chute na barriga desferido pelo maior dos irmão e saiu voando pelo ar, caindo com um forte barulho no rio. Bravo, ele começou a bater o rabo na superfície da água, alertando seus companheiros desse último perigo; todos instantaneamente pararam seus trabalhos e voltaram à segurança do interior da represa, onde podiam se reunir sem a ameaça de caos e brutalidade. O castor chefe foi o último a desaparecer, e seus movimentos eram lentos. Achei que provavelmente estava sofrendo com o golpe em seu estômago – ou será que tentava recuperar seu orgulho ferido? Havia algo de humano naqueles pequenos animais, algo de velho e sábio. Eram animais cuidadosos e pensantes.

O homem rolou o barril e o colocou ao lado dos outros antes de olhar dentro da barraca. Encontrando-a vazia, gritou:

— Olá!

Pensei ter ouvido um tipo de risada contida vindo de onde estavam Morris e Warm e olhei, sem entender, para Charlie. O riso foi crescendo e tornou-se histérico, e os irmãos se mexeram na areia, olhando-se preocupados.

— Quem está aí? — perguntou o maior.

A risada morreu, e Warm falou:

— Nós estamos aqui. Quem está aí?

— Estamos trabalhando mais abaixo no rio — respondeu o irmão. Chutando um barril, ele falou: — Queremos comprar um pouco desse vinho de vocês.

— O vinho não está à venda.

— Pagamos o preço de São Francisco. — Ele bateu na sua bolsa para ilustrar isso, mas não houve resposta, e o irmão ficou procurando alguém no escuro. — Por que estão se escondendo nas sombras assim? Estão com medo de nós?

— Não muito — respondeu Warm.

— Então por que não saem e conversam conosco como homens?

— Não vamos sair.

— E se recusam a nos vender?

— Exato.

— E se eu simplesmente pegasse um barril?

Warm parou, a fim de pensar na resposta. Finalmente, disse:

— Eu o mandaria para casa com uma bola a menos, amigo.

Pude ouvir o riso louco de Morris – a fala de Warm tinha feito cócegas no fundo de sua alma, e ele havia se entregado totalmente, dominado por sua própria alegria. Charlie, sorrindo, disse:

— Warm e Morris estão bêbados!

Os irmãos se juntaram no banco de areia para conversar em particular. Depois da conversa, o maior se afastou dos outros, assentindo.

— Parece que vocês já beberam bastante esta noite, e, antes de o sol nascer, sua animação vai passar, e o sangue pesado vai forçá-los a dormir. Podem contar com nossa volta então, homens. E levaremos seu vinho e suas vidas também.

Não houve resposta a isso, nenhum riso ou gozação, e o irmão mais alto começou a descer o rio, com o queixo erguido, muito dramático e orgulhoso. Sentia-se superior, era evidente. Suas palavras tinham sido suficientemente teatrais para que a dupla contente abaixo de nós fizesse uma pausa, mas agora eu podia ouvir Morris e Warm conversando, em voz baixa no começo, mas logo aumentando e chegando a uma discussão acalorada, aos gritos, a palavras inflamadas. A voz de súplica de Morris foi clara quando ele gritou:

— Hermann, não!

Logo depois disso, vi a explosão da pistola de Warm e o irmão mais alto caindo com um tiro fatal no rosto.

Num instante, os outros se agacharam e começaram a atirar na direção de Morris e Warm, e a dupla bêbada também atirou, para qualquer lugar, como se estivesse com a cabeça abaixada e os olhos fechados. Charlie me instruiu rapidamente:

— Precisamos matar os dois. Se eles matarem Warm, teremos vindo até aqui para nada.

De nosso ângulo elevado, foi muito fácil acertar os dois irmãos remanescentes. Em menos de vinte segundos, eles estavam mortos na areia, ao lado de seu líder.

O eco de nossos tiros se espalhou pelas colinas e copas das árvores, e, de baixo, veio o grito de vitória de Warm. Sem saber que tínhamos ajudado, ele acreditava que, sozinhos, haviam matado os irmãos e estava orgulhoso disso. Charlie gritou para eles:

— Não foram seus tiros, Warm, mas os meus e de meu irmão, está me ouvindo?

Isso acabou abruptamente com a comemoração de Morris e Warm, e eles voltaram a murmurar um com o outro, discordando e se preocupando atrás dos arbustos em que se encontravam.

— Sei que vocês podem me ouvir — disse Charlie.

— Qual dos dois está falando? — perguntou Warm. — O mau ou o gordo? Não quero falar com o mau.

Charlie olhou para mim. Fez um gesto para que eu falasse. Eu esperava parecer firme e sério nos meus movimentos, mas estava constrangido, e Charlie ficou embaraçado por mim. Limpei a garganta.

— Olá! — falei.

— É o gordo? — perguntou Warm.

— Meu nome é Eli.

— Mas você é o maior? O mais robusto dos dois?

Pensei ter ouvido Morris rir.

— Sou robusto — falei.

— Não digo isso como ofensa. Eu mesmo tenho problemas para deixar a mesa. Alguns de nós simplesmente têm mais fome do que outros, e o que se pode fazer? Devemos passar fome?

— Warm! — exclamei. — Você está bêbado, mas precisamos falar sério. Você acha que pode fazer isso? Ou que Morris pode?

— O que vocês querem discutir? — perguntou ele.

— O mesmo de antes. Unir forças e trabalhar no rio.

Charlie esticou o braço e me beliscou forte.

— O que você está fazendo? — sussurrou.

— Nosso plano mudou com essas mortes — falei para ele.

— Não vejo nenhuma mudança. Eles ainda estão esperando no escuro, com revólveres, prontos para atirar em nós.

— Deixe-me ver qual será a reação deles. Acredito que podemos conseguir o que queremos sem derramar mais sangue.

Ele se encostou numa árvore, pensando e mordendo os lábios. Por fim, apontou para a escuridão, como se eu devesse falar, e gritei:

— Se não quiserem discutir isso, seremos forçados a entrar em ação, Warm. Quando afirmo que não queremos matar nenhum de vocês, digo isso com toda a honestidade.

Warm zombou:

— Sim, vocês exigem que a gente divida nossos lucros com vocês, e, se decidirmos que não faremos isso, bem, então serão obrigados a nos matar. Está vendo como sua proposta não é muito boa pelo nosso ponto de vista?

— Estou propondo que conquistemos uma parte dos lucros. E, de qualquer forma, se os quiséssemos mortos, você acha que teríamos derrubado esses homens na frente de vocês?

Morris disse algo que não consegui entender, mas Warm logo repetiu:

— Morris diz que acha que foi ele que acertou o da esquerda.

— Não foi, não.

Warm não falou comigo por um bom tempo e não consegui ouvi-lo conversando com Morris.

— Um dos dois está ferido? — perguntei.

— Um arranhão no braço de Morris. Ele está bem, apesar da sensação de queimado.

— Temos remédios que vão eliminar essa sensação. E temos álcool para limpar a ferida. Vamos trabalhar no rio com vocês e protegê-los contra bandidos ou intrusos. Pense nisso, Warm. Vocês estavam na nossa mira mais cedo; se quiséssemos os dois mortos, já estariam.

Houve outro longo silêncio, sem que eu pudesse ouvir o mais leve murmúrio de Morris ou Warm. Estavam procurando respostas em suas almas? Permitiriam que, dali em diante, os sanguinários irmãos Sisters participassem de seu empreendimento exclusivo? Surgiu um barulho crescente então, que no começo não pude identificar, mas, quando consegui, questionei-me se estava mesmo ouvindo aquele som, de tão incongruente para a atual situação: Hermann Warm estava assobiando. Eu não conhecia a música, mas era do tipo que eu sempre tinha gostado, lenta e chorosa, com letras que falavam sobre corações partidos e morte. O assobio foi ficando mais alto conforme Warm saía de seu esconderijo e caminhava em área aberta, cruzando a espinha convexa da represa de castores e passando pelo banco de areia até seu acampamento. Ele era um assobiador muito talentoso, e a música subia e descia, tremendo no ar e desaparecendo no barulho do rio. Ela não cessou, e Charlie, sem falar uma palavra, se levantou e começou a descer a colina. Eu não sabia qual era o plano, nem ele. Warm não imaginava qual era o plano e Morris não poderia saber. Não havia nenhum plano. Mas eu também comecei a descer a colina, sem pensar em como seria nossa aproximação. Warm olhava para nós enquanto descíamos a colina, e a música que saía de seus lábios se tornava mais trêmula e romântica. Seus braços estavam abertos, da forma como um artista faria, como se quisesse abraçar o público.

Caminhamos pela represa até a margem do rio. A música de Warm cessou quando ficamos frente a frente. Era um homem de aparência selvagem, uns trinta centímetros mais baixo do que eu, fedendo a álcool e tabaco. Seus ombros e braços eram magros e os quadris também, mas sua barriga era grande e redonda, e ele não tinha nenhum medo de nós, o que significava que não tinha medo da morte. Concluí que tinha gostado muito dele, e pude ver pelo show de assobio e por ter permanecido daquela forma, a céu aberto, que Charlie também tinha ficado impressionado com a ousadia e a força de seu caráter. Warm ofereceu a mão, primeiro para Charlie e depois para mim, e nós dois aceitamos, solidificando nossa aliança. Depois disso, houve um momento em que ninguém soube exatamente o que dizer ou fazer. Morris, que ainda não estava preparado para socializar, tinha ficado para trás, nos arbustos, com o uísque.

Aumentamos o fogo e nos sentamos para discutir nossa parceria. Charlie quis colocar no rio um barril da fórmula ainda naquela noite, mas Warm foi contra, dizendo que ele e Morris estavam bêbados e exaustos. Morris, devo dizer, acabou saindo de seu esconderijo, com os braços cruzados por causa do desconforto, mas esperando parecer despreocupado ou indiferente. Dava para ver que ele estava muito perturbado com nossa presença; notei como Charlie olhava para ele e fiquei preocupado com o que meu irmão poderia dizer ou fazer com o homem. Foi um alívio quando ele cumprimentou Morris sem malevolência, estendendo a mão e dizendo que esperava que o passado ficasse no passado. Morris apertou a mão de Charlie num reflexo; olhando para mim, ele deu de ombros e passou-me uma garrafa grande. Seu bigode estava sujo na ponta e seus olhos, vermelhos e inchados.

— Estou cansado, Hermann — falou Morris.

Warm olhou para ele com afeição.

— Foi um longo dia, não, meu amigo? Bom, por que não vai dormir? Todos precisamos descansar e retomar o trabalho como um quarteto pela manhã.

Morris não disse mais nada e se retirou para a barraca. Eu bebi um pouco do uísque e entreguei a garrafa para Charlie. Ele tomou um gole e passou para Warm, que deu um gole curto e tampou-a, escondendo a garrafinha no bolso de seu casaco como se dissesse que era o suficiente por aquela noite. Ele lambeu a palma da mão para alisar o cabelo e arrumou suas lapelas. Estava tentando parecer sério.

Então, foi decidido que meu irmão e eu ficaríamos com metade de tudo que fosse tirado do rio e que o restante iria para o que Warm chamou de Empresa.

— A Empresa é você e Morris — disse Charlie.

— Isso, mas os lucros não serão gastos num *saloon*. Serão usados para financiar futuras excursões, parecidas com esta, apesar de mais ambiciosas e, portanto, mais caras. De qualquer forma, se tudo sair como planejei, a Empresa vai crescer rapidamente e terá várias operações simultâneas, e haverá oportunidades para vocês se envolveram ainda mais, se provarem ser confiáveis. Por enquanto, por que não esperamos para ver se você e seu irmão podem sobreviver a esta modesta expedição sem cortar a minha garganta e a de Morris, hein?

É justo, pensei. Warm começou a coçar seus tornozelos e canelas, e eu perguntei:

— Vocês tiraram muito ouro do rio ontem à noite?

— Ficamos tão encantados com o espetáculo que perdemos um bom tempo simplesmente olhando, rindo e nos congratulando quando deveríamos ter trabalhado. Mas, no quarto de hora que trabalhamos, antes do ouro parar de brilhar, removemos o que teríamos levado um mês para extrair com o método normal. A fórmula funciona, isso é certo. Funciona tão bem quanto eu esperava ou até melhor.

Olhando para o rio, Warm parecia contente ao pensar em seus sucessos e senti uma poderosa inveja enquanto o observava. Estava colhendo os benefícios, tanto monetários como espirituais, de seu trabalho e de sua inteligência, e isso me fazia pensar em meu próprio caminho, que, por comparação, era ainda menos inteligente e ainda mais desalmado. Charlie também estudava Warm, apesar de sua expressão ter menos admiração e mais uma curiosidade enigmática. Acho que Warm não percebeu nossas atenções voltadas para ele e continuou a contar sua história:

— Foi simplesmente a coisa mais linda que já vi, cavalheiros. Centenas e centenas de grãos de ouro, cada um deles aceso, brilhante como a chama de uma vela. Posso dizer que é o trabalho mais agradável que já fiz, entrando na água e pisando na terra, pegando as pedras de ouro e colocando-as no balde. — Seus olhos estavam entrecerrados e concentrados na memória; senti um calafrio quando olhei para o rio e o imaginei como ele tinha descrito. — Vinte e quatro horas — disse ele —, e aí vocês verão por si mesmos.

Mais uma vez, ele começou a coçar a canela, mais forte agora; percebi, sob a luz da fogueira, que a cor de sua pele tinha escurecido e que a carne estava dura. Ele assentiu para minha expressão curiosa e falou:

— Algo com que eu não contava, é verdade. Sabia que a fórmula era cáustica, mas assumi que não faria mal depois de diluída no rio. No futuro, precisaremos nos equipar com algum tipo de proteção para os pés e as canelas.

Morris chamou-o da barraca, e Warm pediu licença. Quando voltou, estava mais carrancudo e nos confessou que Morris estava tendo dificuldade para se aclimatar à vida ao ar livre.

— Deus sabe o quanto devo a ele, mas vocês precisavam ver seu rosto quando o forcei a deixar seus pós e perfumes em São Francisco. É inconcebível para mim que ele tenha conseguido chegar à Califórnia vindo de Oregon City carregando todos aqueles frascos e caixas.

— Como está o braço dele? — perguntei.

— A bala só raspou, e ele não está em perigo até onde posso ver, mas moralmente está abalado. Está muito mal por vocês dois terem conseguido chegar aqui, e suas pernas o estão incomodando, mais do que as minhas até. Mas você falou algo sobre um remédio? Isso o deixaria mais tranquilo, acho, sobre a ajuda que você ofereceu.

Charlie me mandou voltar ao nosso acampamento e pegar nossas coisas enquanto ele e Warm discutiam os detalhes finais do consórcio. Quando voltei com Nimble, sobrecarregado pelo peso de nossas selas e da bagagem, Charlie tinha arrastado os três irmãos mortos para mais perto do fogo, algo que entendi imediatamente, mas que Warm, de pé ao lado dele, não poderia ter compreendido.

— Não seria melhor enterrá-los na floresta? — sugeriu ele. — Não gostaria de olhar para o rosto deles pela manhã.

— O sol nunca mais vai brilhar sobre eles — respondeu Charlie, colocando um dos homens diretamente em cima das chamas.

— O que você está fazendo? — perguntou Warm.

— Como está seu estoque de óleo para lamparina?

Com isso, Warm entendeu. Ele entregou seu suprimento de óleo e eu, em troca, dei o álcool e o remédio entorpecedor. Ele se retirou para cuidar de Morris enquanto eu ajudava Charlie a empilhar os cadáveres. Nós os cobrimos de óleo da cabeça aos pés e logo os três estavam queimando, exultantes, seus corpos empilhados e enegrecidos na base da fogueira. *E eu queria uma vida mais calma,* pensei. O rosto de Warm apareceu na entrada da barraca para ver o horrível espetáculo. Ele parecia triste. Depois de algum tempo, ele falou para ninguém em especial:

— É o suficiente por hoje. — Sua cabeça desapareceu, e eu fiquei sozinho, mais uma vez, com meu irmão.

Vendo Charlie desenrolar seu saco de dormir, eu quis perguntar no que estava pensando, porque queria muito confiar nele, queria que finalmente tivesse tomado uma decisão moral, mas não podia pensar nas palavras corretas para falar e tinha medo de qual poderia ser a resposta. Além disso, eu estava esgotado e, assim que deitei minha cabeça, caí no mais impenetrável e pesado sono sem sonhos.

Quando acordei, o sol iluminava meu rosto, o som do rio chegava aos meus ouvidos, e Charlie não estava ao meu lado. Warm estava parado ao lado da pilha de cinzas da fogueira com um graveto comprido em sua mão, meio agachado. Ele apontou para um dos crânios escurecidos de um dos irmãos mortos e disse:

— Está vendo? Agora, olhe só.

Ele bateu no alto do crânio, que desmoronou como pó.

— Aí está a sua última recompensa como homem civilizado.

Suas palavras tinham soado um pouco amargas, por isso perguntei:

— Você não teme a Deus, Warm?

— Não. E espero que tampouco você tema.

— Não sei se temo.

— Você teme o Inferno. Mas a religião é só isso, na verdade. Medo de um lugar onde preferimos não estar e onde não existe algo como suicídio para que possamos escapas.

Por que fui mencionar Deus logo depois de acordar?, pensei. Warm voltou sua atenção para a pilha de cinzas.

— Suponho que o cérebro cozinhe até desaparecer — disse a si mesmo. — O calor o converte em água, que depois evapora. Só um pouco de fumaça, e lá vai o precioso órgão flutuando pelo ar.

— Onde está Charlie?

— Ele e Morris foram nadar. — Warm encontrou outro crânio e o destruiu da mesma forma.

— Eles foram juntos? — perguntei.

Olhando rio acima, ele falou:

— Morris estava reclamando das pernas, e seu irmão disse que um mergulho poderia aliviar a sensação de queimado.

— Há quanto tempo eles partiram?

— Meia hora. — Warm deu de ombros.

— Você pode me levar até eles?

Ele respondeu que sim. Não estava alarmado, e eu não pretendia preocupá-lo, mas tentei apressá-lo o máximo possível, agindo como se estivesse com muito calor e pronto para um mergulho. Warm não gostava de apressar-se, no entanto; na verdade, parecia insistir em parar e dissecar todas as coisas. Enquanto colocava as botas, ele se perguntou:

— O que você imagina que aconteceu com o primeiro homem que decidiu envolver seus pés descalços com folhas ou couro para se proteger? Provavelmente foi expulso da tribo, castrado. — Ele riu. — Provavelmente foi apedrejado e morto!

Eu não tinha nada para falar, mas Warm não parecia precisar de resposta e continuou seu discurso enquanto subíamos o rio:

— Claro que, naquela época, os pés das pessoas eram cobertos de calos bem duros, então o desejo de usar algo provavelmente teve mais a ver com aparência do que conforto ou necessidade, pelo menos nos climas mais quentes.

Ele apontou para uma águia voando baixo; quando o pássaro mergulhou e agarrou um peixe pesado, Warm aplaudiu.

Suas pernas não estavam boas e ofereci meu braço, que ele segurou, agradecendo. A areia era macia e funda, por isso pediu várias vezes para descansarmos, e eu, apesar de não querer parar mais do que o necessário, também hesitava em explicar minhas razões para ter pressa. Mas Warm deduziu-as; ele riu e me perguntou:

— Você não confia completamente em seu irmão, não é?

No contexto de nossa frágil aliança de negócios, e como Charlie estava sozinho com o companheiro mais fraco de Warm, essa era uma pergunta séria, mas ele demonstrava apenas alegria, como se estivéssemos trocando fofocas inocentes.

— É difícil entendê-lo — foi minha resposta indireta.

— Morris, acho, desprezava seu irmão antes da ajuda que nos deram ontem à noite. E hoje de manhã pareciam grandes amigos. O que você pensa disso?

— Não sei o que falar, exceto que isso não é comum.

— Você não acha que sua ajuda seja sincera?

— Estou surpreso por ouvir isso, é tudo.

Warm parou para coçar a canela e pude ver que a pele estava bem mais escura, com bolhas começando a se formar na rótula. A coceira estava ficando mais intensa, então ele arrancava a própria pele com as unhas; acredito que estava frustrado com o fato de a fórmula ter um agente irritante, estragando assim a beleza de seus planos. Finalmente, ele se deitou para bater nas pernas e diminuir a louca coceira, e isso pareceu trazer algum alívio. Endireitando as pernas da calça, ele me perguntou:

— Mas você não acha realmente que Charlie pode matar o velho Morris, acha?

— Não sei. Espero que não. — Ele colocou seu braço sobre o meu e continuamos a subir o rio. — Admito que parece estranho falar com você dessa forma.

Ele balançou a cabeça.

— O melhor é manter as coisas em aberto, até onde sei. E já não estão assim? Realmente, o que Morris e eu podemos fazer? Preferiríamos que você e seu irmão não nos matassem, mas estamos mais ou menos à mercê, não estamos?

— Que grupo você juntou, Warm.

Em um tom grave, ele falou:

— Problemático, não é? Um dândi e dois assassinos infames.

Comecei a rir, e Warm me perguntou o que era engraçado.

— Você e suas pernas e mãos roxas. Morris e meu irmão. Os homens empilhados no fogo. Meu cavalo morto caído de uma colina.

Warm apreciou meu sentimento e ficou parado ao meu lado.

— Há algo de poeta em você, Eli. — Ele disse que gostaria de me perguntar algo pessoal e dei minha permissão. — É uma pergunta que fiz a Morris há algum tempo, mas agora estou me questionando a mesma coisa sobre você, que é como chegou a trabalhar para um homem como o Comodoro.

— É uma longa história. Basicamente, meu irmão conhece a violência desde jovem, graças ao nosso pai, que era um homem mau. Isso trouxe muitos problemas a Charlie, entre eles o fato de, ao ser insultado, não conseguir brigar usando socos ou até facas, mas tendo que levar cada episódio até a morte. Bom, você mata um homem, e então o amigo, o irmão ou o pai da vítima vem se vingar e começa tudo de novo. Então, Charlie às vezes se encontrava em minoria, e era aí que eu entrava. Eu era jovem, mas meu temperamento estava sempre agitado, e a ideia de alguém machucando meu irmão mais velho, que até então tinha sido um irmão muito bom e protetor, era suficiente para me deixar louco. Com o crescimento de sua reputação, aumentou o número de oponentes, juntamente com a necessidade de assistência, e na época ficou claro para todo mundo que quem se levantasse contra um de nós iria brigar contra os dois. E descobrimos, e não sei por quê, já que muitas vezes desejei que não fosse assim, que tínhamos e temos uma aptidão para matar. Por causa disso, fomos procurados pelo Comodoro, que nos ofereceu emprego. No começo, eram trabalhos que exigiam o uso de força, cobrar dívidas, esse tipo de coisa, mas depois passamos a cometer assassinatos. Mas, como ele foi confiando mais na gente, e como o salário aumentou, logo conseguimos mais trabalhos.

Warm estava ouvindo com interesse, e seu rosto estava tão sério que eu não pude deixar de rir.

— Sua expressão me diz sua opinião sobre a minha profissão, Warm. Estou inclinado a concordar com você. De qualquer forma, e como eu estava falando com Charlie, este é meu último trabalho.

Warm parou de caminhar e se virou para mim com um olhar perdido e cheio de medo. Perguntei a ele qual era o problema, e ele falou:

— Acredito que você quis dizer que seu trabalho anterior foi o último. Por que não planejam concluir esse trabalho, não é isso?

A gente tinha acabado de fazer uma curva no rio; olhando para cima, vi Charlie, nu, saindo da água para pegar suas roupas na margem. Morris estava boiando atrás dele, de barriga para cima, parado. Quando Charlie se virou para nós, seu rosto se abriu num sorriso, e ele acenou. Morris estava tranquilo e também acenou e gritou. Meu coração batia forte; parecia que todo o sangue estava sendo drenado dele. Voltando minha atenção para Warm, respondi:

— Foi só uma confusão com as palavras, Hermann. Já deixamos de trabalhar para o homem. Dou minha palavra.

Warm ficou parado na minha frente, olhando diretamente para mim. Suas maneiras expressavam várias coisas ao mesmo tempo: solidez, prudência, fadiga, mas também uma energia ou um brilho, algo como o centro de uma chama baixa. É isso que eles chamam de carisma? Não sei exatamente, exceto que digo que Warm estava mais ali do que um homem comum.

— Eu acredito em você — disse ele.

Chegamos aonde estavam os outros, e Morris nos chamou da água.

— Hermann! Você precisa entrar! Realmente ajuda muito.

Sua voz estava mais aguda, e ele parecia fora de si, distante de suas restrições pessoais de rigidez e seriedade e muito feliz com tudo.

— O bebê alegre — comentou Warm, deitando-se na margem. Entrecerrando os olhos por causa do sol, ele olhou para cima e pediu: — Você pode me ajudar com minhas botas, Eli, por favor?

À noite, encontrei-me descansando em frente ao fogo com Warm, esperando o céu escurecer para que pudéssemos usar a fórmula de forma mais eficiente. Para passar o tempo, ele me encorajou a falar da minha vida, a contar a ele minhas aventuras perigosas, só que eu não tinha vontade e, na verdade, queria me esquecer de mim mesmo por um momento. Devolvi as perguntas, e ele foi bem mais comunicativo do que eu. Warm adorava falar sobre si mesmo, apesar de não fazer isso de uma forma orgulhosa ou egocêntrica. Acho que ele meramente reconhecia que sua história era incomum e gostava de contá-la. Dessa forma, sua vida foi revelada para mim de uma só vez.

Ele nasceu em 1815, em Westford, Massachusetts. Sua mãe tinha quinze anos e fugiu depois de dar à luz, assim que se sentiu forte o suficiente para ir embora. Ela deixou Warm aos cuidados de seu pai, Hans, um imigrante alemão, relojoeiro e inventor.

— Um grande pensador, um charadista incansável e um solucionador de problemas. Ele nunca conseguiu solucionar os próprios, no entanto, e não havia poucos. Era difícil… conviver com ele. Deixe-me dizer que meu pai tinha alguns hábitos pouco comuns.

— Como quais? — perguntei.

— Coisas feias. Um tipo específico de desvio. É desagradável demais para falarmos sobre isso. Imaginar essas cenas o faria perder o apetite. Melhor deixar o assunto de lado.

— Entendo.

— Não entende e fique feliz por isso. Mas essa foi a razão pela qual ele teve de deixar a Alemanha e, pelo que me lembro, precisou fugir rápido, à noite, perdendo quase tudo que tinha. Ele odiou os Estados Unidos desde que chegou e continuou a odiar com força até sua morte. Lembro-me dele olhando aquela linda paisagem outonal de Massachusetts, cuspindo no chão e falando: "O sol e a lua sentem vergonha de iluminar esse lugar!". Berlim era uma grande metrópole e um parque de diversões para ele, entende? Aqui, ele se sentiu rebaixado e minado, pois sua nova audiência não era tão respeitável quanto a que ele sabia que tinha em casa.

— O que ele inventava lá?

— Ele fazia melhorias pequenas e práticas em invenções já existentes. Um relógio de bolso com uma bússola embutida, por exemplo, e outro que ele desenhou exclusivamente para damas: um modelo menor em formato de lágrima e pintado em tons pastel. Ele era bem pago e benquisto antes de um escândalo arruiná-lo e forçá-lo a fugir. Quando chegou aos Estados Unidos, vestido de forma estranha e sem falar inglês, viu-se desprezado até pelas companhias mais baixas, que ele acreditava estarem muito aquém dele; ao cair na pobreza, sua mente ficou mais obscura, quando já era mais obscura do que a da maioria dos homens. Cada vez mais, suas invenções se tornavam diabólicas, absurdas. No fim, ele concentrou toda a sua energia no refinamento de métodos de tortura e de aparelhos de matar. A guilhotina, falava, era uma personificação mecânica da incapacidade e da preguiça estética do homem. Ele a atualizou para que, em vez de simplesmente remover a cabeça de uma pessoa, o corpo fosse cortado em incontáveis cubos perfeitos. Ele chamou a grande folha de lâminas prateadas cruzadas de *Die Beweiskraft Bettdecke*, o cobertor conclusivo. Inventou uma arma com cinco canos que atiravam simultaneamente e cobriam uma área de trezentos graus. Uma chuva de balas, protegendo uma parte menor, que ele chamava de *Das Dreieck des Wohlstands,* o triângulo da prosperidade, dentro do qual ficava o atirador.

— Não é uma má ideia, na verdade.

— A menos que se lute contra cinco homens ao mesmo tempo, e que estejam diretamente em frente a cada cano, é uma ideia terrível.

— Demonstra imaginação.

— Demonstra um completo desrespeito pela segurança e pela praticidade.

— De qualquer forma, é interessante.

— Isso não vou negar, apesar de que, na época, aos treze anos, eu não gostava muito do trabalho do meu pai. Na verdade, suas invenções me enchiam de horror; não podia evitar a ideia de que queria testá-las em mim, e até agora ouso dizer que isso não era mera paranoia de minha parte. Então, não fiquei muito triste quando ele fez uma mala e foi embora em uma manhã de primavera, sem qualquer instrução ou adeus, nem mesmo um tapinha leve na cabeça. Mais tarde, ele cometeu suicídio, com um machado, em Boston.

— Um machado? Como é possível?

— Não sei. Mas era isso que a carta dizia: "Lamento informar que Hans Warm matou-se com um machado no dia 15 de maio. Posses serão enviadas".

— Talvez ele tenha sido assassinado.

— Não, acho que não. Se havia alguém que poderia encontrar uma forma de se matar com um machado, era meu pai. Nunca mandaram as coisas dele. De vez em quando, eu me pergunto o que ele estava fazendo no fim.

— Depois que ele o abandonou, o que aconteceu?

— Fiquei sozinho por duas semanas em nossa cabana. Quando minha mãe chegou, parou na porta. Tinha vinte e oito anos e era linda como uma pintura. Ela ficara sabendo que eu havia sido abandonado e viera para me levar para Worcester, onde tinha vivido por todo aquele tempo. Estava muito chateada por ter me deixado, mas tinha um medo mortal de meu pai, que bebia muito e a ameaçava com facas, garfos e outras coisas. Era um romance forçado e unilateral, foi o que entendi. Ela não podia discutir o tempo que passaram juntos sem repugnância. Mas isso era passado, e nós dois ficamos felizes por nos reunirmos. Durante todo o primeiro mês em Worcester, ela simplesmente me abraçava e chorava. Era a isso que se resumia o nosso relacionamento. Eu me perguntava se aquilo iria parar.

— Parece que era uma boa mulher.

— Era mesmo. Foram cinco anos de relações felizes, em que nossa vida foi um tipo de perfeição. Ela tinha recebido uma herança de sua família em Nova York, e assim eu sempre tive o suficiente para comer e minhas roupas eram limpas. Ela me encorajava na minha busca por conhecimento, pois desde jovem tive curiosidade pela maioria das coisas, de engenharia mecânica a botânica e química, sim, isso é óbvio! Infelizmente, essa existência feliz não durou, porque, quando me tornei adulto, ficou claro para ela que eu era o filho do meu pai, tanto na aparência como no temperamento. Fiquei obcecado por meus estudos e dificilmente saía do meu quarto. Quando ela tentou me direcionar para passatempos mais saudáveis, fui tomado por uma raiva que amedrontou a nós dois. Passei a beber, não muito no começo, mas o suficiente para me tornar abusivo e desprezível, assim como meu pai tinha sido. Tendo passado por isso antes, minha mãe compreensivelmente achou meu comportamento repelente, e sua afeição foi diminuindo até não haver nada entre nós, nada a não ser a necessidade de que eu fosse embora, que foi o que fiz, levando meu pequeno saco de dinheiro para Saint Louis ou, devo dizer, deixando meu saco em Saint Louis, o que me obrigou a parar de viajar. Era inverno, e tive medo de morrer de frio, de tristeza ou dos dois. Vendi meu cavalo e me casei com uma mulher gorda a quem eu não amava nem um pouco. Ela se chamava Eunice.

— Por que você se casaria com alguém de quem não gosta?

— Ela tinha um enorme fogão em sua cabana, que emanava calor como os carvões do inferno. E, pelo seu corpo, parecia ter uma pilha de comida em casa, que poderia alimentar nós dois por toda a primavera. Você está sorrindo, mas garanto que foram minhas únicas motivações: calor e alimento. Queria tanto algum tipo de conforto que teria me casado com um jacaré, se pudesse dividir sua cama. E foi como me casar com um jacaré, se você levar em conta a pouca bondade que Eunice demonstrou em relação a mim. Ela não tinha graça ou charme. Tinha um não charme ou anticharme. Um poço sem fundo de antagonismo e hostilidade. E era terrivelmente feia. E cheirava a folhas podres. Uma bruta, para ser breve. Quando o dinheiro da venda do meu cavalo acabou, e quando ela entendeu que eu não tinha planos de copular com ela, empurrou-me da cama para o chão, onde o calor do fogão queimava meu peito enquanto o vento frio que entrava pelas frestas das tábuas de madeira congelava minhas pernas. Também minha esperança de uma mesa de jantar farta foi logo perdida. Eunice era tão protetora com seus biscoitos como uma mamãe ursa com seus filhotes. De vez em quando, ela me dava um ensopado aguado, então vamos dizer que não era de todo má, mas seu lado bom se mostrava em quantidades tão escassas que você tinha de olhar bem para encontrá-lo. Mas, como eu disse, estava terrivelmente frio, e eu tinha tomado a decisão de passar o inverno naquela cabana, de uma forma ou de outra. Quando o clima melhorasse, eu a roubaria e fugiria para o oeste, e eu riria por último. Ela percebeu meu plano, no entanto, e preparou uma armadilha para mim antes que eu pudesse armar a minha. Um dia, cheguei em casa do *saloon* e encontrei um homem bravo e grande sentado à mesa de jantar. Ele tinha um prato cheio de biscoitos na sua frente. Entendi tudo imediatamente. Desejei-lhes boa sorte e fui embora.

— Foi amável da sua parte.

— Voltei uma hora mais tarde, decidido a botar fogo na cabana. O homem me pegou tentando acender meus fósforos e me chutou com tanta força nas costelas que me jogou no alto. Eunice viu tudo pela janela. Foi a única vez que a vi rir. Ela riu por muito tempo. De qualquer forma, e é embaraçoso dizer, fiquei desencantado depois desse episódio doloroso e me tornei um ladrão comum por um tempo. Não conseguia deixar de pensar no meu azar, era isso. Poucos meses antes, eu estava em paz com meus livros, limpo, abrigado e bem alimentado, feliz ao máximo. E, naquele instante, apesar de não ter cometido nenhum erro, eu me via entrando furtivamente em celeiros à noite e me enfiando no feno cheio de esterco para não morrer de frio. Falei para mim mesmo: "Hermann, o mundo levantou seu punho e derrubou você!". Resolvi dar uma resposta.

— O que você roubava?

— No começo, eu ia atrás das necessidades mais básicas. Um pedaço de pão aqui, um cobertor ali, um par de meias de lã, coisas pequenas que não deveriam ser negadas a nenhum homem. Mas, a cada crime, eu me tornava mais furtivo, petulante e ganancioso. Depois de um tempo, comecei a levar tudo que podia carregar, só pelo prazer malicioso que sentia com isso. Roubei itens que nunca usaria. Um par de botas de mulher. Um berço. Num ponto, fugi de um abatedouro com a cabeça de uma vaca nos meus braços. Para quê? Que propósito isso poderia ter? Quando ficou muito pesada, joguei a coisa no rio. Flutuou um pouco e depois afundou como uma pedra. Roubar se tornou uma doença. Acho que eu via isso como uma forma de me vingar de todos que não estavam tremendo, famintos e sozinhos. Foi mais ou menos nessa época que comecei a ser dominado pela bebida, física e espiritualmente. E se existe uma estrada escorregadia...

— Meu pai bebia. E Charlie também bebe.

— É algo que ainda me ataca e talvez sempre me atacará. Claro que seria melhor tampar a garrafa para sempre. Eu reconheci o problema. Sei que não é bom para mim. Por que não parar? Por que não colocar um fim? Não, isso faria muito sentido. Seria razoável demais. Ah, é uma estrada escorregadia, com certeza, não tenha dúvidas. Bom, dias e meses passaram por mim e fui ficando mais sujo e mais depravado, por dentro e por fora. Há alguns tipos sem sorte que se orgulham de suas unhas cortadas e limpas, homens que se orgulham de seus banhos semanais, não importa as dificuldades financeiras. Eles vão regularmente à igreja e se sentam pacientemente nos bancos, esperando uma mudança de destino sem um traço de amargura, com suas barbas bem-cuidadas. Deixe-me dizer que eu não era um desses. Na verdade, era o oposto. Fiquei cada vez mais sujo. Cada vez mais queria deitar e me rastejar na terra e chegar realmente a viver dentro dela. Meus dentes caíram, e isso me agradou. Meu cabelo caía em tufos, e isso me agradava. Eu era o idiota da vila, delirante e maníaco, em resumo, só que a vila não era um lugar humilde com casinhas, eram os Estados Unidos. Por fim, fui tomado por uma preocupação inabalável, que era a crença de que eu era realmente composto de sujeira humana.

— O quê?

— Uma massa viva de lixo. Excremento. Meus ossos eram excremento endurecido. Meu sangue... era excremento líquido. Não me peça para explicar. É algo que nunca vou ser capaz de fazer. Eu estava sofrendo, se não me engano, de escorbuto, que juntamente com a bebida e a agitação mental criaram essa ideia estranha.

— Um lixo vivo.

— Eu me deleitava com esse pensamento. Meu passatempo favorito era abrir caminho entre uma multidão, tocando e acariciando os braços nus de mulheres desacompanhadas. A visão de minha imundície em seus braços pálidos era uma das coisas mais satisfatórias que eu podia imaginar.

— Acho que você não era muito popular.

— Eu era um assunto popular. Socialmente, porém? Não, não era muito bem-visto. Mas eu raramente ficava no mesmo lugar por tempo suficiente para me tornar mais do que uma lenda urbana. Maníaco ou não, eu não era tonto e sabia muito bem que deveria atacar e sumir, antes que alguém fosse violento comigo. Roubava um cavalo e ia para a cidade seguinte, onde recomeçava minha campanha de contaminação. Meus dias eram de excremento, sujeira e os mais sombrios dos pecados, e eu vivia pela metade, só me aguentando, esperando e desejando, acho, a morte. Mas, numa manhã, eu acordei e me encontrei num lugar muito curioso. Gostaria de adivinhar que lugar era? Não diga prisão.

— Eu ia dizer isso.

— Deixe-me contar, então. Acordei com a rainha de todas as ressacas de uísque numa cama de um alojamento militar. Estava limpo e minha barba tinha sido feita. Meu cabelo estava cortado, e eu usava um uniforme de soldado. O toque de alvorada gritava nos meus ouvidos, e achei que fosse morrer, literalmente, de medo e de confusão. Então, um soldado sorridente se aproximou e segurou meu braço. "Acorde, Hermann!", gritou ele. "Se perder o toque de levantar mais uma vez, vai acabar se dando mal!"

— Mas o que tinha acontecido?

— Era exatamente o que eu queria saber. Mas entrei em formação. Como você tentaria descobrir o que tinha acontecido?

— Acho que perguntaria a alguém.

Warm assumiu postura e voz sérias:

— "Com licença, meu bom homem, mas você poderia me contar como é que eu acabei entrando aqui? É só um pequeno detalhe, mas eu não consigo me lembrar."

— Seria uma forma estranha de começar uma conversa — admiti. — Mas o que mais você poderia fazer? Não dava para simplesmente seguir com a farsa.

— Mas foi exatamente o que eu fiz. Entrei em formação. Você deve entender, Eli, que fiquei desconcertado ao extremo. Como um alcoólatra, eu estava acostumado a ter uma ou duas horas apagadas de minhas memórias de vez em quando, toda uma noite às vezes. Mas quanto tempo tinha se passado para eu me juntar àquele alojamento e estabelecer relacionamentos com os outros soldados, sendo que todos pareciam me conhecer bem? Como eu poderia não me lembrar de tão drástica mudança? Decidi manter minha cabeça baixa e entrar no jogo até conseguir entender as coisas.

— E você chegou a descobrir?

— Foi tudo coisa do soldado sorridente, que se chamava Jeremiah. De vez em quando, para afastar o tédio, ele ia até a cidade e procurava o pior bêbado, o mais sujo. Ele o enchia de bebida, extraía informações pessoais e depois, quando o homem estava totalmente incapacitado, arrastava-o até o alojamento, colocava um uniforme militar e o punha numa cama. Foi o que aconteceu comigo.

— Você ficou muito bravo quando entendeu que tinha sido enganado?

— Não muito, porque quando descobri já me sentia feliz por estar ali. A vida no alojamento trouxe algumas mudanças positivas. Fui forçado a me banhar regularmente, algo de que não gostava no começo, mas persisti, e esse retorno aos hábitos de limpeza conseguiu acabar com minha atormentada obsessão por excrementos. Eu era bem alimentado e as camas eram confortáveis. Os dormitórios eram quentes o suficiente e sempre havia um pouco de bebida à noite. Jogávamos cartas e cantávamos. São homens robustos, esses soldados. Um bando de órfãos, na verdade, sozinhos no mundo, passando o tempo juntos, sem muito que fazer. Dessa maneira, seis ou sete meses tranquilos se passaram, e eu estava começando a me perguntar como poderia sair dali quando tive a sorte de ficar amigo de um tenente-coronel chamado Briggs. Se não o tivesse conhecido, nós não estaríamos aqui sentados, esperando para colocar as mãos nas riquezas do rio.

— O que aconteceu?

— Vou contar. Eu estava passando pelo quarto dele numa noite quando notei a porta entreaberta, e ela geralmente ficava não só fechada como trancada. Como muitos dos outros soldados, eu tinha curiosidade sobre ele, porque, enquanto os oficiais típicos eram como capatazes que adoravam gritar, Briggs era tímido e reservado, um homem magro, grisalho, com um olhar distante, sempre trancado na privacidade de seu quarto, fazendo sabe Deus o quê. Não há muitos mistérios entre os militares, e descobri que não podia deixar de investigar. Abri a porta e olhei. Diga-me, então, Eli, o que você acha que eu vi?

— Não sei.

— Dê um chute.

— Realmente não sei, Hermann.

— Não gosta de adivinhar, é isso? Certo, vou contar. Vi nosso homem, Briggs, parado, sozinho, mergulhado em profundo pensamento e usando um avental de algodão. Na mesa em frente a ele, havia um bico de gás e um béquer, além de uma parafernália de laboratório. Espalhados por todo o seu quarto, havia numerosos livros grossos.

— Ele era um químico?

— Era seu hobby, mas ele não era muito bom, como descobri depois. Mas a visão de seus equipamentos tomou conta de mim. Sem saber o que estava fazendo, entrei no quarto e fiquei parado em frente ao equipamento, olhando para aquilo como se estivesse hipnotizado. Quando notou minha presença, Briggs ficou envergonhado e me xingou, atacando minha impertinência e mandando que eu saísse do quarto. Pedi perdão, mas ele não me ouviu e me empurrou para fora. Não consegui dormir naquela noite. A proximidade dos livros e equipamentos tinha reacendido minha vontade de estudar e aprender e me dominou como uma febre, e, finalmente, eu me levantei da cama e escrevi uma carta para Briggs à luz de uma vela, explicando meu passado e o do meu pai, e essencialmente exigindo que me aceitasse como seu assistente. Enfiei a carta por baixo de sua porta, e ele me chamou na manhã seguinte. Estava cauteloso, mas quando percebeu minha seriedade e a profundidade de meus conhecimentos conseguimos entrar num acordo, que terminou sendo que eu o ajudaria em seus experimentos, e, como pagamento, ele me daria acesso ao seu equipamento e aos seus livros, e eu poderia ter uma quantidade de tempo para trabalhar sozinho no quarto dele. Desisti de minhas costumeiras noites de cartas, uísque e histórias sujas em troca de um laboratório razoavelmente ambicioso, pelo menos para um acampamento militar. Guiado então por minha própria intuição, e também pelos livros que Briggs tinha em sua biblioteca, fui levado ao reino da Luz.

Warm parou a fim de se servir uma xícara de café. Ele me ofereceu uma caneca, mas eu recusei. Ele bebeu um pouco e voltou para sua história.

— Os anos que haviam passado desde que eu tinha estudado pela última vez, quantos tinham sido? E em todo esse tempo eu não tinha feito nada além de me maltratar. Eu não tinha nenhuma força, nem física nem mental, e, quando me sentei e abri um livro naquela primeira noite, fui tomado pela preocupação de que meu cérebro não reconheceria as palavras como no passado. O cérebro é um músculo, afinal, e eu teria de retreiná-lo, não acha? Hein? Bom, tive uma boa surpresa, que foi que minha mente, não sei de que maneira, tinha melhorado por conta própria durante aquele tempo, esperando pelo dia em que eu tirasse a poeira e a usasse de novo. Esse dia havia chegado, e meu cérebro, como se temesse que eu pudesse ignorá-lo de novo, atacou cada página de cada livro com uma magnífica força e vitalidade. Era tudo que eu podia fazer para me recuperar, e ainda bem que fiz isso, pois recebi meu prêmio alguns meses depois, quando tive a ideia da fórmula de encontrar ouro, ou, devo dizer, ela me atingiu, porque foi como se eu tivesse sido atingido no peito por uma pedra pesada; eu realmente caí sentado na cadeira. O pobre Briggs não soube o que havia de errado comigo. No começo, eu não conseguia falar. Aí, passei para o papel, mas não consegui me mover por uma hora.

— O que ele achou da ideia?

— Isso eu não sei, porque nunca contei, e ele nunca me perdoou por não ter contado. Não que eu desconfiasse dele pessoalmente, mas eu não achava que nenhum outro homem conseguiria guardar essa informação. Era simplesmente muito peso para carregar. Claro que isso o ofendeu muito, e ele me baniu de volta para o dormitório, onde tentei, por um tempo, continuar meu trabalho. Quando isso se mostrou impossível, pois os homens se divertiam escondendo ou modificando minhas anotações, comecei a planejar minha deserção. Mas quando um dos meus companheiros tentou isso antes de mim, sendo pego e fuzilado no mesmo dia, o pensamento de deserção perdeu o apelo para mim. No fim, quando eu estava começando a me sentir desesperado, temendo que minha grande ideia desaparecesse no ar, procurei Jeremiah, o homem responsável por minha presença ali. Falei para ele: "Jeremiah, quero sair daqui. Diga-me, por favor, o que eu devo fazer?". Ele colocou as mãos nos meus ombros e disse: "Se quer ir embora daqui, então você deve se virar e ir embora. Porque, Hermann, você não é realmente um militar". Eu nunca tinha sido admitido formalmente, nunca tinha assinado meu nome em nenhum lugar. Naquela noite, eles deram uma festa. Saí de manhã e montei um modesto laboratório numa cabana nos arredores, onde eu também vivia. Levei quase um ano de tentativas e erros antes de obter os resultados desejados. Primeiro, consegui iluminar o ouro, mas só por um breve instante. Quando descobri uma forma de sustentar o brilho, algo na fórmula transformou o ouro em cinzas. Num momento, queimei metade da minha cabana acidentalmente. Não foi fácil, é o que quero dizer. Quando finalmente fiquei satisfeito com os resultados, ouvi a notícia de que tinham encontrado ouro na Califórnia, e vim para o oeste pela trilha de Oregon. Isso me levou a Oregon City e ao seu homem, o Comodoro. A partir daí, acredito, você sabe a história.

— Mais ou menos.

Warm coçou as mãos e as pernas. Olhando para cima, ele falou sobre o ombro:

— O que você acha, Morris? O céu está escuro o suficiente para você?

Morris gritou de volta:

— Mais um minuto, Hermann. O desgraçado se escondeu numa esquina, mas está perto da morte.

— Veremos — disse Charlie.

Estavam jogando cartas na barraca.

Quatro homens tirando as calças ao mesmo tempo ao lado de um rio à noite. O fogo estava alto atrás de nós e tínhamos tomado três goles de uísque cada, que, tínhamos decidido, era a quantidade apropriada para a tarefa à frente – o suficiente para compensar o frio da água, mas não o bastante para não conseguirmos nos concentrar no trabalho e, mais tarde, lembrar de tudo. O castor chefe estava sentado, desajeitado, no alto da represa, acompanhando nossos movimentos e coçando-se com suas patas traseiras como um cachorro; a fórmula tinha criado feridas em sua carne também. Mas onde estavam seus camaradas? Parecia que estavam se escondendo ou descansando. Quando meu pé tocou a água, comecei a rir, nervoso, mas me reprimi, sentindo que a felicidade não era adequada ou era uma falta de respeito; a que ou quem, eu não saberia dizer, mas tinha a impressão de que estávamos todos prendendo o fôlego da mesma maneira e pelas mesmas vagas razões.

Um dos barris tinha sido rolado até a margem e destampado, estando pronto para ser derramado. Notei o aroma da fórmula e senti uma queimação instantânea no peito. Morris estava parado na beirada, olhando para a água com terror.

— Como estão suas pernas, Morris? — perguntei.

Olhando suas canelas, ele balançou a cabeça.

— Nada bem — respondeu.

— Coloquei uma vasilha de água no fogo e separei um pouco de sabão para nos lavarmos logo depois — falou Warm. — Morris e eu não pensamos nisso da última vez, por isso nossos problemas atuais. —Virando-se para Morris, perguntou: — Consegue aguentar outra noite?

—Vamos acabar logo com isso — murmurou Morris. Suas pernas estavam assadas até as coxas; sua pele estava ferida e coberta de bolhas gordas, cheias de um líquido marrom pesado. Ele estava tendo problemas para ficar de pé, e, quando chegou perto da água, eu me perguntei por que estávamos fazendo isso com ele.

— Morris — falei. — Acho que você não deveria trabalhar esta noite.

— E deixar o ouro para vocês? — zombou, mas seu tom e a fraqueza em sua garganta traíam qualquer fingimento de bom humor. Ele estava com medo, e Warm foi rápido em concordar comigo.

— Eli está certo. Por que não se senta e descansa por enquanto? Você vai receber uma parte do que eu tirar.

— E da minha parte também — falei.

Warm e eu olhamos para Charlie. Sua caridade demorava mais para vir à tona, mas ele acabou assentindo e falando:

— Da minha também, Morris.

— Está vendo? — disse Warm.

Morris hesitou. Seu orgulho tinha sido despertado, e ele não queria desistir.

— E se eu tirasse só da parte rasa?

— Você está sendo gentil em sugerir — disse Warm —, mas isso pode custar suas pernas. O melhor é descansar agora e deixar que trabalhemos. Você pode compensar da próxima vez, certo? O que acha?

Morris não respondeu, mas se afastou de nós, olhando para a areia.

Animado, Warm falou:

— Da última vez, o brilho estava concentrado deste lado do rio, onde jogamos a fórmula, mas, se as águas fossem agitadas, com um galho de árvore, digamos, do alto da represa, provavelmente aumentaríamos o campo de iluminação.

Morris gostou da ideia e encontramos um comprido galho para ele. Warm o acompanhou e o instalou no alto da represa, afastando o castor de volta para a água antes de continuar sozinho até a outra margem, que seria sua área de concentração. Ele pediu que eu e Charlie derramássemos o primeiro barril nas águas, avisando para não deixarmos o líquido tocar nossa pele.

— Já puderam ver que já é dolorido misturado com água; o líquido puro pode abrir um buraco em vocês. — Ele apontou para o segundo barril, posicionado na margem, uns vinte metros rio acima. — Assim que o primeiro estiver vazio, façam o mesmo com o outro.

— E o terceiro? — perguntou Charlie. — Não seria melhor derramar todos e pegar tudo de uma vez?

— Já estamos brincando com a sorte usando dois barris — respondeu Warm.

— Se usássemos tudo esta noite, poderíamos ir embora de manhã e levar Morris ao médico.

— Se usarmos tudo, todos nós precisaremos de médicos. Mantenha o foco, Charlie, por favor. Depois que vocês esvaziarem o segundo barril, Morris mistura tudo. Quando virem o brilho, peguem seus baldes e comecem a trabalhar rápido!

Charlie e eu nos agachamos ao lado do barril para levantá-lo. Minhas mãos estavam tremendo muito, e fiquei bastante nervoso de repente; meus ombros se contraíam e tremiam. *Não me sinto assim desde que deitei com uma mulher pela primeira vez,* pensei. E era exatamente o mesmo tipo de excitação divina: eu estava torturado pela tontura, ansioso por ver aquele rio ganhar vida. Charlie percebeu meu tremor e minha concentração e me perguntou:

— Tudo bem?

Respondi que achava que sim. Agarrei a parte de baixo do barril com meus dedos, enfiando a mão na areia. Contamos até três, levantamos o barril pesado e começamos a dar uns passos cuidadosos, de lado, entrando lentamente no rio. O choque da água gelada fez Charlie assobiar e depois rir, o que me fez rir também, e paramos de andar por um momento, para que nós dois ríssemos juntos. A lua e as estrelas brilhantes pendiam acima de nossas cabeças. A fórmula se mexia dentro do barril. Sua superfície era negra e prateada, e o rio também mostrava as mesmas cores. Viramos o barril, e o líquido denso caiu da borda. Não consigo me lembrar de jamais ter me sentido tão ousado.

A partir do momento em que começamos a derramar, demos pequenos passos para trás na direção do banco de areia. O barril soltou suas fumaças e seus vapores, e mais uma vez senti o cheiro em meu nariz e meus pulmões; tive ânsias e quase vomitei, de tão forte e esmagador. A ardência atacou meus olhos, e eles imediatamente se encheram de lágrimas.

Quando saímos da água, jogamos o barril na margem e subimos o rio para pegar o segundo. Levantamos e derramamos o novo barril, e depois fiquei esperando na areia. Da outra margem, Warm instruiu Morris a começar a mexer. Como o homem debilitado não conseguiu manter um ritmo rápido o suficiente, Warm pegou outro galho e agitou as águas, batendo na superfície várias vezes, da maneira mais rápida e violenta que conseguiu. Ouvi um barulho atrás de mim e me virei para ver Charlie abrindo o terceiro barril com uma machadinha.

— O que você está fazendo? — perguntei.

— Vamos jogar todos — falou enquanto tirava a tampa do barril.

Warm percebeu seu movimento e gritou do outro lado do rio:

— Deixe isso!

— Vamos jogar todos e acabar com isso de uma vez! — disse Charlie.

— Deixe isso! — gritou Warm. — Eli, impeça-o!

Eu me aproximei, mas Charlie já estava levantando o barril sozinho. Ele deu um passo, e depois outro, antes de perder o equilíbrio e tropeçar; o fluido espesso caiu pela borda e escorreu pela frente do barril, cobrindo sua mão direita até as articulações dos dedos. Em poucos segundos, aquilo começou a atacar sua carne, e ele derrubou o barril na areia, onde a fórmula se espalhou, sendo desperdiçada.

Charlie se agachou de dor, com o queixo travado, e eu peguei seu punho para estudar a ferida. Havia bolhas crescendo nas articulações e subindo pelo pulso – dava para ver as bolhas inchando e murchando, como se estivessem respirando, como um sapo guardando ar em sua garganta. Ele não estava com medo, mas bravo, ofegando como um touro, com a baba escorrendo por seu queixo. *Os olhos estão magníficos,* pensei; o reflexo da fogueira revelava a própria essência do desafio, de um ódio claro. Peguei a água aquecida e joguei sobre a mão de Charlie para remover a fórmula, envolvendo-a depois com uma camisa. Warm não percebeu o que estávamos fazendo, nem que Charlie tinha sofrido um acidente.

— Corram! — gritou ele. — Não estão vendo? Corram!

— Consegue segurar um balde? — perguntei a Charlie.

Ele tentou fechar a mão, e sua testa mostrou a profunda dor que sentia. As pontas de seus dedos, unidas pelo pano, já estavam inchadas, e lembrei que essa era a mão com a qual ele atirava, algo em que ele deve ter pensado no momento em que derramou a fórmula.

— Não consigo fechar — disse ele.

— Mas consegue trabalhar?

Ele falou que acreditava que sim, e eu peguei um balde, deslizando o cabo por sua mão até o braço. Ele assentiu, peguei um balde para mim e nos viramos para o rio.

Enquanto estávamos distraídos com a ferida de Charlie, a fórmula tinha funcionado, e o brilho era tão intenso que precisei proteger os olhos. O fundo do rio estava completamente iluminado e, assim, cada pedregulho e cada pedra estava visível. Os flocos e fragmentos de ouro, que momentos antes estavam frios e camuflados, agora eram pontos da mais pura luz amarelada e alaranjada, tão distintos quanto as estrelas no céu. Warm estava trabalhando, suas mãos enfiadas no rio, sua cabeça subindo e descendo em busca dos pedaços maiores. Ele era metódico e trabalhava de forma inteligente e eficiente, mas seu rosto e seus olhos, iluminados pelo brilho do rio, revelavam o mais supremo prazer. Morris estava exausto e não conseguia mais mexer; ele enfiou o galho no fundo da represa e se encostou nele, olhando para as águas com uma expressão de satisfação calma, quase narcótica. Olhei para Charlie. Seu rosto estava mais tranquilo, mais leve; sua dor e sua raiva haviam desaparecido, esquecidas, e vi como ele engolia em seco. Meu irmão estava maravilhado. Olhou para mim. Sorriu para mim.

No mundo estático dos fatos e dos números, demorou aproximadamente vinte e cinco minutos até o ouro parar de brilhar, mas aqueles momentos, enquanto trabalhávamos no rio, não foram nem breves nem longos, foram, na verdade, de alguma forma removidos da própria noção de tempo – estávamos fora do tempo, foi o que pareceu para mim. Nossa experiência foi tão incomum que fomos elevados a um lugar onde preocupações como minutos e segundos não só eram irrelevantes como não existiam. Esse sentimento, para mim, foi criado não somente pela riqueza que nossas pilhas de ouro cada vez maiores representavam, mas também pelo pensamento de que essa experiência tinha nascido da mente única de um homem, e apesar de nunca antes ter pensado na noção de humanidade ou se eu era feliz ou infeliz por ser humano, senti orgulho da mente humana, de sua curiosidade e sua perseverança e fiquei obstinadamente feliz comigo mesmo por estar vivo e por ser eu mesmo. O ouro de nossos baldes brilhava em densos poços de luz, e os galhos das árvores ao redor estavam tomados pelo brilho do rio. Havia um vento quente descendo pelo vale e sobre a superfície da água que batia no meu rosto e fazia meu cabelo dançar sobre meus olhos. Esse momento, nessa posição no tempo, foi o mais feliz de toda a minha vida. Desde então, senti que foi um momento feliz demais, que os homens não deveriam ter acesso a esse tipo de satisfação, que certamente abafou todos os momentos de felicidade que experimentei desde então. De qualquer forma, e talvez isso seja justo, não era algo que poderíamos manter por muito tempo. Depois disso, tudo imediatamente tornou-se negro e o mais errado possível. Depois disso, tudo foi morte, de uma forma ou de outra.

Contornando a represa para retornar ao acampamento, Morris errou o passo e caiu na parte mais funda do rio. Ele mergulhou na água e não subiu mais. O ouro tinha parado de brilhar, e eu e meu irmão estávamos sentados na areia, ao lado do fogo, limpando-nos com a água e o sabão que Warm tinha preparado. Nosso desconforto, devo dizer, tinha sido mínimo no começo; entre o frio do rio, que formigava na pele, nossa própria excitação e o sangue que corria rápido, nem prestamos atenção em qualquer sensação ruim, mas, quando o ouro voltou a ficar mudo, sentimos um crescente calor que se tornou nossa única preocupação e nosso foco. Agora, agíamos o mais rápido possível, lavando-nos e esfregando nossas mãos e pernas e nossos pés. Charlie só conseguia trabalhar com metade da velocidade, e eu fui ajudá-lo depois de ter me lavado. Tinha terminado de lavar suas pernas quando ouvi o grito de Morris. Quando olhei para a represa, ele estava caindo.

Charlie e eu corremos até a beira d'água ao mesmo tempo que Warm chegava ao centro da represa, trazendo o pesado balde em seu braço direito. Ele olhou para o rio, impotente, e Charlie gritou para que usasse o galho de Morris, ainda enfiado na represa, para tirá-lo dali, mas Warm aparentemente não o ouviu. Ele colocou o balde no chão, e seu rosto estava sombrio. Deu um passo largo e mergulhou nas águas envenenadas. Ressurgiu com Morris, que estava desmaiado, mas respirando, com os olhos fechados, a boca aberta e água escorrendo pela língua.

Quando chegamos ao rio, Charlie e eu nos aproximamos para ajudá-los, mas Warm gritou que não devíamos tocá-los, e obedecemos. Eles deitaram na areia, arfando e cansados, e eu corri até o balde com água, levando-o até a margem. Primeiro, limpei Morris, que gemeu, e depois Warm, que me agradeceu, mas, com o balde logo vazio e os homens precisando de mais água limpa, Charlie e eu os arrastamos até a parte mais alta do rio, longe das águas com a fórmula, e os deitamos na parte rasa. Peguei o sabão e nos agachamos ao lado dos dois, esfregando-os, lavando-os e falando que tudo logo ficaria bem, mas o desconforto deles só crescia, pela forma como reclamavam da dor. Agora se contorciam e tencionavam seus músculos, tremendo como se estivessem sendo imolados lentamente, e, na verdade, acho que era exatamente o que estava acontecendo.

Nós os tiramos da água. Peguei o que restava do remédio entorpecedor e cobri o rosto e a cabeça dos dois. Seus olhos estavam embaçados, com um tom acinzentado, e Morris disse que não conseguia ver. Então, Warm disse o mesmo. Morris começou a chorar, e Warm procurou sua mão. Eles ficaram juntos, de mãos dadas, chorando e gemendo, e, então, começaram a gritar de repente, ao mesmo tempo, como se suas dores estivessem sincronizadas. Lancei um olhar secreto a Charlie: o que devemos fazer? Sua resposta secreta: nada. E ele estava certo.

Exceto matá-los, não havia nada no mundo que pudéssemos fazer por eles.

Morris morreu de madrugada. Charlie e eu o deixamos na margem e carregamos Warm até sua barraca. Ele estava delirando e, quando o colocamos deitado, falou:

— Quanto tiramos, Morris? Que horas são?

Charlie e eu não tentamos responder; preferimos deixá-lo sozinho para dormir ou morrer. O céu estava baixo e com nuvens e dormimos ao lado do fogo até a tarde. Quando começou a chover sobre nós, eu me sentei e percebi duas coisas ao mesmo tempo: que Morris não parecia mais recém-morto, mas totalmente morto; seu corpo duro e sem sangue, de alguma forma mais leve, lembrava mais um pedaço de madeira trazido pelo mar do que um homem, e que os castores tinham saído da água e morrido na margem perto do nosso acampamento. Nove castores mortos enfileirados na areia. Havia algo decorativo nessa cena, mas também nefasto ou proibido. Estavam deitados de barriga para cima, os olhos fechados, com o líder no centro, um pouco à frente dos outros. Não gostei de pensar que o grupo tinha saído silenciosamente das águas e caminhado na direção em que eu e meu irmão estávamos dormindo. Eles estavam pensando, com suas mentes de castor, em nos atacar? Arruinar-nos como tínhamos feito com eles usando nossas poções malignas? Ainda bem que eu nunca saberia a resposta para essa pergunta.

Fiquei triste por Morris ter morrido logo depois de tomar a decisão de corrigir sua vida e abandonar o Comodoro. Fiquei me perguntando se, durante seus últimos momentos, ele sentiu que sua morte era merecida, se desejou nunca ter deixado seu posto, se morreu sentindo remorso e desapontamento. Esperava que não, mas pensei que era provável que sim e odiei o Comodoro por sua influência. Senti um ódio muito forte, como nunca tinha sentido por ninguém antes, e tomei uma decisão particular com relação a ele. A decisão não me fez me sentir melhor, mas eu sabia que faria no futuro, então decidi esquecer o assunto naquele momento, apesar da amargura permanente por nossa noite de glória compartilhada ter terminado com aquele espetáculo grotesco e fracassado.

Eu me levantei e inspecionei minhas pernas. Horas antes, quando deitei para dormir, tive medo de acordar e descobrir que as duas estavam cobertas de bolhas, mas não havia nenhuma. Do meio da coxa para baixo, a pele parecia ter sido queimada por uma tarde ao sol; estavam quentes ao toque e havia um grau de desconforto, mas não estavam nem perto do que eram as de Morris, e eu não acreditava que minha condição pioraria com o tempo.

Charlie estava dormindo de costas, os olhos abertos, com uma ereção pressionando a frente de sua calça, o que, apesar de não querer mais detalhes, tomei como um sinal de bem-estar. *Quem sabe de que forma extraordinária a boa sorte pode chegar em nossas vidas?*, pensei. Levantei as barras de sua calça e vi que suas pernas estavam como as minhas, vermelhas e sem pelos, mas saudáveis. Sua mão, no entanto, estava muito pior, com os dedos roxos ameaçando explodir de tão inchados. Senti uma grande solidão ao ver isso, juntamente com os castores e Morris. Quis acordar Charlie para falar com ele, mas decidi que era melhor deixá-lo dormir.

Lembrei que não tinha limpado meus dentes desde São Francisco e me agachei na beira da água, no alto do rio, onde raspei minha língua, minhas gengivas e meus dentes e cuspi a espuma grossa na superfície da água. Ouvi a voz de Warm e olhei para a barraca.

— Hermann? — chamei, mas ele não falou mais nada.

Decidi cuidar dos castores e peguei-os, um por um, pela cauda e os joguei na água, ao sul da represa. Eram mais pesados do que eu esperava, e a textura de seus rabos não parecia o apêndice de um ser vivo, mas algo feito pelo homem. Charlie tinha acordado e sentado para ver como eu jogava os últimos. Apesar da peculiaridade da minha tarefa, ele não disse nada e, na verdade, parecia um pouco entediado. Esquecendo seu machucado, ele levantou as mãos e bateu-as uma contra a outra para afastar uma mosca e gritou com a dor do choque na mão machucada. Joguei o último castor e voltei para me sentar ao lado do meu irmão. Charlie tentou desenrolar o tecido, mas ele tinha grudado e secado na pele, e, quando tirou um pouco do pano, saiu junto uma camada de pele de seu punho e de seus dedos. Não parecia doer, não mais do que já estava doendo, mas isso o deixou com medo e com nojo. Eu senti o mesmo. Disse que achava que deveríamos enfiar toda a mão no que restava de álcool antes de tirar o tecido, e ele disse que preferia esperar até comer algo. Fiz café e feijão. Levei um prato para Warm, mas ele estava dormindo, e eu não quis acordá-lo. Todo o seu corpo estava vermelho e roxo; o número de bolhas em suas pernas tinha dobrado e todas tinham estourado, cobrindo sua pele de um líquido marrom-amarelado. Seus dedos dos pés estavam negros e um cheiro de morte emanava dele; achei que morreria antes do pôr do sol. Quando saí da barraca, Charlie estava jogando o álcool dentro de uma vasilha de Warm e havia outra com água fervendo no fogo junto com uma camisa de algodão. Ele contou que tinha tirado a camisa da bolsa de Morris e olhou para mim esperando uma reprovação, mas é claro que não falei nada. Ele enfiou a mão no álcool, e uma veia gorda em formato de Y cresceu e pulsou na sua testa. Ele precisava gritar, mas se segurou; quando a dor diminuiu, estendeu a mão para mim, e eu retirei a faixa. A pele saiu como antes, e sua mão estava arruinada, pelo que vi. Charlie olhou para ela e não disse nada. Com um graveto, tirei a camisa de Morris da água; quando ela esfriou, enrolei a mão de Charlie, cobrindo os dedos dessa vez, de forma a escondê-los e não precisarmos pensar no que aquilo significava.

Decidi enterrar Morris longe do rio, onde a areia e a terra se juntavam. Isso me tomou várias horas e foi realizado com uma pá de cabo curto pertencente a Warm. Não entendi e ainda não entendo a razão da existência dessa ferramenta se existem pás de cabo longo. Posso dizer que cavar uma cova com ela foi uma tortura. Fiz o trabalho sozinho, e Charlie me ajudou a arrastar o corpo e jogá-lo no buraco, mas, na maior parte do tempo, meu irmão ficou sentado, e por duas vezes foi caminhar pelo rio, longe o suficiente para eu perdê-lo de vista. Não o pressionei, e ele ficou olhando enquanto eu enchia a cova.

Ainda tínhamos o diário de Morris conosco. Por que não o devolvemos quando ele estava vivo? Simplesmente não pensamos nisso. Tentei decidir se deveria enterrá-lo com o corpo. Perguntei a Charlie qual era sua opinião, e ele disse que não tinha uma. No fim, decidi guardar o livro, pensando que sua história era única e o melhor era manter suas palavras desenterradas onde pudessem ser divulgadas e admiradas. Foi uma coisa sem graça e triste ver o corpo de Morris torto no fundo daquela cova. Ele estava imundo, roxo e obsceno. Não era mais o Morris, mas eu falei com a coisa como se fosse.

— Desculpe, Morris. Sei que preferiria algo com mais estilo. Bom, você nos impressionou com sua demonstração de caráter. Não sei se isso vale algo, mas você tem o meu respeito e o do meu irmão.

Charlie não reagiu ao meu discurso. Eu não tinha certeza de que ele estava prestando atenção o suficiente para ouvi-lo. Tive medo de ser muito dramático. Falar em público, dá para imaginar, não era algo comum para mim. Lembrando-me de minha *bonbonnière* dada pela guarda-livros de Mayfield, tirei-a do bolso do meu casaco e joguei-a na cova com Morris – uma medida de grandeza, era minha ideia. Ela se desenrolou sobre o peito dele, azul, bonita e brilhante. Perguntei a Charlie se deveríamos marcar o lugar com uma cruz, e ele disse que eu deveria perguntar a Warm. Quando entrei na barraca, encontrei Warm acordado e razoavelmente alerta.

— Hermann — falei. Ele piscou os olhos leitosos e olhou na minha direção.

— Quem está aí? — perguntou.

— É o Eli. Como você está se sentindo? Fico feliz em ouvir sua voz.

— Onde está Morris?

— Morris morreu. Nós o enterramos rio acima. Você acha que deveríamos marcar o local da cova ou deixá-lo assim?

— Morris... morreu? — Ele começou a balançar a cabeça para a frente e para trás e a chorar em silêncio. Saí da barraca.

— E então? — perguntou Charlie.

— Pergunto de novo mais tarde.

Pensei que estava cansado de ver homens chorando.

Juntamos todo o ouro tirado da represa, que, entre nossos esforços conjuntos na noite anterior e a operação inicial de Morris e Warm, resultou em quase um balde inteiro. Isso era uma fortuna, e eu quase não conseguia levantar o balde sozinho. Pedi a Charlie para levantá-lo, mas ele respondeu que não queria. Falei que era muito pesado, e ele disse que acreditava em mim.

Num ataque de praticidade, e com meus pensamentos voltados inevitavelmente para o futuro, comecei a olhar para o cavalo de Morris. Era um animal robusto, e, apesar de sentir um pouco de culpa, coloquei minha sela sobre ele e cavalguei-o, subindo e descendo o rio, pela margem. Era fácil dominá-lo, e o animal era um tanto quanto cavalheiro. Não senti nada em especial por ele, mas achei que isso podia mudar se passássemos algum tempo juntos. Decidi que iria conquistá-lo com carinho, açúcar e confiança.

— Vou adotar o cavalo do Morris — disse a Charlie.

— Ah — respondeu.

Warm estava muito mal para ser transportado, e, de qualquer forma, eu não achava que ele poderia ser salvo, mesmo se o levássemos para outro lugar. Ele quase nem percebia quando eu me aproximava, mas eu não queria deixá-lo ali para morrer sozinho. Charlie lembrou que não sabíamos a receita da fórmula, e eu concordei, mas o que ele queria que fizéssemos? Torturar o moribundo atrás de todas as instruções e de todos os ingredientes?

— Não fale assim comigo, Eli — disse ele, num tom sombrio.

— Perdi a mão com a qual trabalho. Só estou falando o que se passa em minha mente. Afinal, Warm pode querer que saibamos.

Ele não estava olhando para mim quando disse isso, e eu nunca o tinha ouvido falar dessa maneira, nem mesmo quando éramos crianças. Pensei que soava parecido comigo, na verdade. Ele nunca tinha sentido medo antes, acho, mas agora sentia e não sabia o que isso significava ou o que fazer. Falei que sentia muito por tê-lo atacado sobre a fórmula, e ele aceitou minhas desculpas. Warm me chamou, e Charlie e eu entramos na barraca.

— Que foi, Hermann? — falei.

Ele estava deitado de costas, com os olhos abertos e voltados para o teto da barraca. Seu peito estava subindo e descendo de forma muito rápida, e ele estava ofegando. Warm me disse:

— Estou pronto para ditar a lápide de Morris.

Peguei uma caneta e papel e me agachei ao seu lado. Quando falei que podia começar, ele assentiu, limpou a garganta e cuspiu para o alto, um cuspe grosso que girou no ar e caiu no centro de sua testa. Acho que ele nem percebeu ou talvez não tenha se importado. De qualquer forma, ele não se limpou nem pediu que eu o limpasse.

— Aqui jaz Morris — falou —, um bom homem e um bom amigo. Ele desfrutou dos melhores aspectos da vida civilizada, mas nunca teve medo de uma aventura nem do trabalho duro. Morreu como um homem livre, o que é mais do que a maioria das pessoas pode dizer, se formos honestos. A maioria das pessoas está presa ao seu próprio medo e à sua própria estupidez e não tem força para analisar com frieza o que está errado em sua vida. A maioria das pessoas vai continuar insatisfeita, sem nunca tentar entender por que ou como poderiam mudar as coisas para melhor. Elas morrem sem nada no coração a não ser sangue sujo, velho e fino, sangre fraco, diluído, e suas memórias não valem nada. Vocês verão o que estou falando. A maioria das pessoas é imbecil, realmente, mas Morris não era assim. Ele deveria ter vivido mais. Ele tinha mais a dar. E se existir um Deus, ele é um filho da puta.

Warm parou. Cuspiu de novo, dessa vez para o lado, no chão.

— Não existe Deus — disse ele, decidido, e fechou os olhos. Eu não soube se queria que essa última frase fosse incluída na lápide e não perguntei, porque não tinha planos de transferir o discurso para uma lápide, já que era evidente que ele não estava mais em seu juízo perfeito. Mas prometi a Warm que iria escrever da maneira como ele tinha ditado e acredito que isso o consolou. Ele agradeceu a nós dois e saímos da barraca para nos sentarmos em frente ao fogo. Charlie, segurando o pulso de sua mão ferida, disse:

— Não acha que está na hora de ir embora?

Balancei a cabeça.

— Não podemos deixar Warm morrer sozinho.

— Pode demorar dias até ele morrer.

— Então vamos ficar aqui por dias.

Foi tudo que falamos sobre o assunto, e foi o começo de uma nova irmandade entre nós, em que Charlie nunca mais estaria à frente nem eu o seguiria desajeitadamente, o que não quer dizer que os papéis tenham sido invertidos, mas destruídos. Depois daquilo, e até hoje, somos cuidadosos em nosso relacionamento, como se tivéssemos medo de chatear o outro. Em termos de nossa forma anterior de comunicação, não posso dizer por que ela desapareceu de repente, apagada como um vela. É claro que, no momento em que ela se foi, senti apreço por ela e até sua falta, de uma forma triste, pelo menos em teoria ou como uma lembrança piegas. Mas a pergunta que muitas vezes surgiu na minha cabeça foi o que tinha acontecido com meu irmão corajoso. Nunca pude responder além de que ele desapareceu e ainda não voltou.

De qualquer forma, não tivemos de esperar dias pela morte de Warm, mas horas. A noite tinha caído, e Charlie e eu estávamos deitados ao redor do fogo, com preguiça e cansados, quando Warm falou num sussurro:

— Olá?

Charlie disse que não queria ir, e eu entrei sozinho na barraca.

Warm estava morrendo. Ele sabia disso e estava com medo. Será que ele vai virar religioso no fim e implorar por uma entrada rápida no céu? Mas não, o homem era firme demais em sua falta de crença para sucumbir a alguma covardia de última hora. Ele não queria falar comigo, mas perguntou por Morris, tendo esquecido que o homem havia morrido.

— Por que ele não está aqui? — arfou Warm.

— Ele morreu esta manhã, Hermann, não se lembra?

— Morris? Morreu? — Sua testa ficou enrugada e sua boca se abriu, rígida pela angústia, e olhei para suas gengivas, brilhando com sangue. Ele se virou, respirando rápido, hesitante, como se a passagem de ar tivesse sido parcialmente bloqueada. Girei meu pé, e ele se virou na direção do som, perguntando:

— Quem está aí? É você, Morris?

— Sou eu, o Morris — respondi.

— Ah, Morris! Onde você esteve por todo esse tempo? — Seu tom era tão aliviado e comovido que senti as emoções travarem minha garganta.

— Eu estava juntando gravetos.

— Como? Gravetos? Para a fogueira? — perguntou Warm, com mais vigor. — Bom homem. Faremos uma fogueira à noite para iluminar toda a operação. Será melhor ainda para investigarmos nossos baldes da fortuna, não?

— Muito melhor — concordei.

— E os outros? — perguntou ele. — Para onde correram?

Aquele Charlie não gosta muito de trabalhar, pelo que percebi.

— Não, ele prefere descansar.

— Não gosta muito de se limpar também, não é?

— Não gosta, não.

— Mas ele acabou sendo um bom homem, não dá para negar.

— Ele é um bom homem, Hermann, você estava certo.

— E o outro, Eli, aonde ele foi?

— Está aí fora em algum lugar.

— Fazendo suas rondas? Protegendo o acampamento?

— Ele está lá fora no escuro.

Num tom mais baixo, ele continuou:

— Bom, não sei como você se sente, mas gosto muito daquele cara, na verdade.

— É. E eu sei que ele gosta de você também, Hermann.

— O que foi?

— Disse que sei que ele gosta de você também.

— Estou ouvindo um traço de ciúmes na sua voz?

— Não!

— Sinto-me muito lisonjeado! Todos esses homens por aí, e todos eles tão decentes e honrados. Eu me senti como um pária por tanto tempo... — Com essas palavras, seus lábios deram um sorriso triste, e ele fechou os olhos leitosos. Lágrimas escorreram pelos cantos cerrados das pálpebras, e eu as enxuguei com meu dedão. Warm manteve os olhos fechados depois disso. Ele não os abriria mais.

— Morris, se eu não resistir a esta noite, queria que você continuasse com a fórmula.

— É melhor não pensar nisso. Você deveria apenas descansar agora.

— Tive uma ideia. E se cobríssemos a pele com gordura de porco? Isso provavelmente reduziria o estrago.

— É uma boa ideia, Hermann.

Ele ofegou e disse:

— Sinto que nos conhecemos há muito tempo!

— Eu sinto exatamente o mesmo.

— E sinto muito por você ter morrido antes.

— Estou bem agora.

— Queria ajudá-lo. Achei que poderíamos ser amigos.

— Somos amigos.

— Eu... — disse ele. — Eu.

Abriu a boca e emitiu um som estranho vindo do fundo do seu ser, como se um pedaço sólido dele tivesse se quebrado. O que pode ter sido? Não acho que sentiu dor; pelo menos não fez nenhum ruído de dor. Coloquei minha mão em seu peito e senti seu coração tremer e parar. Uma coluna de ar saiu de sua boca e seu corpo se moveu até cessar, e foi quando o relógio parou para Hermann Kermit Warm. Seu braço direito caiu da cama, e eu o coloquei no lugar. Quando caiu de novo, deixei-o pendurado e saí da barraca. Encontrei Charlie sentado ao lado do fogo, e tudo estava igual a quando entrei, exceto por um pequeno detalhe.

Era a presença de meia dúzia de índios andando pelo acampamento, mexendo nas nossas coisas, inspecionando os cavalos e as mulas e talvez procurando, entre nossas posses, qualquer coisa de valor que pudessem roubar. No momento em que abri a barraca, um índio segurando um rifle fez um gesto para que eu me sentasse ao lado de Charlie e obedeci. Nenhum de nós dois estava armado; nossos coldres estavam no chão, embaixo de nossas selas, como era nosso hábito quando estávamos acampados. Mas, mesmo se estivesse armado, não sei se Charlie teria disparado. Ele estava sentado de lado, observando a fogueira, olhando pouco para nossos visitantes, não querendo ser parte daquilo.

O balde de ouro estava entre nós, e acredito que poderia nem ter sido notado se Charlie não tivesse tentado escondê-lo sob seu chapéu, algo que o índio com o rifle percebeu e de que suspeitou. Ele veio até nós e tirou o chapéu; sua expressão era séria e continuou assim quando descobriu o conteúdo do balde, mas ele achou aquilo interessante o suficiente para mandar os outros abandonarem suas investigações. Todos se agacharam ao redor do fogo olhando o balde. Um deles começou a rir, mas os outros não gostaram disso e mandaram, se não estou errado, que ficasse quieto. Outro olhou para mim e perguntou algo de forma brusca; achei que ele estivesse perguntando de onde tínhamos tirado todo o ouro e apontei para o rio, e ele me olhou com desprezo. Eles esvaziaram o balde, dividindo tudo em partes iguais colocadas em bolsas de pele. Depois disso, eles se levantaram e discutiram algo de forma séria, apontando para nós dois enquanto falavam. O índio com o rifle entrou na barraca de Warm e tomou um susto. Pensando agora, parece pouco indígena a forma como ele agiu, mas ele realmente tomou um susto, arfou como uma velha e saiu da tenda correndo, a mão sobre a boca, os olhos arregalados de medo e pavor. Afastando seu povo para longe do acampamento, na direção do rio, ele descreveu o que tinha visto na barraca, e todos se viraram e correram pela escuridão. Achei estranho que não tivessem levado nossos revólveres e cavalos e que não tivessem nos matado, mas era provável que tivessem pensado que éramos portadores de alguma praga ou de lepra. Ou talvez tivessem decidido que era suficiente levar o ouro.

— Warm está morto — falei para Charlie.

— Vou dormir — disse ele.

E foi exatamente o que fez.

Enterrei Warm pela manhã, sem a ajuda de Charlie, apesar de, mais uma vez, ele estar presente no enterro. A mochila de Warm estava cheia de diários e papéis. Tentei procurar a fórmula, mas não consegui entender nada do que estava escrito, menos por causa da minha ignorância em ciência e química do que pela sua letra, que era horrível. Finalmente, desisti e coloquei os livros em cima do seu peito antes de cobri-lo com areia e terra. Não fiz nenhum discurso dessa vez e decidi que não iria marcar as covas, cavadas lado a lado, algo de que depois me arrependi, pois poderia ter indicado alguma relação entre eles, apontando-os como amigos leais e mencionando também suas conquistas no rio. Mas eu me sentia melancólico e azarado ou travado e queria muito ir embora; no momento em que a cova foi terminada, Charlie e eu montamos em nossos cavalos e partimos, deixando a barraca ainda armada e a fogueira ainda fumegando. Olhando para trás, pensei que nunca seria um líder entre os homens e que nem queria ser líder ou liderado. Pensei que queria liderar somente a mim. Para que não morressem de fome, desamarrei o cavalo e as mulas de Warm. O cavalo não se mexeu, mas as mulas nos seguiram. Dei um tiro por sobre a cabeça delas, o que as fez fugir rio abaixo. Não tinham marcas, nenhum sinal de donos, e suas patas atarracadas correram de modo tão rápido e eficiente que pareceu irreal.

Tomamos a rota para o norte e chegamos a Mayfield três dias depois. Durante todo esse tempo, Charlie e eu não tivemos muito a falar um para o outro, embora tenhamos sido educados e amigáveis. Acredito que ele estava pensando em quem poderia ser pelo resto da vida, e, de certa forma, eu pensava o mesmo sobre a minha vida. Refletindo a respeito do que havia acontecido nos últimos dias, pensei que, se esse realmente tinha sido meu último trabalho, fora apropriadamente dramático. Decidi que visitaria minha mãe assim que pudesse, se ela ainda estivesse viva. Imaginei muitas conversas conciliatórias, todas terminando com um abraço dela com seu braço torto e um beijo no meu rosto, entre a barba e o olho. Esse pensamento me tranquilizava, e a viagem até Mayfield, apesar de nossos recentes problemas, foi tão agradável quanto podíamos esperar. Quando chegamos mais ou menos à metade do caminho, falei para Charlie:

— Você ainda é mais rápido com a mão esquerda do que a maioria com a direita.

— A maioria não são todos — respondeu ele, e voltamos ao silêncio.

Meus pensamentos sobre os índios roubando o ouro eram complicados. Parecia apropriado, de alguma forma, que não ficássemos com o ouro – não senti um pouco de remorso quando levantei o balde? Mas duvido que eu teria sido capaz de pensar com tal desapego se não houvesse uma pilha de ouro esperando por nós embaixo do fogão em Mayfield, uma soma que para mim representava a realização de todas as mudanças que queria na minha vida. Então, quando senti cheiro de fumaça uns dois ou três quilômetros antes de chegarmos à cidade, fui tomado por um poderoso sentimento de terror e apreensão. No tempo que demoramos para chegar ao hotel, meus sentimentos passaram de preocupação a raiva e depois a uma triste aceitação. O hotel estava totalmente queimado, assim como os prédios ao lado; nos escombros, vi o fogão, que estava caído de lado. Fui andando pelo meio das cinzas e da madeira queimada, sabendo que nosso tesouro tinha desaparecido; quando tive certeza, voltei para Charlie, que permanecera montado em Nimble, com os ombros caídos, no meio da estrada.

— Nada — falei.

— Bebida — disse ele, que foi uma das respostas mais sãs e conscientes que já ouvi dele. Mas, com o hotel queimado, não havia nenhum lugar para beber nem para se sentar e ficar bêbado, e fomos forçados a comprar uma garrafa de conhaque do farmacêutico e esvaziá-la sentados na rua como bandidinhos comuns.

Nós nos sentamos na calçada do outro lado da rua, diante dos escombros do hotel, e ficamos olhando para eles. O fogo tinha apagado havia alguns dias, mas a fumaça ainda subia em alguns pontos, como cobras fantasmagóricas. Quando a garrafa já estava na metade, Charlie perguntou:

—Você acha que Mayfield fez isso?

— Quem mais?

— Ele não deve ter ido embora, e sim se escondido, esperando que partíssemos. Acho que ele riu por último. — Admiti que era verdade, e Charlie continuou: — Eu me pergunto onde estará sua garota.

— Eu não tinha pensado nisso. — Por um instante, fiquei surpreso, mas foi por pouco tempo.

Uma pessoa apareceu na estrada, e reconheci o homem que chorava. Estava levando seu cavalo, e lágrimas rolavam pelo seu rosto, como sempre. Ele não nos viu nem nos percebeu ali; estava falando sozinho, num estado de devastação catatônica, e me senti profundamente incomodado por ele. Peguei uma pedra e atirei. Ela bateu em seu ombro, e ele olhou para mim.

— Vá embora daqui! — falei. Eu não sabia por que não gostava dele. Era como se eu estivesse espantando um corvo de um cadáver. Bom, eu estava bêbado. Chorando, o homem continuou sua viagem miserável. — Não sei o que fazer agora — admiti a Charlie.

— O melhor é não pensar nisso agora — aconselhou. E então, confuso, falou: — Está vendo aquilo ali? É meu grande amor.

Era sua prostituta, que estava se aproximando.

— Olá, qualquer que seja seu nome — disse ele, feliz. Ela ficou parada na nossa frente, parecendo acabada, com os olhos úmidos e vermelhos, a barra do vestido suja, as mãos tremendo. Ela mexeu o braço e jogou algo no meu rosto. A coisa acertou minha testa e caiu no chão aos meus pés. Eram os cem dólares que eu tinha deixado para a guarda-livros. Olhando para o dinheiro, comecei a rir, apesar de saber que isso significava que ela tinha morrido. Pensei que eu não devia amar a guarda-livros, e sim adorar a ideia de que ela me amasse e a ideia de não estar sozinho. De qualquer forma, não havia nada em meu coração que lembrasse tristeza, e eu olhei para a prostituta e disse para seu rosto patético:

— E que tal isso?

Ela cuspiu e foi embora, e eu peguei as moedas no chão. Dei cinquenta dólares a Charlie, e ele guardou em sua bota, arqueando o dedo mindinho de forma elegante. Joguei as minhas dentro da bota também, e nós dois rimos como se esse tivesse sido o ponto alto de uma comédia moderna.

Estávamos sentados na terra, e a garrafa estava quase vazia. Acho que teríamos desmaiado e dormido ali se a prostituta do Charlie não tivesse juntado todas as outras, que agora estavam ao nosso redor como uma matilha, olhando para baixo com escândalo e ultraje. Mayfield e o hotel tinham sido destruídos, e elas estavam passando por maus momentos, sem perfume emanando de suas cabeças, os vestidos agora amassados e remendados. Começaram a nos provocar, dizendo coisas pouco educadas sobre nosso caráter.

— Que dupla.

— Olhe para eles no chão.

— Olhe a barriga daquele.

— Parece que o outro está com a mão machucada.

— Acabaram seus dias de matar garotos no estábulo.

Por cima do barulho, Charlie me perguntou, confuso:

— Por que elas estão tão bravas?

— A gente mandou embora o chefão, lembra? — Para as prostitutas, expliquei: — Mas não queimamos o hotel. Foi Mayfield. Pelo menos acho que foi ele. Mas tenho certeza de que não fomos nós. — Isso só serviu para deixá-las mais bravas.

— Não fale nada sobre Mayfield.

— Mayfield não era tão ruim!

— Ele nos pagava, não é?

— Ele nos dava quartos, não é?

— Ele era um maldito, mas não chegava aos pés de vocês dois.

— Vocês dois são os verdadeiros malditos.

— Os verdadeiros malditos, essa é a verdade.

— O que deveríamos fazer com esses malditos?

— Esses malditos!

— Vamos pegá-los!

Então, elas vieram para cima de nós, subjugando-nos e prendendo-nos no chão. Entre a parede de corpos, eu conseguia ouvir Charlie rindo e também achei engraçado no começo, mas minha diversão deu lugar à irritação quando descobri que não conseguia me mexer e vi as mãos das prostitutas esvaziarem meus bolsos de todo o meu dinheiro. Comecei então, assim como Charlie, a lutar e a repreender as prostitutas, mas parecia que, quanto mais lutávamos, mais fortes elas ficavam. Quando ouvi Charlie gritar de dor, entrei realmente em pânico – a prostituta dele estava pressionando o joelho sobre sua mão machucada – e mordi a que estava mais perto de mim, enterrando meus dentes em sua barriga gorda e fedida. Ela ficou com mais raiva e tirou meu revólver do coldre, apontando para minha cabeça. Fiquei completamente paralisado e em silêncio, e o olhar de ódio era tão forte nela que eu esperava, a qualquer momento, presenciar aquela luz branca saindo do túnel negro do cano do revólver. Mas isso nunca aconteceu, e as prostitutas, satisfeitas, foram embora sem falar nada, levando nossos revólveres e nosso dinheiro, menos os cem dólares que tínhamos jogado em nossas botas, que elas felizmente não pensaram em checar.

INTERVALO II

Desmaiei na terra e no sol da meio morta cidade de Mayfield. Quando acordei, havia escurecido, e a menina estranha de minha visita anterior estava parada na minha frente. Ela usava um novo vestido e seu cabelo tinha acabado de ser lavado e estava preso com um grande laço vermelho. Suas mãos estavam cruzadas sobre o peito e havia um ar de expectativa e tensão nela. Não olhava para mim, mas para o lado, para Charlie.

— É você — falei.

Ela fez um gesto pedindo silêncio e apontou para meu irmão, que segurava um jarro cheio de água. No fundo dele, havia grânulos negros girando, e eu vi que os dedos da garota estavam manchados de veneno como antes; quando Charlie levou o jarro aos lábios, eu o derrubei da mão dele. O jarro não quebrou, caindo num poço de barro. A água se espalhou, e a garota fez uma expressão sombria para mim.

— Por que fez isso?

— Quero falar com você sobre o que me disse antes — falei.

Olhando distraidamente para o jarro, ela perguntou:

— Sobre o que eu disse antes?

— Você falou que eu era um homem protegido, lembra-se?

— Lembro.

— Pode me contar, por favor, se ainda sou protegido?

Ela me olhou, e eu soube que ela conhecia a resposta, mas não falou nada.

— A que grau estou protegido? — persisti. — Será sempre assim?

Ela abriu e fechou a boca. Balançou a cabeça.

— Não vou contar.

A bainha do vestido girou como uma roda quando a garota se virou e foi embora. Procurei ao redor uma pedra para jogar nela, mas não havia nenhuma por perto. Charlie ainda olhava para o jarro caído na lama.

— Estou com uma sede maldita — disse ele.

— Ela queria matá-lo — falei para ele.

— Quem, ela?

— Eu a vi envenenar um cachorro antes.

— A coisinha linda? Por que diabos ela faria isso?

— Só pela maldade, é tudo que posso concluir.

Charlie entrecerrou os olhos e se virou para o céu roxo. Ele encostou a cabeça, fechou os olhos e disse:

— E então, mundo? — E riu.

Um ou dois minutos se passaram, e ele dormiu.

FIM DO INTERVALO II

Charlie teve a mão amputada por um médico em Jacksonville. Sua dor nessa época diminuíra, mas a carne tinha começado a apodrecer e não havia nada mais a fazer a não ser removê-la. O médico, chamado Crane, era um homem mais velho, mas alerta e firme; ele usava uma rosa em sua lapela, e, desde o começo, tive fé nele como uma pessoa de princípios. Quando falei dos nossos problemas financeiros, por exemplo, ele desprezou meu comentário, como se a ideia de receber um pagamento fosse algo a se pensar depois. Houve um incidente quando Charlie pegou uma garrafa de conhaque, dizendo que queria estar bêbado antes do procedimento, algo a que o médico se opunha, explicando que o álcool causaria muito sangramento. Charlie disse que isso não fazia diferença, que ele faria do jeito dele e nada no mundo o impediria. Por fim, puxei Crane de lado e sugeri que desse a Charlie um anestésico sem contar a ele o que era. O médico viu a sabedoria do meu plano, e, depois de conseguir sedar meu irmão, tudo correu da melhor forma como algo assim pode correr. A operação aconteceu em um cômodo iluminado à vela na casa de Crane.

O apodrecimento tinha subido acima do pulso, e Crane precisou cortar até o meio do antebraço com uma serra longa que fora fabricada, explicou, especificamente para cortar ossos. Sua testa brilhava com transpiração quando ele terminou, e a lâmina, quando o médico acidentalmente a tocou, estava tão quente que acabou por queimá-lo. Ele tinha colocado um balde para que a mão caísse ali, mas sua mira ou a posição não estava correta, e ela caiu no chão. Ele não pode recuperá-la imediatamente, ocupado como estava em cuidar de Charlie, e eu cruzei a sala e peguei-a. Não era nem pesada nem leve; o sangue pingava livremente da extremidade aberta, e eu segurei-a pelo pulso acima do balde. Eu nunca teria tocado na mão de Charlie assim se estivesse presa ao resto do corpo, e por isso fiquei envergonhado com a estranheza. Percebi-me passando meu dedão sobre os pelos negros e ásperos. Senti-me muito perto de Charlie quando fiz isso. Coloquei a mão no balde e o retirei da sala, porque não queria que Charlie os visse quando acordasse. Depois da cirurgia, ele ficou deitado numa cama alta no centro do salão, enfaixado e drogado, e Crane me incentivou a sair e tomar um pouco de ar, dizendo que Charlie demoraria muitas horas para voltar a ficar consciente. Eu agradeci e saí de sua casa, caminhando até o limite da cidade, até o restaurante que eu tinha visitado a caminho de São Francisco. Sentei-me na mesma mesa de antes e fui atendido pelo mesmo garçom, que me reconheceu e perguntou, numa voz irônica, se eu tinha voltado para fazer outra refeição de cenouras e verduras. Mas, depois de acompanhar a operação, e com gotas secas do sangue do meu irmão decorando minhas calças, eu não tinha nem um pouco de fome e só pedi um copo de cerveja.

—Você desistiu de comer completamente? — perguntou ele, mexendo nos bigodes.

Fiquei ofendido com seu tom e retruquei:

— Meu nome é Eli Sisters, seu filho de uma prostituta, e vou matá-lo aí mesmo onde está se não correr e me servir o que eu pedi.

Isso fez o garçom perder a malícia em seu olhar e ser cauteloso e respeitoso a partir de então. Sua mão tremia quando colocou o copo de cerveja na minha frente. Não era comum que eu perdesse a paciência com algo tão banal; mais tarde, quando fui embora do restaurante, pensei que precisava reaprender a me sentir calmo e em paz. *Vou descansar meu corpo por um ano inteiro!*, pensei. Esta foi minha decisão, uma que fico feliz em dizer que acabei realizando, uma que saboreei e com a qual me deleitei completamente: doze meses descansando, pensando e me tornando plácido e sereno. Mas antes que essa vida de sonho pudesse acontecer, eu sabia, havia um último trabalho que eu teria de fazer, e sozinho.

* * *

Eram dez horas da noite quando finalmente cheguei à nossa cabana nos arredores de Oregon City. Encontrei a porta arrancada das dobradiças todos os nossos móveis derrubados ou destruídos; fui até o quarto dos fundos e vi, sem me surpreender, que nosso esconderijo atrás do espelho tinha sido encontrado. Tínhamos mais de dois mil e duzentos dólares enfiados na parede, mas agora não restava nada, a não ser um pedaço de papel, que eu peguei e li:

Caro Charlie,

Sou um filho da mãe e peguei todo o seu dinheiro, todo ele. Estou bêbado, mas não acho que vou devolver quando estiver sóbrio. Também peguei o dinheiro de seu irmão e peço desculpas, Eli, sempre gostei de você quando não estava olhando para mim de forma ridícula. Vou embora com esse dinheiro, e vocês podem tentar me encontrar, boa sorte nisso. De qualquer forma, vocês dois vão ganhar mais, vocês sempre foram bons nisso. É um jeito de merda de dizer adeus, mas sempre fui assim e não vou me sentir mal mais tarde. Há algo errado com meu sangue ou minha mente ou o que quer que seja que guie um homem.

Rex

Dobrei o bilhete e o coloquei de volta na parede. O espelho tinha sido derrubado e quebrado, e eu espalhei os cacos com minha bota. Não estava pensando, só esperando por um pensamento ou sentimento. Como isso não aconteceu, desisti e saí para ajudar Charlie a descer de Nimble. Crane tinha dado um frasco de morfina, e ele esteve mais ou menos catatônico durante toda a nossa viagem de volta. Acabei achando necessário amarrá-lo a Nimble e puxá-lo por uma corda. Várias vezes, ele saiu do estupor em que se encontrava ao perceber que sua mão não estava mais ligada ao seu corpo. Era algo de que ele acabava se esquecendo; quando percebia, era tomado pelo choque e pela tristeza.

Levei-o até seu quarto, e ele se arrastou até seu colchão sem lençol e torto sobre a cama. Antes que ele desmaiasse, falei que ia sair, e ele não me perguntou aonde eu ia, nem se importou. Fechou as mandíbulas e levantou o braço enfaixado para acenar. Deixando-o em seu sono drogado, fiquei parado na entrada de nossa casa, calculando nossas magras posses. Nunca tinha gostado muito daquele lugar; olhando ao redor agora, para as roupas manchadas de vinho, os pratos e os copos quebrados, eu sabia que nunca mais voltaria a dormir ali. Era uma viagem de uma hora a cavalo até a cidade. Minha mente estava atenta, limpa e concentrada. Eu tinha viajado por muitos dias, mas não estava nem um pouco fatigado ou comprometido. Não sentia nenhum medo.

A mansão do Comodoro estava escura, exceto por seus aposentos no primeiro andar, que estavam um pouco iluminados. A lua estava alta e brilhante, e eu me escondi embaixo dos galhos de um cedro antigo que ficava no limite da grande propriedade. Vi uma empregada sair dos fundos da casa com uma bacia vazia embaixo do braço. Estava brava com algo e, quando chegou à sua cabana, separada da casa principal, xingou baixinho. Esperei uns quinze minutos para ver se ela sairia; como isso não aconteceu, cruzei o jardim agachado, em direção à casa. Ela não tinha trancado a porta de trás, e eu entrei na cozinha. Estava quieta, fria e limpa. O que o Comodoro tinha feito à garota? Dei outra olhada para a cabana; tudo estava quieto e parado, exceto por uma única vela branca que ela tinha acendido e colocado na janela.

Subi as escadas atapetadas e parei na frente dos aposentos do Comodoro. Através da porta, ouvi como ele repreendia e insultava alguém; eu não sabia quem, porque o homem só murmurava umas desculpas e não dava para saber quem era ou o que tinha feito de errado. Quando ele se cansou do abuso, moveu-se para sair; com seus passos se aproximando de mim, e eu me encostei na parede ao lado da porta. Eu não tinha um revólver, somente uma faca cega que trazia na mão, mas a porta se abriu e o homem desceu as escadas sem notar minha presença. Ele saiu pela porta dos fundos, e eu fui até a janela no fim do corredor para acompanhar seus movimentos. Eu o vi entrar na cabana da empregada e aparecer na janela, olhando amargurado para a mansão, e me escondi nas sombras para testemunhar a dor nos olhos do homem. Seu rosto horrível descrevia uma vida violenta, e mesmo assim lá estava ele, atacado, acovardado e impotente. Quando apagou a vela na cabana, tudo ficou escuro e voltei pelo corredor. A porta tinha ficado aberta, e eu entrei.

Os aposentos do Comodoro ocupavam todo aquele andar da mansão e não havia paredes no vasto espaço, nenhuma separação, mas os móveis tinham sido posicionados como se elas existissem. Estava escuro, tirando as luzes fracas de algumas lamparinas de mesa ou candeeiros trêmulos. No canto mais distante, detrás de um biombo chinês, subia uma coluna da fumaça azulada de um charuto; parei ao ouvir a voz do Comodoro, pensando que ele não estava sozinho. Mas não ouvi uma segunda voz e deduzi que ele estivesse falando consigo mesmo. Ele estava descansando na banheira, fazendo um discurso imaginário, e eu pensei: *O que acontece nas banheiras que faz as pessoas falarem sozinhas?* Segurei a faca com mais força e cruzei os aposentos até ele, seguindo um caminho de tapetes para não fazer nenhum barulho. Dei a volta no biombo, a faca no alto, preparado para enfiá-la no coração do Comodoro, mas seus olhos estavam cobertos por uma toalha de algodão, e meu braço caiu de lado. Ali estava um homem cuja influência chegava a todos os cantos do país e que se encontrava sentado, bêbado, numa banheira de cobre, o corpo sem pelos, o peito fundo e ossudo, com cinzas compridas pendendo perigosamente de seu charuto. Sua voz era aguda:

— Senhores, esta é uma pergunta feita com frequência, e hoje eu a apresento a vocês, e vamos ver se saberão a resposta. O que é que faz um homem grande? Alguns vão dizer que é a riqueza. Outros, o caráter. Alguns vão dizer que um grande homem é aquele que nunca perde a calma. Alguns afirmarão que é aquele fervoroso em sua adoração ao Senhor. Mas estou aqui para dizer precisamente o que é ser um grande homem e espero que vocês ouçam minhas palavras e que as adotem com seus corações e suas almas e que entendam o que quero dizer. Porque eu desejo, sim, o melhor para vocês!

Ele assentiu e levantou uma das mãos, agradecendo os aplausos imaginários. Dei um passo para me aproximar dele e segurei a faca perto de seu rosto. Sabia que deveria matá-lo enquanto tinha a oportunidade, mas queria ouvir o que ele tinha a dizer. Ele abaixou a mão e deu uma longa tragada em seu charuto. Isso aumentou o peso das cinzas, que caíram na banheira com um ruído. Ele bateu na água com os dedos onde imaginava que as cinzas tinham caído.

— Obrigado — disse ele. — Obrigado, obrigado. — Fez uma pausa, enchendo os pulmões de ar. Agora falava com ênfase e em voz alta: — Um grande homem é aquele que consegue notar uma lacuna no mundo material e injetar nesse espaço em branco uma essência de si mesmo! Um grande homem é aquele que consegue criar sua própria sorte usando somente sua força de vontade! Um grande homem, então, é aquele que consegue criar algo a partir do nada! E o mundo ao seu redor, cavalheiros aqui reunidos, acreditem quando lhes digo isso, é simplesmente isto: nada!

Num rápido movimento, eu o ataquei. Deixando cair a faca no chão, pressionei seus ombros para que sua cabeça ficasse embaixo da água. Ele começou a lutar e se debater; tossia e se engasgava, fazendo um ruído que soava como "hesch, hesch, hesch!". Isso reverberava nas paredes da banheira, e eu sentia o som fazer cócegas nas minhas pernas e subir pelo meu peito.

O instinto de sobrevivência do Comodoro foi despertado, e sua luta se tornou mais intensa, mas eu tinha todo o meu peso sobre ele; o homem estava preso e não conseguia se mover. Eu me sentia muito forte e correto, e nada no mundo poderia ter evitado que eu terminasse meu trabalho.

A toalha tinha caído do rosto do Comodoro, e ele olhava para mim de dentro da água, e, apesar de não querer olhar para ele, achei que seria o apropriado a fazer e encarei seus olhos. Fiquei surpreso com o que vi, porque ele só demonstrava medo, assim como todos os outros que tinham morrido. Ele me reconheceu, nada mais. Acho que eu queria que ele me visse e lamentasse por não ter me respeitado, mas não havia tempo para isso. Falando de maneira prática, acho que talvez tenha havido uma explosão de cores em sua mente, depois um vazio infinito, como uma noite ou todas as noites juntas.

O Comodoro morreu. Depois disso, eu o puxei, deixando sua cabeça apenas parcialmente submersa, para parecer que tinha se afogado sozinho por causa da bebida. Seu cabelo cobria a testa, e o charuto boiava perto de seu rosto e não havia nada digno em seu fim. Eu saí pela porta da frente e voltei para nossa cabana, onde encontrei Charlie adormecido e sem vontade de viajar. Apesar dos seus protestos, eu o levantei e o amarrei a Nimble, e viajamos em direção à casa de nossa mãe.

EPÍLOGO

O DIA AMANHECEU PRATEADO, E GRANDES GOTAS DE ORVALHO pesavam sobre a grama alta. Charlie tinha tomado o resto da morfina e roncava nas largas costas de Nimble enquanto cavalgávamos pela trilha da propriedade. Fazia anos que eu não via a casa e me perguntava se não estaria em ruínas e o que eu faria se mamãe não estivesse ali. Quando vi a casa, notei que havia sido pintada recentemente e que um quarto tinha sido construído nos fundos; havia uma horta organizada e com um espantalho que me pareceu familiar. Reconheci que estava usando um velho casaco do meu pai e também seu chapéu e suas calças. Desmontei do cavalo de Morris e me aproximei do espantalho para verificar seus bolsos. Não havia nada além de um fósforo usado. Coloquei-o no meu bolso e fui andando até a porta da frente. Eu estava nervoso demais para bater e, por um tempo, fiquei somente olhando para a casa. Mas minha mãe tinha me ouvido e abriu a porta em sua camisola de dormir. Ela me olhou sem nenhum traço de surpresa e depois olhou por cima do meu ombro.

— O que aconteceu com ele? — perguntou.

— Ele machucou a mão e está cansado.

Ela fechou a cara e pediu que eu esperasse na varanda por um momento, explicando que não gostava que as pessoas a vissem subindo na cama. Mas eu já sabia disso e falei:

—Vou entrar quando você me chamar, mãe.

Ela se afastou, e eu me sentei na cerca da varanda, balançando uma perna e observando todos os detalhes da casa. As lembranças me trouxeram uma grande ternura e também bastante dor. Olhando para Charlie, caído sobre seu cavalo, pensei em nossos tempos naquela casa.

— Não foram tão ruins — falei para ele.

Minha mãe me chamou, e eu entrei na casa e fui até os fundos, o quarto novo, onde ela estava deitada em sua cama alta, feita de latão e algodão macio. Ela bateu as mãos em cima da coberta.

— Onde estão meus óculos? — perguntou.

— Estão na sua cabeça.

— O quê? Ah, aqui. Isso. — Ela os colocou e olhou para mim. — Aí está você — concluiu. Seu rosto ficou sério, e ela perguntou: — O que aconteceu com a mão de Charlie?

— Ele teve um acidente e a perdeu.

— Perdeu, é? — Balançou a cabeça e murmurou: — Como se fosse apenas uma besteira ou uma inconveniência.

— Não foi nenhuma besteira para mim nem para ele.

— Como ele a perdeu?

— Foi queimada e depois infeccionou. O médico disse que a infecção mataria o coração dele se Charlie não fizesse a cirurgia.

— Mataria o coração dele?

— Foi o que o médico disse.

— Ele usou essas palavras?

— Algo do gênero.

— Hum. E a operação foi dolorosa?

— Ele estava inconsciente durante a amputação. Diz agora que sente uma queimação e que a pele coça, mas está tomando morfina, o que ajuda. Acho que ele logo ficará curado. Percebi que a cor voltou ao seu rosto.

Ela limpou a garganta duas vezes. Começou a mexer a cabeça, como se estivesse pesando suas palavras. Implorei para que falasse o que estava pensando, e ela disse:

— Bom, não é que eu não esteja feliz por vê-lo, Eli, porque estou, mas você poderia me dizer o que o levou a me visitar depois de todo esse tempo?

— Senti que precisava estar perto de você — falei. — Foi algo muito forte e não consegui evitar.

— Está bem — disse ela, assentindo. — E você me explicaria, por favor, do que diabos está falando?

Isso me fez rir, mas pude ver que ela estava séria e tentei responder honestamente:

— O que quero dizer é que, de repente, no fim de um longo e difícil trabalho, não entendi por que não deveríamos estar próximos um do outro, uma vez que éramos tão próximos antes, você e eu, até o Charlie.

Ela não pareceu pensar muito sobre essa resposta, ou talvez até não tenha acreditado. Como se quisesse mudar de assunto, perguntou:

— Como você anda em termos de temperamento?

— De vez em quando eu perco a calma.

— E o método tranquilizador?

— Eu ainda uso o método tranquilizador de vez em quando.

Ela assentiu e pegou um copo com água que estava sobre o criado-mudo. Depois de beber, limpou o rosto com a gola de sua camisola; ao fazer isso, sua manga escorregou e vi o braço torto. Tinha sido mal curado e parecia irregular, como se causasse desconforto; com essa visão, senti uma dor fantasmagórica ou o que alguns poderiam chamar de dor de pena em meu próprio braço. Ela me pegou olhando e sorriu. Seu sorriso era lindo – minha mãe tinha sido uma mulher famosa por sua beleza quando jovem –, e ela disse, feliz:

— Você continua igual, sabia?

Não posso dizer quanto alívio senti ao ouvi-la dizer isso e respondi:

— Quando eu a vejo, sinto o mesmo. É quando estou longe que me perco.

— Você deveria ficar aqui, então.

— Gostaria de ficar. Sinto muito sua falta, mãe. Penso em você com muita frequência e acredito que Charlie também.

— Charlie pensa em si mesmo, é nisso que ele pensa.

— É tão difícil me comunicar com ele, está sempre distante. — Senti um soluço subir pelo meu peito, mas fiz força para extingui-lo. Soltando o ar, consegui me controlar. Sóbrio, falei: — Não sei se eu deveria deixá-lo lá fora assim. Posso trazê-lo para dentro de casa? — Fiquei quieto por um tempo. Esperei que minha mãe dissesse algo, mas ela não disse. Finalmente, eu continuei: — Vivemos muitas aventuras juntos, Charlie e eu, e vimos coisas que a maioria dos homens não vê.

— E isso é tão importante?

— Agora que terminou, parece que sim.

— Por que você diz que terminou?

— Eu me cansei. Quero uma vida mais tranquila, só isso.

— Você veio à casa certa para isso. — Apontando para o quarto, ela perguntou: — Você viu todas as mudanças que fiz? Estou esperando que você elogie alguma coisa.

— Tudo parece esplêndido.

— Viu o jardim?

— Está lindo. A casa também. E você. Está se sentindo bem?

— Sim, não e mais ou menos. — Pensando, acrescentou: — Principalmente mais ou menos.

Houve uma batida na porta, e Charlie entrou no quarto. Ele tirou o chapéu e o pendurou no toco do seu braço.

— Olá, mãe.

Ela olhou para ele por um bom tempo.

— Olá, Charlie — respondeu.

Como ela continuava olhando, ele se virou para mim.

— Eu não sabia onde estávamos no começo. A casa me pareceu tão familiar, mas eu não conseguia reconhecer — disse ele, sussurrando. —Você viu o espantalho?

Nossa mãe ficou nos olhando com algo parecido com um sorriso, mas era um sorriso triste e distante.

— Estão com fome? — perguntou.

— Não, mãe — falei.

— Nem eu — disse Charlie. — Mas gostaria de tomar um banho, por favor.

Ela falou que tudo bem, e ele lhe agradeceu e saiu. Quando parou na porta para me encarar, sua expressão era sincera e direta. Pensei que não via mais nenhuma vontade de brigar nele. Depois que Charlie saiu, minha mãe falou:

— Ele parece diferente.

— Ele precisa descansar.

— Não. — Ela bateu no peito e balançou a cabeça, triste.

Quando expliquei que ele tinha perdido a mão com a qual atirava, ela falou:

— Espero que vocês dois não queiram que eu lamente isso.

— Não queremos nada, mãe.

— Não? Parece que vocês estão esperando que eu lhes dê casa e comida.

—Vamos encontrar trabalho.

— E qual trabalho, exatamente?

— Eu estive pensando em abrir um entreposto comercial.

—Você quer dizer que vai investir em um? — perguntou. — Não está querendo dizer que vai trabalhar em um, está? Com todos os clientes e suas perguntas?

— Eu me imaginei fazendo isso.Você não consegue acreditar?

— Francamente, não.

— Não importa o que vamos fazer. — Suspirei. — O dinheiro vem e vai. — Balancei a cabeça. — Não importa, e você sabe disso.

— Está bem — disse ela, mais branda. —Você e seu irmão podem dormir em seu antigo quarto. Se vocês realmente quiserem ficar, nós podemos construir outro quarto depois. E quando digo nós, estou falando de você e de Charlie. — Ela pegou um espelho de mão e olhou-se nele. Arrumando o cabelo, falou: — Eu deveria ficar feliz por vocês dois ainda serem unidos. Desde crianças até hoje.

— Nossa aliança foi quebrada e emendada muitas vezes.

— Seu pai os aproximou. — Ela abaixou o espelho. — Podemos agradecê-lo por algo.

— Acho que eu gostaria de ir me deitar agora.

— Devo acordá-los para o almoço?

— O que você vai fazer?

— Ensopado de carne.

— Isso é ótimo, mãe.

Ela fez uma pausa.

— Você quer dizer "está ótimo, não me acorde" ou "está ótimo, me acorde"?

— Pode me acordar, por favor.

— Está bem, então. Vá dormir.

Eu saí e olhei pelo corredor. A porta da frente estava aberta e me apresentava um bloco de pura luz branca. Passando sob o batente do quarto de minha mãe, pensei ter ouvido sua voz; eu me virei, e ela me olhou, esperando.

— Está tudo bem? — perguntei. — Você me chamou?

Ela acenou para mim, e eu cruzei o quarto. Quando parei ao lado de sua cama, ela esticou a mão e agarrou meus dedos. Ela se apoiou em mim, subindo sua mão por meu braço, como se estivesse escalando uma corda. Abraçou meu pescoço e me beijou no rosto embaixo do olho. Seu lábio estava molhado e frio. Seu cabelo, seu rosto e seu pescoço tinham cheiro de sono e sabão. Eu me dirigi para nosso antigo quarto e me deitei num colchão no chão. Era um lugar limpo e confortável, apesar de pequeno, e eu sabia que serviria por algum tempo e que, à sua maneira, era perfeito. Não podia me lembrar de outro momento em que estive precisamente no lugar em que queria estar, e esse era um sentimento bastante satisfatório.

Caí no sono, mas acordei alguns minutos depois. Conseguia ouvir Charlie no quarto ao lado, lavando-se na banheira. Não falava nada nem falaria, eu sabia, mas o som da água era como uma voz, a maneira como ela se espalhava, barulhenta, e depois ficava quieta, com exceção de pequenos movimentos, como se caísse numa contemplação humilde. Parecia que eu conseguia sentir, a partir desses sons, a tristeza ou a alegria de seu criador. Ouvi atentamente e decidi que meu irmão e eu estávamos, pelo menos naquele momento, distantes de todos os perigos e horrores do mundo.

E posso dizer que essa foi uma conclusão agradável para mim.

AGRADECIMENTOS

Leslie Napoles
Gustavo deWitt
Gary deWitt
Nick deWitt
Mike deWitt
Michael Dagg

Lee Boudreaux
Abigail Holstein
Daniel Halpern
Sara Holloway
Sarah MacLachlan
Melanie Little

Peter McGuigan
Stephanie Abou
Daniel McGillivray
Hannah Brown Gordon

Jerry Kalajian
Philippe Aronson
Emma Aronson
Marie-Catherine Vacher

Azazel Jacobs
Monte Mattson
Maria Semple
George Meyer
Jonathan Evison
Dave Erikson
Dan Stiles
Danny Palmerlee
Alison Dickey
John C. Reilly
Carson Mell
Andy Hunter
Otis, o cachoro

Este livro foi composto em Bembo Std e DIN e
impresso pela Intergraf para a Editora Planeta do
Brasil em agosto de 2017